Hong Ying
Der Pfau weint

Hong Ying

Der Pfau weint

Roman

Aus dem Chinesischen
von Karin Hasselblatt

Aufbau-Verlag

Die Originalausgabe mit dem Titel
»Kongque de jiaohan«
erschien 2003
bei Zhishi Chubanshe, Peking.

ISBN 3-351-03048-7

1. Auflage 2005

Einbandgestaltung Andreas Heilmann
Druck und Binden GGP Media GmbH, Pößneck
Printed in Germany

www.aufbau-verlag.de

Aus dem Fenster sah ich
Wie sich die Planeten versammelten
Wirbelnd wie die Blätter im Wind
Ich sah, wie die Nacht heraufzog mit großem Schwung
Den hohen Schierlingstannen gleich
Ich fürchtete mich
Und gedachte der Pfauen Klageruf

Wallace Stevens
Domination of Black

Für meine Mutter,
die versunkene Heimat und Tang

1

Sich an so etwas zu erinnern ist schwer, noch schwerer aber ist es, sich vorzustellen, es sei einem selbst widerfahren. Wenn eine Frau in den Kerker geworfen und dabei auch noch mit einem fremden Mann zusammengeschnürt wird, dann hat sie nicht nur mit ihrer Wut zu kämpfen.

Nachdem die Tür sich donnernd geschlossen hatte, war es stockfinster, man sah nichts. Boden und Wände schienen mit Moos bewachsen, die Luft war feucht, und es roch durchdringend nach Urin und nach einem Hauch Blut.

Sie stützte sich mit den Händen ab, um aufzustehen, als das Gewicht des anderen sie umriß und beide hinstürzten. Beiden war es äußerst unangenehm, und der Mann versuchte, einen Anstandsabstand zwischen sie zu bringen, doch je mehr sie voneinander abrücken wollten, um so sicherer berührten sie sich. Was beide am wenigsten wollten, war, sich von der Angst überwältigen zu lassen. Und so war jede Berührung eine neue Erniedrigung.

Sie bemühte sich mit aller Kraft, nicht die Hand zu bewegen, die mit seiner zusammengebunden war, rutschte ein wenig nach hinten und fühlte eine kühle Strohmatte mit ausgefransten Rändern, darunter feuchtes Heu, auf dem schon wer weiß wie viele Gefangene ihres Schicksals geharrt haben mochten.

Dieser Gedanke beunruhigte sie – erinnerte er sie doch an ihre ausweglose Lage. Sie wollte den Mann an den Händen fassen, der ihr Schicksal teilte, wollte mit ihm sprechen über all die Dinge, die sie beunruhigten. Aber der Wächter hinter der Tür konnte jederzeit durch das kleine Fenster brüllen und Ruhe fordern.

Sie konnte den gleichmäßigen Atem und Herzschlag des anderen spüren, das beruhigte sie. Sie waren miteinander verbunden wie die zwei Hälften eines Talismans, die durch die Unberechenbarkeit der Welt zusammengebracht worden waren – ein Sinnbild des gemeinsamen Ursprungs alles Seins.

Da hatte sie also ihren Weg zurückgelegt, nur um im Gefängnis zu landen. Wenn sie aber gewußt hätte, daß diese qualvollen Tage sie Dinge erkennen lassen würden, die sie sonst im Leben nicht verstanden hätte, sie hätte die Reise zu den drei Schluchten dennoch angetreten.

Wer bekam denn schon die Welt vor der eigenen Geburt zu Gesicht? Sie sah den reißenden Fluß vor sich, der das Spiegelbild der Berge verzerrte und zerriß.

2

Es war erstaunlich, daß das Luftkissenboot nur wenige Stunden bis zum Kreis Liang brauchte.

Ein weiterer Luxusdampfer fuhr vorbei, der gerade am Kai von Liang abgelegt zu haben schien. Sie preßte ihr Gesicht an die Glasscheibe, um diesen Ort zu betrachten, von dem sie gestern erst gehört hatte.

Ein mittelgroßes Städtchen. Wie alle Orte an den drei Schluchten teilte er sich in eine obere und eine untere Stadt. Auf Mauern und Hügeln bezeichnete eine Linie die Marke von 175 Metern über dem Meeresspiegel. Oberhalb dieser Linie lag die Neue Stadt aus hellblauen und blaßroten Kacheln und blitzblank gewienertem Glas; unterhalb die aschgraue, schäbige Alte Stadt zwischen

Müllbergen, wohin das Auge reichte. Die eigenwillig zweigeteilte Stadt wirkte wie ein Kuchen, der unten verschimmelt und dennoch oben mit einer bunten Zuckerglasur verziert war.

Unterdessen näherten sie sich dem farblosen Kai, und als die Maschinen abgestellt wurden, legte sich die schaumige Heckwelle. Beim Aussteigen sah sie, wie diese Stadt sich von anderen unterschied: Sie war auf einem langgezogenen roten Sandsteinbett errichtet, gleichmäßig und flach. Hinter dieser Alten Stadt erhoben sich in einer Länge von Kilometern die Berge, an deren Hängen die Neue Stadt errichtet war. Es war unglaublich, die Augen des Betrachters begannen unwillkürlich zu glänzen. Die warme Frühlingssonne lag blendend auf der Oberen Stadt, schien unten aber gleichsam verschluckt zu werden und ließ das Grau noch unansehnlicher wirken.

Beim Fluten des Stausees würden die Menschen über Nacht eine andere Welt vorfinden. Und alles, was nicht neu genug war, versänke gnadenlos in den Fluten.

Sie fragte sich, ob ihre Mutter, als sie vor vierzig Jahren in den Liang-Kreis gekommen war, die untere Hälfte in einem ähnlichen Zustand vorgefunden hatte. Ob die dreckigen Gebäude einst bessere Zeiten gesehen hatten? Eines konnte sie mit Sicherheit sagen: daß es ihr beim Anblick der Berge damals besser gegangen war als ihr heute.

Gestern um diese Zeit war Liu Cui noch in ihrem Labor gewesen. Sie selbst hatte die Regel erlassen, daß niemand in der Arbeitszeit telefonieren dürfe, das Büro solle die Telefonnummer notieren und der Empfänger in der Pause zurückrufen. Aus irgendeinem Grund kam die Sekretärin diesmal eigens angelaufen, es sei sehr dringend, ließ sie Liu Cui wissen.

Ihr blieb nichts anderes übrig, als den gläsernen

Objektträger aus der Hand zu legen. Ihre Augen konnten nach der Arbeit am Mikroskop ohnehin eine Pause brauchen, und so schob sie die zwei Türen zum Büro auf.

»Professor Liu, guten Tag!« Eine Frau sowieso begrüßte sie und stellte sich als Sekretärin des Entwicklungsunternehmens »Großer See« vor. »Direktor Li wollte unbedingt, daß ich Sie anrufe. Er hat ein Geschenk für Sie.«

Liu Cui runzelte die Stirn. Ihr Mann, Li Lusheng, rief mindestens jeden zweiten Tag an und hatte ihr noch nie etwas mitbringen lassen – vorgestern hatte er auch nichts dergleichen erwähnt. Er rief meist abends oder am Wochenende zu Hause an, selten im Büro, wo er sie bei der Arbeit störte. Wieso gab er ihre Telefonnummer einer Mitarbeiterin, die sie gar nicht kannte?

»Was für ein Geschenk?« fragte Liu, mühsam beherrscht.

»Das weiß ich natürlich nicht.« Die Stimme klang jung und eine Spur überheblich. »Ich habe einen Termin beim Ministerium für Wasser und Strom und bin heute mittag angekommen. Direktor Li will, daß ich Ihnen das Geschenk höchstpersönlich aushändige, und zwar heute noch!«

»Persönlich überreichen?« Liu sah die Sekretärin an, die sie zum Telefon gerufen hatte. Sie saß ihr gegenüber auf einem Stuhl und hob den Kopf, als sei sie durch die Überraschung in Lius Stimme aufmerksam geworden. Was hatte Li Lusheng vor? In den zehn Jahren ihrer Ehe hatte es selten eine solch romantische Geschenkzeremonie gegeben.

»Wieso persönlich aushändigen?«

Seit ihrer Rückkehr aus dem Ausland arbeitete Liu Cui am Institut für Genetik der Academia Sinica und hatte das Entwicklungsunternehmen in der Nähe der Zentralstelle für den Bau des Staudamms noch nie besucht, obwohl ihr Mann Li Lusheng das gern gewollt hätte. Er hingegen reiste oft nach Peking, alle zwei Wochen etwa. Tatsächlich verbrachte er genausoviel Zeit in Peking wie an der Staudammbaustelle. Daher erschien es ihr unnötig, Urlaub zu nehmen und zu ihm in den Süden zu fahren. Bei seinen Besuchen in Peking hatte ihr Mann allerdings immer so viel zu tun, daß sie kaum eine ruhige Minute miteinander verbrachten – und das würde bei ihm im Süden eher schlimmer als besser sein, sagte sie sich, warum also hinfahren? Dennoch hatte sie keinen Grund zur Klage. »Der Direktor hat mich angewiesen, Ihnen das Geschenk persönlich zu überreichen.« Da die andere heraushörte, daß Liu keine Lust zu langen Gesprächen hatte, wurde sie bestimmter: »Es ist auch nur ein kleines Päckchen, ich werde Sie nicht lange aufhalten.«

Jetzt fand Liu selbst, daß sie etwas überreagiert hatte und die Sache das nicht wert war. Einer plötzlichen Eingebung folgend, gab sie der Frau die Telefonnummer ihrer Mutter, dort solle sie das Päckchen abgeben, sie – Liu – werde es so bald wie möglich holen.

Die Frau stimmte zu, eine schwer überhörbare Wut in der Stimme.

Nachdem Liu Cui aufgelegt hatte, fiel ihr beim Blick durchs Fenster plötzlich auf, wie dreckig es draußen war. Hatte man sonst das Grün der Bäume sehen können, so meinte man jetzt einen alten, schmutzigen Vorhang vor sich zu haben. Dabei durfte es im Labor kein einziges Staubkörnchen geben, und um diesen Standard einzuhalten, war der Raum abgedichtet und die Klimaanlage auf eine konstante Temperatur eingestellt. Was war geschehen? Sie entdeckte feinste Staubkörnchen, die durch die Fensterritzen hereingekrochen waren, winzig gelb. Sie wandte sich um, doch niemand beachtete sie, alle studierten Akten oder telefonierten. Nur die Sekretärin, die sie gerade ans Telefon gerufen hatte, bemerkte ihren verwirrten Gesichtsausdruck und sagte: »Sandsturm.«

»Ich weiß, ich bin aus Peking«, sagte Liu Cui. »Aber wir haben schon Ende Mai, und wir hatten dieses Jahr schon drei Sandstürme.«

Alle, die gerade noch mit ihrer Arbeit beschäftigt zu sein schienen, waren mit einemmal in lebhafte Diskussionen verstrickt. Als seien die immer heftigeren Sandstürme in der Hauptstadt schon vor Liu Cuis Eintritt Thema gewesen und man nehme den Gesprächsfaden einfach wieder auf. Einige meinten, es liege an der Urbarmachung von Land in der Inneren Mongolei, andere machten die Viehzucht verantwortlich, wieder andere glaubten, man habe zuviel Sanddorn geerntet, um ihn in der Medizin zu verwenden.

Liu interessierte das alles erheblich weniger als das Experiment, an dem sie gerade arbeitete, und sie zog sich ins Labor zurück.

Am Abend nach der Arbeit mußte sie wie ihre Kolleginnen Kopf und Gesicht mit einem Seidentuch verhüllen. In den bunten Stoffen sahen sie aus, als befänden sie sich auf einer merkwürdigen Tanzveranstaltung. Sandstürme waren zwar nichts Neues für sie, aber als sie auf den Stufen am Ausgang der Akademie stand und um sich sah, erschrak sie doch.

Die Stadt war mit einer gelben Sandschicht überzogen, es roch nach Staub. Die Sichtweite betrug allenfalls hundert Meter, Hochhäuser verschwanden im Dunst. Selbst die Weiden wurden niedergedrückt, ihre Zweige fegten im Wind über den Boden. Die Autos schlichen mit Abblendlicht dahin. Hier und dort auftauchende Passanten kämpften sich mit zerzaustem Haar und schmutzigem Gesicht voran. Die untergehende Sonne war von welkem Gelb, wie der Mond in der Morgendämmerung.

Beim Gedanken an die nachmittägliche Diskussion im Büro wurde ihr bewußt, daß diese Sandstürme kein reines Pekinger Problem waren, sondern von Nord nach Süd zogen und so den größten Teil des Landes in ein Licht tauchten, das die Menschen früher nur bei einer Sonnenfinsternis erlebt hatten.

Liu Cui hatte das Gefühl, der Sand rinne durch jede Kleidernaht, ja, er schien in ihren Körper einzudringen, so daß sie sich schwer fühlte. Sie sah einen Mann, der offenbar wegen einer Erkältung nicht durch die Nase atmen konnte. Sein Mund war voll Sand, und er versuchte verzweifelt, ihn wieder auszuspucken.

Kurz vor Feierabend hatte ihm ihre Mutter ausrichten lassen, sie solle unbedingt heute zu ihr kommen.

Bei dem Sandsturm! Ihre Mutter maß diesem merkwürdigen Geschenk Li Lushengs eindeutig zuviel Bedeutung bei. Liu Cui würde sie ein andermal besuchen, bei besserem Wetter, jetzt wollte sie erst mal nach Hause.

Endlich hielt ein Taxi – und der Fahrer verlangte auch gleich das Doppelte des gewöhnlichen Fahrpreises. Das war Liu inzwischen egal, und als der Wagen wie ein U-Boot in das Meer aus Sand eintauchte, rechnete sie vor sich hin: Wenn auf jedem Quadratmeter Boden ein Kilo Sand lag, so würde die Infrastruktur des ganzen Landes nicht ausreichen, um ihn dorthin zurückzubringen, wo er herkam.

»Wohin?« fragte der Fahrer.

Liu Cui hob an, ihre Adresse zu nennen, entschied sich dann aber für den Sommerpalast, um doch erst zu ihrer Mutter zu fahren.

3

Wann sie das letzte Mal auf ihre Mutter gehört hatte, wußte sie nicht mehr – das war schon als Kind nicht der Fall gewesen, und sie hatte keine Ahnung, wieso sie es jetzt tat.

Gestern abend hatte ihre Mutter eine Menge gesagt, und es hatte aufregend und geheimnisvoll geklungen. Sie redete und redete und war dabei immer wieder auf diesen einen Punkt zurückgekommen: Liu solle in den Süden fahren, sich unbedingt Zeit dafür nehmen, und den Kreis Liang besuchen! »Das ist immerhin dein Geburtsort.«

Der Kreis Liang ihr Geburtsort? – Das hörte sie zum erstenmal. Auf den entsprechenden Formularen hatte sie immer Anyang in der Provinz Henan angegeben, den Geburtsort ihres Vaters. Seit sie 1980 zum Studium außer Landes gegangen war, hatte sie Chongqing genannt. Nun erfuhr sie, daß sie auf einem Boot während der Fahrt vom Kreis Liang nach Chongqing zur Welt gekommen war und daß dieses Boot zum Zeitpunkt ihrer Geburt den Kreis Liang noch nicht verlassen hatte.

Ihr Vater war früh gestorben, während der Kulturrevolution, Liu war noch eine junge Frau gewesen. Sie hatte sich in einen Zug voll Roter Garden gezwängt, um nach Peking zu gelangen, und dort schnell ihren Sichuan-Dialekt abgelegt. In dem Militärcamp wirkte sie mehr wie ein Junge. Ohnehin hatte sie den Verdacht, daß ihre Mutter während der Schwangerschaft etwas Ungesundes gegessen hatte, denn sonst wäre kaum zu erklären, daß sie so gar nicht wie ein Mädchen schien, das zwischen Bergen und Wasser im Süden aufgewachsen war. Kürzlich hatte Liu Cui ihre Mutter danach gefragt. »Etwas Ungesundes gegessen? Während der Schwangerschaft? Wie kommst du darauf?« kam als grantige Gegenfrage zurück.

Als sie nun im Kreis Liang angekommen war und an das verwunderte Gesicht der Mutter auf diese Frage hin zurückdachte, mußte sie schmunzeln: Dreckig genug war es hier, so daß man sich leicht etwas Ungesundes in den Mund schieben konnte.

4

Ihre Mutter wohnte weit draußen, nördlich des Sommerpalastes. Das Stadtleben sei ihr zu laut und schmutzig, sagte sie, es mache sie nervös. Nachdem der Vater rehabilitiert worden war, kam sie von Chengdu nach Peking und war bis zu ihrer Pensionierung als eine von unzähligen Vizeleiterinnen eines städtischen Verlagshauses tätig. Auch jetzt arbeitete sie wieder für einen Verlag, indem sie Manuskripte auf die Möglichkeit der Veröffentlichung hin prüfte.

Das Taxi bog in ein von uniformierten Sicherheitskräften bewachtes Wohngebiet ein. Es war ein schön angelegtes Gelände mit Rasen, Blumen und vielen Pinien.

Insgesamt achtzehn Wohnblöcke gab es, ein jeder sechs Stockwerke hoch und mit Fahrstuhl.

Liu fuhr in die dritte Etage, das Flurlicht ging automatisch an. Auf ihr Klingeln hin hörte sie ihre Mutter etwas ausrufen, die Tür aber öffnete sie erst nach geraumer Zeit. »Füße abtreten! Füße abtreten!« mahnte sie als erstes. »Paß auf, daß du keinen Dreck hereinbringst!« Sie selbst trug einen bequemen Hausanzug und kuschelige Pantoffeln.

Liu feixte. Sie wußte, daß ihre Mutter eine Sauberkeitsfanatikerin war, die Putzkräfte mußten den Boden auf

Knien schrubben. Diese Marotte hatte sich seit dem Tod von Lius Vater noch verschärft.

Ohne erst in die Klagen der Pekinger über die Sandstürme einzufallen, holte die Mutter Hausschuhe aus dem Schrank und gab sie Liu Cui. Sie hatte kaum Falten – wendete sie doch viel Zeit für die Gesichtspflege auf. Liu fühlte sich bisweilen mehr wie ihre kleine Schwester denn wie ihre Tochter, obendrein eine, die der älteren kaum das Wasser reichen konnte. Immerhin waren Mutter und Tochter ungefähr gleich groß, etwa einen Meter siebenundsechzig.

Liu zog ihre Jacke aus und hängte sie an die Garderobe hinter der Tür. Mit zwei Wohn- und drei Schlafzimmern war es eine geräumige Wohnung. Auf dem gewachsten Parkett standen Möbel im Stil der Ming-Dynastie, und an den Wänden hingen kleine Ölbilder moderner Maler, die die Mutter sammelte.

Der Sandsturm tobte unvermindert heftig. Ihre Mutter stellte im Schlafzimmer die laufende DVD aus, und Liu Cui ging ins Bad, um zu duschen. Auf dem Boden stand eine mit Wasser gefüllte Porzellanschale, in der Chinesische Rosen schwammen und einen betörenden Duft verströmten.

Nachdem sie sich abgetrocknet hatte, setzte Liu sich aufs Sofa und rieb sich mit Körperlotion ein. Dabei betrachtete sie die Orchidee auf dem Teetisch; an einem einzigen Zweig waren neun Blüten aufgegangen, pink und grün wie Schmetterlinge. »Wie schön!« entfuhr es ihr.

Auf einem japanischen Tablett trug ihre Mutter zwei Tassen »Prinzessin-Lan-Tee« aus Yunnan herein, stellte ein Tellerchen Mandeln und getrockneten Fisch dazu und nahm den Faden wieder auf: »Außerdem gibt es noch den ›Pfirsichblütenfisch‹ im Fluß.«

»›Pfirsichblütenfisch‹?«

»Kennst du den nicht?« Sie erklärte, daß der Pfirsichblütenfisch im tiefgrünen Wasser besonders gut zu sehen sei. Wahrscheinlich kam er in ganzen Schwärmen aus den Bergbächen, und alle Farben waren vertreten: Jadegrün, Milchweiß, Zartrosa. So gaben die Tiere ein Spiegelbild der Pfirsichbäume an den Berghängen ab.

»Es muß eine Art Süßwasserqualle sein«, überlegte Liu. »Ich fürchte, es sind keine Fische.«

»Jedenfalls habe ich sie gesehen«, insistierte ihre Mutter.

»Warum hast du mir nichts gesagt? Etwas so Unglaubliches!«

»Du hast dich nie besonders für das interessiert, was mich so bewegt. Wann haben wir das letzte Mal einen so angenehmen Abend miteinander verbracht? Du hast immer viel zu tun.« Sie schaltete die antike Tischlampe ein und nahm ein Päckchen aus dem Regal, um es Liu zu geben.

Das goldfarbene Einwickelpapier, das offensichtlich aus dem Geschäft stammte, war schnell zerrissen, und zum Vorschein kam eine kleine Holzschachtel mit einer fein eingravierten Landschaft obendrauf. Als Liu das Kistchen öffnete, kam eine Flasche mit französischem Parfum zum Vorschein: »Opium« von Yves Saint-Laurent.

Da erst wurde ihr klar, daß dies das Geschenk war, das jene Frau am Telefon bei ihrer Mutter für sie hinterlegt hatte. Sie betrachtete die Flasche von allen Seiten, schraubte dann den Deckel ab und sprühte sich ein paar Tropfen aufs Handgelenk, um erst selbst daran zu riechen und den Arm dann ihrer Mutter entgegenzustrekken.

»Was soll das? Lusheng schickt mir Parfum? Das paßt nicht recht zu ihm, schon gar nicht, es durch einen

Mitarbeiter herschicken zu lassen.« Bewußt umging sie das Wort »Sekretärin«.

»Bist du so blöd, oder tust du nur so?« fragte ihre Mutter.

Wenn das alles eine Bedeutung haben sollte, so war ihre Mutter sehr viel besser im Erkennen derselben. Sie zerknüllte das Einwickelpapier und warf es in den schwarz lackierten Papierkorb aus Bambus. Liu verstand einfach nicht, was dieses Parfum ihr sagen sollte.

»Die Sekretärin sieht gut aus, versteht es, etwas aus sich zu machen, ist modisch gekleidet. Du hattest keine Zeit und hast ihr meine Telefonnummer gegeben? Also ließ ich sie herkommen.« Ihre Mutter lächelte sarkastisch. »Natürlich ist es nicht sie. Nicht, weil ich deinem Mann keinen guten Geschmack zutraue. Nein, aber wäre sie es, wäre sie nicht hergekommen.«

»Du glaubst, er hat eine andere?« fragte Liu direkt. Sie wollte nicht überrumpelt werden.

Ihre Mutter nippte an dem Tee: »Ich fürchte, ja.« Als sie Lius ausdrucksloses Gesicht sah, hielt sie kurz inne, bevor sie fortfuhr: »Aber Lusheng ist sich noch nicht klar, was er will, und erst recht nicht, ob er die Ehe mit dir weiterführen soll.«

»Dann ist das Geschenk eine Warnung?«

»Ich glaube, daß er dich fragen will, ob du noch eine Frau bist.«

Liu mußte laut lachen: »Ich fürchte, diese Frage stellst *du* dir.«

»Du warst schon immer ein Rabauke und bist heute noch keine Frau.« Ihre Mutter seufzte: »Ich habe schon lange keine Lust mehr, mit dir über diese Dinge zu sprechen. Aber wie oft wollte Lusheng, daß du ihn besuchen kommst, und du bist nicht hingefahren. Du kannst schlecht behaupten, daß er diese Frage grundlos stellt.«

»Ich bin doch nicht ohne Grund hiergeblieben, es war wirklich immer zu viel los. Er dagegen hatte unzählige Gelegenheiten herzukommen«, sagte sie verstimmt.

»Nun, und weißt du etwas über seine Arbeit, kümmerst du dich darum?«

»Du meinst die Drei-Schluchten-Baustelle? Ich habe Artikel darüber gelesen«, erwiderte Liu Cui. »Technisch kenne ich mich nicht recht aus, Stromerzeugung und Flutvorbeugung und so weiter. Aber was die Grundfrage manches Artikels betrifft – soll der Mensch in die Natur eingreifen oder nicht –, da sind die Gegner des Projekts zu naiv, finde ich. Der Mensch hat immer in die Natur eingegriffen und wird es immer tun. Zu meiner Arbeit gehört das auch.«

»Also verstehst du doch etwas von seinem Metier. Ihr müßtet gut miteinander zurechtkommen. Wo ist das Problem? Ihr solltet euch in aller Ruhe zusammensetzen und miteinander reden.« Ihre Mutter sah zu den zwei munter umherschwimmenden Goldfischen im Aquarium.

Liu schwieg einen Augenblick und sagte dann etwas widerwillig: »Ich glaube, es hat sich etwas verändert, wir sprechen nicht mehr dieselbe Sprache. Seit er Direktor des Projekts geworden ist, interessiert er sich nicht mehr für meine Arbeit und ich mich nicht für seine.«

Plötzlich hob die Mutter den Kopf und sah Liu ernst an: »Es ist aber nicht, daß du kein Interesse an Männern mehr hast?«

Die Frage hätte Liu stellen sollen. Seit ihr Vater gestorben war, lebte ihre Mutter allein. Einmal, als diese ihr besonders einsam erschienen war, hatte sie gedacht, ihre Mutter solle wieder heiraten. Aber es war nicht an ihr, sich in die Angelegenheiten der Mutter einzumischen. Immerhin hatte ihr Vater im Krieg gegen Japan gekämpft, und seine Witwe war gut versorgt.

Liu schoß zurück: »Hast du mich nicht immer ermahnt, vorsichtig mit Männern zu sein? Nicht zu sehr vorzupreschen?«

»Vor der Hochzeit, ja«, antwortete die Mutter geduldig. »Nach der Hochzeit solltest du dann dezidierter sein. War dir nicht klar, daß Macht ein Aphrodisiakum für Männer ist?« Sie lachte.

Liu haßte diese Art Streitgespräche. Sie stellte ihre Teetasse ab und stand auf: »Gibt es noch etwas, Mutter? Sonst gehe ich heim.«

Ihre Mutter hörte auf zu lächeln und änderte den Ton. Sie nahm Lius Hand und sagte ernst: »Verträgst du keinen Spaß mehr, Kleine? Bleib hier, was willst du in diesem Sandsturm nach Hause gehen? Wenn du sehr müde bist, schlaf allein, aber am besten kommst du zu mir, wir haben so lange nicht mehr von Mutter zu Tochter miteinander gesprochen. Ich rate dir, in den Süden zu fahren, du solltest das selber klären. Aber es gibt noch einen Grund, aus dem ich dich hierbehalten möchte. Ich könnte dir etwas über dich erzählen, das du schon längst wissen solltest, auch wenn es bisher nie die Gelegenheit gab, es dir zu sagen.«

Ohne abzuwarten, wie Liu sich entschied, stand sie auf und ging in die Küche. Auf dem Weg wandte sie sich noch einmal um: »Die neue Haushälterin ist sehr gut, sie hat schon Abendessen gemacht, verschiedene Gerichte. Denn ich fürchte, daß du nicht richtig ißt. Dank des Sandsturms habe ich heute einen Gast!«

5

Bei ihrer Mutter war das meistens so: Erst wurde man wütend, aber am Ende stellte sich heraus, daß sie doch recht hatte. Früh am nächsten Morgen wachte Liu auf und kehrte sofort heim. Sie suchte ein paar Sachen zusammen und führte drei Telefongespräche: eines, um einen Flugschein zu bestellen, das zweite, um im Büro Bescheid zu sagen, und das dritte, um Li Lusheng zu informieren. Dann nahm sie ihre kleine Reisetasche und fuhr direkt zum Flughafen.

Nach vierundzwanzig Stunden Sandsturm schien nun ganz friedlich die Sonne. Das Flugzeug hob planmäßig ab und landete pünktlich in Yichang.

Vor dem Flughafengebäude wartete ein blitzblanker Audi auf sie, doch von Li Lusheng keine Spur. Der Geschäftsführer, Herr Han, holte sie ab. Li Lusheng sei soeben nach Peking aufgebrochen, sagt er, eine eilige Sache, er habe sie telefonisch nicht mehr erreichen können, weil sie schon unterwegs gewesen sei.

Sie hatten sich also in der Luft verfehlt. Vielleicht hätte sie sogar seinen Firmenjet sehen können, wenn sie darauf geachtet hätte.

Nachdem er Li Lusheng zum Flughafen gebracht hatte, habe dieser ihn gebeten, dazubleiben und auf Liu Cui zu warten, um ihr sein Bedauern zu übermitteln.

Der Geschäftsführer war höchstens Anfang Dreißig, akkurates Benehmen, geschliffene Sprache, er machte einen verläßlichen Eindruck. Von Wuchs nicht groß, hatte er eine reine Haut und trug einen gutsitzenden grauen Anzug, dazu eine rahmenlose Brille – er wäre glatt als Hongkonger Finanzier durchgegangen.

Die Autobahn vom Flughafen zum Staudamm war von tiefgrünen Bäumen gesäumt, denen man nicht ansah, daß sie gerade erst gepflanzt worden waren. Stolz erläuterte Geschäftsführer Han: »Wir haben eine schnell wachsende Art gewählt, so daß die Bäume in drei Jahren schon Schatten werfen.«

An der Baustelle war die Straße gesäumt von Pfirsichbäumen, ein herrlicher Anblick, und der Boden war mit einer dicken Schicht Blütenblätter bedeckt. Herr Han fuhr fort: »Herr Li hat von Anfang an darauf bestanden, daß die Gegend zuerst verschönert werden sollte: Erst eine Grünanlage, dann würde der Rest auch als ›grüne Baustelle‹ angenommen. Wir hielten das für Geldverschwendung, doch Herr Li hat sich für die Begrünung als oberste Priorität ins Zeug gelegt, es wurde bis ins Zentralkomitee hinein diskutiert. Und er hat recht behalten.«

»Wirklich?« Liu Cui hatte nichts von diesem Kampf Li Lushengs gewußt, er hatte nie darüber gesprochen.

»Wie vorausschauend er ist, wie weitblickend!« seufzte Herr Han und erläuterte, es kämen jährlich mehrere Millionen Besucher zu den drei Schluchten, von denen die meisten die Baustelle des Staudamms besichtigen wollten. Doch das entscheidende seien nicht die Einnahmen aus dem Tourismusgeschäft, sondern die Baustelle selbst, die Atmosphäre dort. Früher oder später müsse man sich um die Umwelt kümmern, man könne nicht wie früher mit Strohmatten und Baubuden hantieren, um in letzter Sekunde aufzuräumen und an die Verschönerung des Ganzen zu denken. »In der postmodernen Gesellschaft ist das Bild das wesentliche. Das hat unser Direktor früher als jeder andere erkannt.«

Liu sah vom Auto aus das hoch aufragende Hauptgebäude der Baustellenzentrale und daneben ein fünfundzwanzig Stockwerke hohes Hotel. Sie rasten über die eigens errichtete Brücke, um das Fünf-Sterne-Hotel zu erreichen. Bevor Liu es in Augenschein nehmen konnte, erging sich Geschäftsführer Han schon in neuerlichen Lobeshymnen, was ihr allmählich lächerlich vorkam – insbesondere das Gerede von der »postmodernen Gesellschaft«.

Herr Han brachte sie bis in ihr Zimmer im obersten Stockwerk. Indem er aufschloß und ihr Gepäck hineinstellte, sagte er: »Nebenan ist die Präsidentensuite, die schwer zu bekommen ist. Herr Li ersucht Sie, mit diesem Zimmer Vorlieb zu nehmen, und bittet um Entschuldigung.«

Dabei war dieses Zimmer schon mehr als luxuriös, wahrscheinlich für den Außenminister oder so. Im Eingangszimmer standen zwei Dreisitzer-Sofas, ein langer Teetisch, dazu Stehlampen, Wandleuchten und Schränke vom Feinsten. Im zweiten Zimmer befand sich ein großer Tisch zwischen dem breiten Bett und dem Fenster, Stühle und Tisch waren im postmodernen Stil gehalten, als seien sie in Hongkong. Auf dem Tisch vorn stand ein Teller mit Obst, die Wände waren kahl. Nur über dem Kopfende des Bettes hing eine Schwarzweißfotografie.

Als sie die Vorhänge aufzog, verschlug es Liu die Sprache. Vor ihr breitete sich die gesamte Baustelle aus. Maschinen fraßen sich durch die Berge, auf dem Kamm des Damms fuhren schwere Lastwagen hin und her, und die Arbeitsstelle selbst wurde immer wieder durch das Gleißen von Schweißgeräten erhellt. Menschen waren kaum zu sehen. Auf dem sechsteiligen Tor prangte der Slogan: »Das Gestern ist überholt, das Beste soll Standard sein.« Die Arbeitsanordnung wirkte wie auf einem Schachbrett, zwei Drittel des schier unendlich breiten Jangtse waren bereits gestaut.

Als der Geschäftsführer sie derart gebannt von der Aussicht sah, trat er zu ihr ans Fenster. »Es heißt«, sagte er, »dies sei die größte Baustelle, die es in der Geschichte der Menschheit je gegeben habe. Aber Herr Li wollte das nie hören, es könne anderswo gut eine noch größere entstehen, und dann würde unsere Prahlerei zum Witz verkommen.«

Liu Cui drehte sich um. Die Bewunderung dieses Mannes für Li Lusheng schien durchaus angebracht zu sein. Warum hatte sie ihrem Mann solche Überlegungen und diese Art Öffentlichkeitsarbeit nicht zugetraut? Er hatte in Amerika Ingenieursmanagement studiert, was hier nun gar nicht in erster Linie zur Anwendung kam.

Der Geschäftsführer hatte Lius Gesichtsausdruck nicht bemerkt und fuhr in seiner bewundernden Rede fort. Herr Li habe vor, überall an der Baustelle eine Linie bei 145 und eine bei 175 Metern über dem Meeresspiegel einzuzeichnen, als Markierung der ersten und der zweiten, der endgültigen Flutung. Es hatte viel Widerstand dagegen gegeben. Das sei Wasser auf die Mühlen der Staudammgegner, denn man sehe dann genau, welche blühenden Landschaften untergehen würden. Direktor Li habe gesagt, ohne diese Linien werde das Mißtrauen nur noch größer. Heute seien die beiden Linien eine Sehenswürdigkeit! Das Staudammprojekt sei nun für jedermann durchschaubar, alle seien beruhigt und zuversichtlich.

Liu Cui wollte seinen Redefluß gerade unterbrechen, um nach einer Landkarte der Gegend zu fragen, als das Telefon klingelte.

»Entschuldigung, das ist sicher für mich.« Herr Han trat an den Tisch, und als er den Hörer abgenommen hatte, war das Lächeln auf seinem Gesicht wie weggewischt. »Das geht nicht«, sagte er leise in die Sprechmuschel, sein Gesicht ausdruckslos. Er hörte zu und bekräftigte: »Absolut nicht.« Dann legte er auf, zog sein Handy aus der Tasche, ging damit auf den Flur und schloß die Zimmertür hinter sich.

Als das Telefon im Zimmer erneut klingelte, nahm Liu den Hörer ab. Es war eine weibliche Stimme, ruhig und gelassen, eindeutig die Stimme einer Frau, die etwas zu sagen hatte: »Herr Han, Sie sind absolut loyal und treu, fast wie ein Hund, das ist lobenswert.« Jetzt erschrak Liu. »Aber ich möchte mit ihm sprechen«, fuhr die Fremde fort. »Das Recht habe ich, und Sie können mich nicht daran hindern.«

Sofort begriff Liu, was das zu bedeuten hatte, und obwohl sie seit dem Gespräch mit ihrer Mutter gewarnt war, begann ihr Herz wild zu schlagen, und sie wurde kalkweiß. Die andere hatte sie nicht verletzen wollen, doch ihre sichere Stimme weckte in Liu das Gefühl, sie müsse sich nicht zurücknehmen und einen Streit um jeden Preis vermeiden.

»Einen Moment bitte«, sagte sie. »Ich rufe Herrn Han.«

Am anderen Ende der Leitung wurde es einen Augenblick totenstill, bevor die Frau weitersprach: »Sie müssen die Ehefrau von Direktor Li sein, Frau Liu Cui.« Und ohne eine Antwort abzuwarten, fuhr sie fort: »Darf ich ein paar Worte mit Ihnen wechseln?«

Liu blieb nichts anderes übrig, als ihr direkt zu antworten: »Ich glaube nicht, daß das, was Sie zu sagen haben, etwas mit mir zu tun hat.« Dann fügte sie ruhig hinzu: »Wenden Sie sich an den, den es angeht.« In diesem Augenblick stieß Geschäftsführer Han die Tür auf, trat ein, und Liu sagte betont laut: »Rufen Sie mich nicht mehr hier an, ich muß in einer dringenden Angelegenheit fort!«

Herr Han griff nach dem Hörer, doch zu spät, sie hatte schon aufgelegt.

Liu unterdrückte ihren Ärger und sagte kühl: »Da Li nicht da ist, hält mich auch nichts hier.«

»Sie wollen schon wieder gehen?« fragte der Geschäftsführer. »Sagen Sie mir, wohin?« Er schob zweimal hintereinander die Brille auf die Nase zurück, seine

Stimme war rauh, als stecke ihm eine Gräte im Hals. »Sagen Sie mir, wo Sie hingehen. Bitte!«

Verfluchter Hundesohn, der die Dreckarbeit für Li Lusheng macht!, schimpfte Liu im stillen, griff nach dem Koffer, den sie noch gar nicht geöffnet hatte, und verließ im Sturmschritt das Zimmer. »Ich glaube nicht, daß Sie das etwas angeht«, sagte sie dabei.

Am Fahrstuhl holte der Geschäftsführer sie ein, aschfahl im Gesicht. Es schien, als habe er ein echtes Problem. Genau das, was auf keinen Fall hätte passieren dürfen, war geschehen. »Soll ein Wagen Sie bringen?« fragte er.

Als er nach ihrem Koffer griff, stieß sie ihn unsanft zurück. »Nein danke, ich habe noch eine Privatangelegenheit zu regeln und möchte Sie nicht länger belästigen.«

Die Fahrstuhltüren öffneten sich, sie ging hinein, drückte auf den Knopf und fixierte Geschäftsführer Han mit starrem Blick. Er wollte dem Impuls folgen, zu ihr in den Lift zu treten, doch dann erstarrte er völlig und blieb, wo er war.

Auf der Fahrt abwärts stauten sich in dem nach allen Seiten geschlossenen Kasten Wut und Ärger um so heftiger in ihr an. Unfaßbar, daß ihr Mann etwas so Beschämendes tun konnte. Und diese Frau besaß sogar die Unverfrorenheit, sie anzurufen. Der Betrug ihres Mannes war wie eine schallende Ohrfeige: Wenn er es jetzt mit dieser Frau tat, dann hatte er sie bestimmt schon früher betrogen! Wer weiß, vielleicht war ihre Ehe von Anfang bis Ende ein einziges falsches Spiel.

Nie würde sie mit einer anderen Frau um einen Mann kämpfen. Das würde sie sich nicht antun. Sie hatte keine Erfahrung mit so etwas, ahnte jedoch, daß es in erster Linie darum ging, sich selbst zu schützen, damit sie sich auch zukünftig ins Gesicht sehen konnte.

6

So also erreichte sie den Kreis Liang.

Liu Cui stieg die Stufen hinauf. Am Kai löschten Arbeiter eine Schiffsladung, Staub wirbelte auf. Straßenränder und das Ufer – alles lag voll Müll, ja selbst auf niedrig gelegenen Dächern stapelte sich Unrat, der in der Sonne unangenehm roch. Es schien, als habe sich jahrelang niemand um den Müll der Stadt gekümmert, der sich hier nun gen Himmel türmte, oder wartete man einfach, bis mit der Flutung einfach alles im Wasser versinken würde?

Tatsächlich trieb jede Menge Unrat im Fluß, Plastikteile, Schaumteppiche und verrottende Matratzen, die selbst große Wirbel nicht in die Tiefe zu ziehen vermochten. Liu stellte sich vor, wie nach der Flutung des Stausees all dieser Müll endlos hin und her trieb, bevor er endlich seinen Weg ins Meer finden würde. Li Lusheng und sein »Verschönerungsprogramm«! Um die Müllberge hätte er sich kümmern müssen!

Oben standen, zu beiden Seiten der Steinstufen, Verkaufsstände mit Stoffschirmen. Auf hölzernen Klapptischen hatten die Händler alle möglichen Leckerbissen ausgebreitet: getrockneten Doufu, Fleisch vom Schweinekopf, gekochtes Hühner- und Entenfleisch. Mit Fliegenklatschen aus Plastik vertrieben sie die Insekten. Zwischen schwarzen Holzbrettern zum Schneiden von Gemüse und Fleisch lagen riesige Messer. Liu versuchte nicht hinzusehen – aber es mußte ja Leute geben, die diese Dinge aßen. Im Gegenteil, sicher war nur im Angebot, wonach auch gefragt wurde.

»Hier, Kleine, Entenfleisch von Familie Jiang!«

Es rief sie jemand »Kleine«! So hatte das Kindermädchen sie einst genannt, mit dem sie den Sichuan-

Dialekt gesprochen hatte, bis ihre Eltern Wind davon bekamen und es davonjagten. Als der Verkäufer zum zweitenmal «Kleine« rief, klang das in ihren Ohren regelrecht vertraut.

Ein Motorrad kam auf sie zu, und der Fahrer bot an, sie zu einem Hotel für fünfzehn Kuai die Nacht zu bringen.

»Wie weit?« fragte sie.

»Ganz nah.«

Ihr war klar, daß die Neue Stadt eher zu ihr paßte. Das allerdings hätte auch bedeutet, weiter in ihren gewohnten Lebensbahnen zu schwimmen. Daher beschloß sie, in der Alten Stadt zu wohnen. Der Motorradfahrer hatte schnell einen anderen Fahrgast gefunden, eine junge Frau, die von hinten seine Taille umfaßte. Beim Start knallte das Motorrad wie ein Gewehr und schlingerte dann, Qualmwolken hinter sich herziehend, in Richtung Stadtzentrum davon.

Die meisten Straßen hatten weder Namen noch Hausnummern, vielleicht hatten die Schilder beim Steineschleppen und anderen Arbeiten gestört, so daß man sie einfach entfernte. Die Häuser waren stark heruntergekommen, Fensterflügel quietschten in den Angeln.

Angesichts dieses Irrgartens überlegte Liu es sich anders und beschloß, zunächst in die Neue Stadt zu gehen und einen Schlafplatz zu suchen. Das Hotel, das sie am Morgen verlassen hatte, war übertrieben luxuriös gewesen, aber das hier würde sie vielleicht doch nicht ertragen. Jemand stieg gerade aus einem Taxi, und sie ging darauf zu, um den Fahrer anzusprechen. »In das beste Hotel der Gegend«, sagte sie und dachte bei sich, das beste Hotel mochte gerade so annehmbar sein.

»Hotel Goldenes Glück, vier Sterne«, sagte der Fahrer stolz.

»Dann dorthin.«

Das Hotel Goldenes Glück war erstaunlich schön hoch oben über der Stadt gelegen. In der Lobby waren farbenprächtige Blumen der Saison äußerst geschmackvoll arrangiert. Der glänzende Marmorboden wurde offenbar häufig und gründlich gereinigt, die Deckenlampen spiegelten sich darin – wie im Palace Hotel in Peking. Liu hätte gern gewußt, für welche Art Besucher das Ganze gedacht war.

Da es schon kurz nach vier war, beschloß sie, sich Essen aufs Zimmer kommen zu lassen, Rindfleisch mit Nudeln, eine Art verspätetes Mittagessen. Anschließend räumte der Zimmerkellner alles wieder ab.

Sie legte sich hin, um darüber nachzudenken, was heute so geschehen war, konnte sich aber keinen rechten Reim auf alles machen. Sie mußte ihre Mutter anrufen. Nicht um deren Rat einzuholen – sie holte nie anderer Leute Rat ein –, aber sie sollte der Mutter zumindest erzählen, daß sie gut angekommen war.

Vom Zimmertelefon aus konnte man jedoch keine Ferngespräche führen. Die Rezeption sagte auf Anfrage, das geleistete Pfand decke nur die Zimmermiete ab, für das Telefon sei extra zu zahlen.

Sie hatte nicht viel Bargeld dabei, aber es half ja nichts, sie mußte hinuntergehen und noch einmal Pfand bezahlen. Danach ging es ihr plötzlich viel besser, sie fühlte sich voller Energie, das zu Ende zu führen, was sie hierher in den Kreis Liang geführt hatte. Ihre Mutter konnte sie später noch anrufen, das hatte Zeit.

Als sie das Hotel verließ, fiel ihr ein, daß sie ihr Adreßbuch vergessen hatte, und sie mußte noch einmal zurückgehen. Sie war sonst nie so durcheinander, das lag sicher an Li Lusheng und dieser Frau. Als sie sich im Badezimmer die Hände wusch, sah sie im Spiegel eine Frau im

Hosenanzug, ja, sie wirkte wie einer dieser gutgekleideten Kader aus der Stadt. Da öffnete sie ihren Koffer, nahm einen bequemen Pullover samt Baumwollhose heraus und wechselte in komfortable Straßenschuhe.

Sie mußte einer Lehrerin ähneln. Doch als sie am Garderobenspiegel vorbeiging, sah sie, daß sie eher einer Studentin glich. Mit ihrem kurzen Haar wirkte sie, wenn man nicht genauer hinsah, tatsächlich viel jünger, als sie war. Trotzdem war ihr Zyklus in letzter Zeit nicht mehr regelmäßig, sie litt unter Schlaflosigkeit, brachte es häufig nur auf vier bis fünf Stunden Nachtruhe. Und plötzlich überfiel sie Trauer: Wieso war sie ausgerechnet in dieser kritischen Phase, kurz vor der Menopause, betrogen worden? Doch schon schalt sie sich für diesen Gedanken. Sie legte ihre Wäsche ab und beschloß, ein ausgedehntes Bad zu nehmen. Das Badezimmer glich einem Paradies: großer Spiegel, Wandlicht mit Dimmer, der Boden in schwarzem und weißem Marmor gefliest, an der Wand künstlerisch anspruchsvoll gestaltete Kacheln. Neben dem breiten Waschbecken stand eine auf antik gemachte Lackschachtel mit seidig glänzendem Papier darin, die Utensilien zur Gesichts- und Haarpflege waren in einem eigenen Lackgefäß untergebracht. Der Stapel weißer Handtücher verströmte einen angenehmen Zitronenduft.

Sie stieg in die Wanne und zog den Vorhang zu.

Durch das Rauschen des Wassers hindurch glaubte sie das Telefon klingeln zu hören. Sie drehte den Wasserhahn ein wenig zu – das Telefon klingelte tatsächlich. Wahrscheinlich war es die Rezeption mit irgendeiner Frage. Sie rührte sich nicht, und schließlich hörte es auf. Sie wusch sich das Shampoo aus dem Haar, stellte das Wasser heißer. Da klingelte das Telefon erneut. Tropfnaß stieg sie aus der Wanne und griff nach dem Hörer, der über der

Toilette an der Wand hing. Der Badezimmerspiegel war von so guter Qualität, daß sich kaum Wassertropfen darauf abgesetzt hatten.

Zu ihrer Verblüffung war Li Lusheng am Apparat: »Na, bist du angekommen? Alles klar?« Es schien ihn nicht im geringsten zu überraschen, daß sie in diesem Hotel abgestiegen war. »Ich bin noch in Peking«, sagte er.

»Woher weißt du, wo ich bin?« Liu bemühte sich um eine ruhige Stimme. Sie betrachtete die Person im Spiegel, die einen schmerzlichen Gesichtsausdruck zeigte. Sie kannte die Antwort: Bestimmt hatte an der Baustelle jemand beobachtet, wie sie das Boot bestieg, und war ihr bis zum Hotel gefolgt. Es war nicht nur dieser Herr Han, Li Lusheng mußte unzählige Gefolgsleute haben. Wo sie auch hinging, er würde es über kurz oder lang wissen.

»Paß bloß auf dich auf«, sagte Li Lusheng, ohne ihre Frage zu beantworten.

Liu geriet in Rage, sie mußte geradezu die Zähne zusammenbeißen, um ihre Wut unter Kontrolle zu halten. »Ich fürchte, die größte Gefahr in meinem Leben bist du! Ich habe dich gefragt, woher du weißt, daß ich in diesem Hotel bin.«

»Die Sicherheitslage in der Gegend ist nicht die beste.«

»Droh mir nicht!«

»Hast du die Bekanntmachungen nicht gesehen, die überall an den Wänden kleben, sowohl in der Alten als auch in der Neuen Stadt?«

»Darauf habe ich nicht geachtet.«

»Dann wurden sie wohl schon wieder entfernt. Verlaß den Kreis Liang so schnell wie möglich! Soll jemand dich abholen?«

Jetzt ging er wirklich zu weit. Sie war in einer bestimmten Absicht hergekommen, nicht um sich die Gegend anzusehen.

Hier warteten Häuser auf den Abriß, ohne daß den Bewohnern oder denen, die sich weigerten fortzuziehen, eine neue Bleibe zugeteilt worden war. Das war nichts Besonderes, selbst der Taxifahrer hatte gesagt, es sei relativ normal, daß Leute den Auszug verweigerten. Wenn es das war, was Li Lusheng als gefährlich ansah, hatte sie nichts zu befürchten.

Was anfangs als Verwandtenbesuch geplant gewesen war, hatte sich durch den Anruf einer Frau, die mit Li Lusheng zu tun hatte, in eine offene Wunde verwandelt. Sosehr es schmerzte, sie würde durchhalten. Sie weilte an ihrem Geburtsort, sie hatte etwas Bestimmtes vor, doch das mußte sie ihm nicht sagen; es ging ihn nichts an.

»Du solltest unbedingt abreisen, zurück zur Baustelle«, insistierte er.

»Entschuldige bitte, würdest du mir in Zukunft freundlicherweise deine Bluthunde vom Hals halten?«

»Sei doch nicht …«

Liu hob ihre Stimme und sagte scharf: »Das nützt dir auch nichts!«

»Aber ich habe es doch nur gut gemeint.«

Damit goß er Öl in das Feuer, das in ihr loderte: »Du hast von Natur aus keine guten Absichten!« schrie sie in den Hörer. »Von Natur aus nicht! Das Parfum, das du mir hast schicken lassen, stinkt gen Himmel, ich muß kotzen!«

Li Lusheng ignorierte ihre Wut: »Du hast mich nie enttäuscht, und ich werde es auch nicht tun.«

»Heuchler!« wollte sie brüllen, warf dann aber den Hörer auf die Gabel. Plötzlich wurde ihr bewußt, daß sie nackt war, und glaubte, er könne sie sehen. Und das wollte sie nun wirklich nicht.

Sie ging zurück in die Badewanne und drehte das Wasser auf. Allerdings in die falsche Richtung, es war eiskalt. Hastig korrigierte sie den Fehler, so daß sie nun unter einem mächtigen Wasserfall saß. Ich glaube, ich habe mich noch nie so aufgeregt, nie. Aber um seinetwillen muß ich mich auch nicht gerade zusammenreißen, dachte sie.

Heute erst hatte sie sich mit dieser Realität konfrontieren wollen: mit der Frau, die aus heiterem Himmel angerufen hatte. Wie bei einem Überfall. Sie war tief in ihre Ehe eingedrungen, hatte sicher Angst vor der Zukunft und wurde von Li Lusheng offenbar auch noch ignoriert. Sonst hätte sie sich kaum zu so einer dummen Reaktion verleiten lassen. Besonders jung hatte ihre Stimme nicht geklungen, aber bestimmt war sie attraktiv und sehr talentiert. Sie mäßigte sich in ihrer Wortwahl, blieb aber angriffslustig, sie verachtete Geschäftsführer Han und wußte, was sie wollte. Auch gut, dachte Liu, niemand wird mit dir um Li Lusheng kämpfen.

Da er mit keinem Wort darüber sprach, hatte er sie wohl wirklich betrogen. Dazu kannte sie ihn zu gut. Er pflegte zu sagen: »Wer schweigt, hat recht.«

Scheidung? Ihre Mutter lag nicht ganz falsch, sie war auch nicht ohne Schuld. Sie und Li Lusheng waren ihrer eigenen Wege gegangen, sie lebte schon lange allein, insofern waren Ehe und Scheidung dasselbe. Beides eine Formsache.

An diesem Punkt begriff sie auf einmal, daß sie die ganze Zeit benutzt worden war. Ihre Ehe war nichts als ein praktischer Rahmen, in dem Li Lusheng seinen Frauengeschichten hatte nachgehen und seinen Vorgesetzten zugleich die heile Familie vorspielen können.

Ihr Selbstwertgefühl ließ es nicht zu, daß sie die Frau fragte, was zwischen ihr und Li Lusheng gewesen war. Sie wollte es nicht wissen. Weniger Einzelheiten bedeuteten weniger Verletzungen, aber über die ganze Geschichte

Bescheid zu wissen, das war noch etwas anderes. Diese Ehe hatte es ihr immerhin ermöglicht, ohne Anstrengung nach außen hin eine Familie zu haben.

Plötzlich hatte sie das Gefühl, mit ihr stimme etwas nicht. Eine normale Frau wäre unter diesen Umständen außer sich vor Wut, hätte Tontöpfe und Porzellanteller zerschlagen oder wenigstens laut geweint und geklagt. Nicht sie. Wenn er kein liebender Ehemann war, dann eben nicht. Geschäftsführer Han hatte ihn als »wichtigen Mann« der größten Baustelle der Welt bezeichnet; ihre Mutter hatte in ihren Veteranenkreisen gehört, er habe »eine höchst verheißungsvolle Zukunft« vor sich.

Als sie in den Vereinigten Staaten an ihrer Abschlußarbeit geschrieben hatte, hatte sie – vielleicht aus Müdigkeit – unter dem Mikroskop immer eine Wüste gesehen. Sie hatte nie begriffen, was das bedeutete. In der Wüste hatte sich nur ein einziger Mensch befunden, eine Frau, die sich durch den Sand kämpfte. Und sie hatte das Gefühl gehabt, das sei sie. Dann erschien in der Ferne ein Markt, zu dem sie sich durchzukämpfen versuchte, wobei sie ihren Vater traf. Strahlende Lichter waren dort, die Menschen sangen und tanzten. Ihr Vater führte ein Kamel mit sich. »Du bist so nicht glücklich«, sagte er. »Ich ertrage nicht, das mit anzusehen. Wenn du eines Tages glücklich bist, komme ich dich wieder besuchen. Ansonsten siehst du mich nie wieder.« Damit tauchte er in das Menschengewühl auf dem Markt ein.

Danach sah sie ihren Vater nie wieder unter dem Mikroskop, ja, sie träumte so gut wie nie von ihm.

Sie erinnerte sich, daß Li Lusheng wenige Tage später eine Dienstreise nach Amerika unternahm und sie besuchte. Bevor er am Morgen fortging, erzählte sie ihm, was sie gesehen hatte. In seinen Augen sei ihr Vater ein Held, sagte er, im Krieg habe er seinen, Li Lushengs, verletzten

Vater vom Schlachtfeld gerettet. »Unser beider Familien sind im Leben wie im Tod miteinander verbunden«, habe sein Vater gesagt. »Du spielst für mich eine größere Rolle als alles andere auf der Welt«, hatte er hinzugefügt.

Dieser Satz tröstete sie, doch hatte sie zugleich das Gefühl, daß ihr Mann damit noch etwas anderes sagen wollte. Dieser Li Lusheng genoß zwar die Vorteile des Sohnes eines Armeeangehörigen, hatte aber den Taten der Revolutionäre nie besondere Wertschätzung entgegengebracht. Im Gegenteil, er hielt viel mehr von sich und seinesgleichen. Und deshalb sah er keine Notwendigkeit, aufgrund der alten Freundschaft ihrer Väter ihr gegenüber treu und loyal zu sein.

7

Diese sogenannte Stadt verfügte offenbar über keinerlei öffentliche Transportmittel, dazu war die Fläche zu klein. Dafür wimmelte es von Taxen, die auch recht preiswert waren: Der Grundpreis betrug fünf Kuai, halb so viel wie in Peking. Allerdings hätten die kurzen Entfernungen in der Stadt höhere Preise auch kaum gerechtfertigt. Die Hauptstraße im neuen Stadtzentrum hieß Fließende-Seide-Straße. Die Gebäude zu beiden Seiten sahen ansprechend aus, Geschäfte jeder Größe hatten neu eröffnet, und Blumenarrangements befanden sich vor stilvollen Firmengebäuden, deren Lobbys rote Zwillingsschriftzüge zierten.

Polizisten dirigierten den Autoverkehr in ordentlichen Bahnen, eine großflächige elektronische Werbefläche zeigte abwechselnd Reklame für Wahaha-Mineralwasser, und wenige Sekunden später die aktuellen Aktienkurse. Fuhr man den Berg hinab in die Alte Stadt, so bot sich ein völlig anderes Bild: Überfüllte Straßen, Verkaufsstände zu beiden Seiten, schwarzer Schinken und Pökelfleisch am Eingang zum Geschäft, frisches Gemüse, gewaschen und ungewaschen, stapelte sich auf der Erde.

Auch die Menschen sahen anders aus – als warteten sie auf etwas. Allenthalben zerstörte Häuser wie im Krieg. Obwohl es bis zur ersten Flutung noch lange hin war und die Linie von 175 Metern über dem Meeresspiegel erst im Jahr 2009 erreicht werden würde, war der Staudamm schon jetzt zum Lebensmittelpunkt geworden, als sei es besser, sich möglichst früh an die neuen Umstände zu gewöhnen.

Der Taxifahrer hielt plötzlich an und sagte ungeduldig: »Steigen Sie am besten aus, bei dem Gemüsemarkt unten geht es überhaupt nicht mehr voran vor lauter Körben und Lastkarren.«

Es stimmte, in der Alten Stadt wurde der Verkehr immer schlimmer. »Wie weit ist es noch bis zur Heringsgasse?« fragte Liu.

»Ganz nah.« Der Fahrer steckte die fünf Kuai Fahrgeld ein.

Liu Cui stieg aus und zog sich an den Straßenrand zurück. Sie fragte nach dem Weg. Die Sichuaner brüllten immer, als könnten sie nicht ruhig sprechen. Aber sie waren freundlich, und nach ihrer Wegbeschreibung war sie im Nu, wo sie hinwollte.

Hier war es ruhig, zu ruhig vielleicht. Liu vermutete, daß sie sich unter der 175-Meter-Linie befand. Die Straße hierher war schmutzig und übelriechend gewesen, überall verrottendes Gemüse, Glassplitter und Plastikfolien, in den Mauerritzen wuchsen Moos und frisches Gras. Die Alte Stadt war bereit, erneuert zu werden, aber alles unterhalb der 175-Meter-Linie hatte keine Zukunft.

Es gab höchstens ein nachträglich aufgesetztes erstes Stockwerk, keine Hochhäuser. Die verfallenen Häuser zeigten vielfach Risse in den Mauern – doch zwischen ihnen war der ganze Berg mit Bananenstauden und Oleander bewachsen. In den Höfen dienten Holzfässer, ja selbst Nachttöpfe und Spucknäpfe als Pflanzenkübel, ein betörender Duft lag über allem.

Behutsam stieg sie einige Stufen hinunter. Gegenüber einem Strommast hatte man ein einfaches Gebäude an eine Fabrik angebaut, genau die gesuchte Adresse: Heringsgasse 78b.

»Besuch Tante Chen«, hatte Mutter gesagt und war ins Schlafzimmer gegangen, um die Adresse herauszusuchen. Sie schrieb sie auf ein Blatt Papier, das sie Liu reichte: »Die stand auf einem Brief, den ich vor vielen Jahren bekommen habe, ich hoffe, Tante Chen wohnt noch dort.«

»Was macht diese Tante Chen?« fragte Liu neugierig.

»Sie ist Hausfrau, wie ich«, sagte ihre Mutter.

»Das meine ich nicht.« Liu wußte, daß ihre Mutter sich selbst auf den Arm nahm. Sie hob den Kopf und sah die andere an. »Ich meine, bevor sie in Rente ging; ich vermute, sie ist so alt wie du. Du warst im Büro auf der Leitungsebene tätig – und sie?«

Ihre Mutter überlegte, bevor sie antwortete: »Sie hatte nicht besonders viel Glück im Leben, und das ist noch harmlos ausgedrückt. Ihr Mann war ein Veteran, hat sich aber etwas zuschulden kommen lassen, und das war's dann. Sie setzte sich in der Einheit für ihren Mann ein und wurde am Ende selber entlassen. Ich vermute, vor der Rente war sie Arbeiterin, vorausgesetzt, sie hat überhaupt noch Arbeit gefunden.«

Das hatte Liu nicht erwartet.

»Unsere Verbindung ist in den letzten Jahrzehnten abgebrochen. Da war nur dieser eine Brief vor etwa zwanzig Jahren, in dem sie erzählte, daß ihr Mann gestorben sei. Sie bat seinen früheren Führungsfunktionär – deinen Vater –, ihren Mann postum zu rehabilitieren. Sie wußte nicht, daß dein Vater damals schon nicht mehr lebte.« Die Muter seufzte: »Natürlich konnte ich ihr nicht zurückschreiben.«

»Warum?«

»Das ist eine lange Geschichte«, erwiderte die Mutter. »Ich glaube, heute abend haben wir zwei eine Menge zu besprechen. Ihre Bitte um ›Rehabilitation‹ hat unmittelbar mit deinem Vater zu tun.«

»Und mit eurer Zeit im Kreis Liang?« setzte Liu nach. »Wieso soll ich zu ihr gehen?« Sie fragte sich, was sie damit zu tun hatte, daß zwei Witwen eine alte Schuld begleichen wollten.

»Als ich mit dir schwanger war, war sie meine beste Freundin«, sagte die Mutter. »Nun ist es so, daß ich einige Dinge, die rund um deine Geburt geschahen, nie recht begriffen habe. Du solltest sie fragen. Gut, mein großes Mädchen, du weißt, wie man so etwas regelt, außerdem gehörst du zur nächsten Generation. Du wirst es für mich tun, oder?«

Liu hatte keinerlei Schwierigkeiten darin gesehen und leichten Herzens zugestimmt. Jetzt machten ihr die Worte der Mutter angst. Die Sphäre vor der Geburt eines Menschen zählte zur Geisterwelt, so wie der Augenblick kurz vor dem Tod, wenn man umgeben von schwarzer Fremdheit, allein, ohne jede Begleitung ist.

Nun, an der Tür zu dieser Welt, überkam sie Furcht.

Die schwarze Tür stand halb offen, vermutlich, weil die Fenster so klein waren. Liu Cui trat näher und sah, daß im Innern einige Stufen hinabführten. Der unangenehme Geruch von chinesischer Kräutermedizin schlug ihr entgegen.

»Ist Tante Chen zu Hause?« fragte sie.

Keine Antwort. Sie rief erneut, etwas unruhig diesmal. Dennoch faßte sie all ihren Mut zusammen und ging die wenigen Stufen hinab. Noch bevor ihre Augen sich an das Dunkel gewöhnt hatten, stand eine Frau vor ihr, als sei sie aus dem Boden gewachsen. Erschrocken wich Liu Cui zurück.

Die Frau blickte sie kalt an.

Das von außen einfallende Licht reichte Liu, um zu erkennen, daß die andere noch recht jung war, um die Dreißig, und von eigenartigem Äußeren. Sie trug zwei Zöpfe, ihr Gesicht wirkte grau, in den Augen sah man die Äderchen. Als Liu Cui sich beruhigt hatte, sagte sie: »Ich suche Tante Chen.«

Als sei sie taub, reagierte die Frau überhaupt nicht. Ein Topf mit chinesischer Medizin blubberte über offenem Feuer. Die Frau hockte sich davor und fachte das Feuer mit einem großen Bananenblatt an, so daß das Zimmer voll Qualm war.

Daß sie nicht willkommen war, hatte Liu begriffen. So ging sie wieder ein paar Stufen hinauf, wo am Eingang Kinder balgten, um zu sehen, was los war. Liu blickte zurück, da wandte die Frau auch den Kopf und ließ im Dunkeln weiße Zähne aufblitzen, als lache sie hämisch.

Sie war ganz offensichtlich falsch hier.

Wie peinlich. In dem düsteren Eingangsbereich nebenan saßen mehrere Männer und Frauen um einen Tisch herum und spielten Mah-Jongg. Über ihren Köpfen hingen Unterhosen und Kinderkleidung zum Trocknen. Sie waren vertieft in ihr Spiel und verschwendeten keinen Gedanken daran, es zu unterbrechen. Es war landauf, landab dasselbe Bild, wie süchtig saßen die Menschen am Mah-Jongg-Tisch. Die Armen spielten um eine Schale Nudeln, die Reichen um ein Auto oder eine Wohnung.

Liu sprach die Runde ein-, zweimal an, bis endlich ein Mädchen, das danebenstand, antwortete: Ja, es gebe eine Tante Chen, die hier wohne, doch liege ihr Mann im Krankenhaus, wahrscheinlich besuche sie ihn gerade.

Liu war erleichtert, daß die Person, die ihrer Mutter so wichtig war, tatsächlich existierte. »Wann wird sie etwa zurückkommen?«

Das Mädchen wollte antworten, wurde aber von einer anderen Zuschauerin unterbrochen: »Unnützes Ding, was treibst du dich hier herum?« brüllte sie. »Ich werde es deiner Mutter sagen!«

Das Mädchen verstummte. Die Spieler schielten zu Liu Cui hinüber, als wolle sie ihre Ruhe stören.

Da stieß eine Frau mit dunkelrot gefärbtem Haar plötzlich einen spitzen Schrei aus: Eine fette Ratte kletterte den Tisch empor und lief quer darüber hinweg. Sie war am ganzen Körper nackt, eine furchterregende Erscheinung. Liu Cui schrie bei ihrem Anblick ebenfalls auf. Aufgeschreckt rannte die Ratte herum. Jemand rief: »Schnell, schnell, das ist der furchtlose Rattenkönig!«, und die Spieler griffen nach Schaufeln. Sie fuchtelten damit herum und zerschlugen einen Krug mit eingelegtem Gemüse, worauf alle kreischten und zur Seite sprangen, während der scharfe Geruch des sauren Suds freigesetzt wurde. Die Ratte hatte vermutlich schon Gift gefressen, denn sie wurde immer langsamer und war leicht zu erschlagen.

»Wir haben erst vor zwei Tagen Gift gestreut, sie können unmöglich schon wieder dasein.«

»Wer bei sich zu Hause kein Gift gestreut hat, kann etwas erleben. Er wird dafür bezahlen, der Bastard!« rief jemand.

»Hast du Beweise?«

Der andere, Sandalen an den Füßen, rückte den Tisch zur Seite und kam direkt auf den Sprecher zu. Keine Minute, und die ganze Straße war um die Streithähne versammelt. Die Menschen, die nicht umziehen mußten, hatten offenbar alle Zeit der Welt.

Liu Cui verlor das Interesse. Da Tante Chen nicht da war, konnte sie sich ebensogut im Hotel hinlegen und ausruhen. Sie war erschöpft.

Auf dem Rückweg sah sie an der Einmündung zur nächsten Straße ein Schild mit der Überschrift »Gehobenes Wohnen am Wolkensee«. Der Werbetext dazu erschreckte sie:

Genießen Sie euro-amerikanisches Flair!
Erhöhen Sie Ihr Vertrauen in die Geschäftswelt!
Zeigen Sie Ihren sozialen Status!
Seien Sie patriotisch!
Erstklassige Wohnviertel, nach Ihren Wünschen entworfen, hoher Qualitätsstandard, Weltniveau.
An den Bergen gelegen und mit Zugang zum Wasser, nur für Reiche und Erfolgreiche.
Mit Schwimmbecken, Tennisplatz, eigener Bootsanlegestelle und Blick auf die drei Schluchten.

Dazu Grundrisse von Häusern. Dreihundert Quadratmeter groß sollten die Gebäude werden, mit zwei Wohnzimmern, fünf Schlafzimmern und zwei Bädern auf zwei Etagen, mit Dienstboteneingängen und gesonderten Räumen für die Hausangestellten. Dachfenster, im hinteren Garten ein künstlicher Hügel mit Wasserfall, vorn ein Swimmingpool mit azurblauem Wasser. Die geräumige

Garage bot Platz für zwei Autos. Der Garten mochte zweihundert Quadratmeter messen.

Sie trat näher und sah genauer hin, richtig, auch der Kai war eingezeichnet. Eine westliche Yacht lag da vor Anker, der See war gesprenkelt mit bunten Segeln.

Beunruhigt fragte sie sich, ob es wohl genügend Neureiche geben mochte, um diese entlegene, arme Gegend in eine wohlhabende Villengegend zu verwandeln?

Solange man die Alte Stadt dort unten nicht beachtete, existierte sie nicht. Es war kein Fehler, einen solchen Ort in den Fluten versinken zu lassen.

Liu Cui mußte zur Toilette und fand nur mit Mühe eine gemauerte öffentliche Bedürfnisanstalt. Sie ging hinein, schoß aber sofort wieder heraus – in der Männertoilette nebenan litt jemand unüberhörbar an Durchfall. Seit über zwanzig Jahren hatte sie kein solches Toilettenhäuschen, das sich die ganze Nachbarschaft teilte, von innen gesehen.

8

Am nächsten Morgen wachte Liu Cui früh auf. Das Fenster war wie bestickt mit Millionen Wasserperlen, der Fluß lag im dichten Nebel. Sie ging hinaus auf das nasse Kopfsteinpflaster. Von der oberen zur unteren Straße führten einige Stufen, es war ganz einfach zu finden. War der Liang-Kreis ihr gestern noch wie ein Irrgarten vorgekommen, so konnte sie heute schon die großen Straßen unterscheiden und wiedererkennen.

Eigentlich hatte sie frittierte Teigstangen mit Sojamilch frühstücken wollen, aber dann entschied sie sich doch für eingewickeltes Weizengebäck, das war vermutlich sauberer. Eine gute Entscheidung, denn von einem Stück war sie schon satt. Sie wollte gerade eine Zeitung kaufen, als sie am gegenüberliegenden Straßenrand auf einmal eine Frau sitzen sah, die ihr bekannt vorkam. Ja, es schien diejenige zu sein, die sie gestern in der Heringsgasse demonstrativ ignoriert hatte. Sie schien auf jemanden zu warten, und ihr stand der Schweiß auf der Stirn, als habe sie gerade schwer gearbeitet. Zwei schmutzige Jungen im Alter von fünf, sechs Jahren bettelten die Passanten an. Eine alte Frau mit über die Schulter gelegtem Binsengras ging die Straße entlang.

»Wieviel?« wurde sie gefragt.

»Fünf Kuai ein Bündel.«

»Das ist zu teuer, machen Sie mir einen guten Preis.«

Dazu war die Alte nicht bereit.

Einen Augenblick später ging die junge Frau den Abhang hinunter. Liu Cui folgte ihr neugierig. Die meisten Häuser dort wurden Ziegel für Ziegel abgetragen, man kam vor lauter Umwegen kaum voran.

Ein paar Frauen schabten die Ziegelsteine sauber, andere luden sie sich in große Körbe und schleppten sie auf ihrem Rücken gebeugten Schrittes in die Obere Stadt. Sie waren zwanzig, dreißig Jahre alt, die Gesichter puterrot und verschmutzt, noch bevor sie den Aufstieg begonnen hatten. Der Wind blies, die Sonne brannte, und man fragte sich, wie lang wohl die Jugend dieser Frauen währen würde.

Als Liu den Fuß des Abhangs erreicht hatte, war sie zwar am Fluß angelangt, doch von der Frau fehlte jede Spur.

Jemand hielt ein Plakat hoch, er suchte dringend Arbeiter, die auf der kleinen Insel gegenüber Kartoffeln in Scheiben schneiden und zum Trocknen auslegen sollten. »Fünf Kuai am Tag!« pries er sein Gebot begeistert an. Liu staunte: Zum Preis von drei Tageszeitungen waren

Arbeitskräfte hier zu haben? Wieviel mochten die Frauen verdienen, die eineinhalb Zentner Ziegelsteine den Hang hinaufschleppten? Sie wagte nicht, jemanden zu fragen.

Sie ging einfach weiter, bis sie entdeckte, daß sie eine Abkürzung gefunden hatte, die sie schnell in die Heringsgasse bringen würde. Sie beschloß, ihr Glück nochmals zu versuchen.

Die abschüssige Straße war so trostlos wie am Tag zuvor. Am Rand waren Kohlenhaufen aufgeschüttet, und niemand schien Sorge zu haben, daß die Kohlen zertrampelt würden. Im offenen Abflußkanal sprudelten Abwässer aus der nahe gelegenen Bürstenfabrik, in der Schweineborsten verarbeitet wurden. Ein Großteil der Brühe floß gar die dreckige Straße entlang, so daß man die Hosen anheben und auf Zehenspitzen gehen mußte.

Kurz vor dem Haus vom Vortag sah Liu eine etwas ältere Frau mit abgetragenem Strohhut auf dem Kopf und einem Handtuch über der Schulter, die, über einen Wasserhahn gebeugt, auf einem Stein eine Schüssel Rüben wusch. In kurzen Abständen richtete sie sich auf, um Luft zu holen.

Noch bevor Liu Cui näher treten konnte, hatte die Alte sie entdeckt und maß sie mit ihren Blicken. Dann sagte sie ohne Umschweife:

»Du bist ihre Tochter, kein Zweifel. Du hast mich gestern gesucht, nicht wahr?«

Liu war zwar vorbereitet, hatte aber nicht erwartet, daß das die Frau war, die sie suchte: dick, unansehnlich, mit schlaffer Haut an Hals und Gesicht, das Hemd geflickt, die Schuhe fast durchgescheuert. Sie konnte sich einfach nicht vorstellen, daß diese Frau eine gute Freundin ihrer Mutter sein sollte – sie und die auf ihr Äußeres bedachte, saubere Mutter schienen verschiedenen Welten zu entstammen.

Liu Cui beeilte sich zu sagen, daß ihre Mutter sie hergeschickt und sogar ein Geschenk mitgegeben habe. Es gab kein Geschenk, nur hatte Liu plötzlich das Gefühl, daß das angebracht wäre.

»Also hat sie sich schließlich meiner erinnert«, sagte Tante Chen rauh. Sie wischte sich die Hände ab, musterte Liu Cui genau und fuhr fort: »Du bist wirklich die Tochter deiner Mutter, genauso schlank und gutaussehend. Eher noch attraktiver als sie damals.«

Liu war ein wenig verlegen, gleichzeitig führte die direkte, unverblümte Art der alten Dame dazu, daß die Spannung von ihr wich.

»Ich habe das Geschenk im Hotelzimmer vergessen«, sagte sie und überlegte fieberhaft, wie sie aus der Sache wieder herauskäme.

»Heute singt die Lerche vor meinem Fenster schon den ganzen Morgen, ich hätte wissen müssen, daß Besuch kommt!« Tante Chen sprach weiter, ohne auf die Sache mit dem Geschenk einzugehen. Sie nahm die Waschschüssel auf und bedeutete Liu Cui, mit ihr die Stufen hinunterzugehen. Im Nu waren sie bei ihr zu Hause angelangt.

Es lag immer noch der gestrige Medizingeruch in der Luft. Tante Chen bedeutete Liu, Platz zu nehmen, und öffnete die Zimmertür, um mehr Licht hereinzulassen. Der einzige Unterschied zu Tausenden anderer grauer Zimmerchen im Kreis Liang war, daß dies hier vollkommen leer war, nicht einmal Figürchen vom Gott des Reichtums oder der Göttin der Barmherzigkeit fanden sich darin; nur ein Tisch und zwei Hocker in der Küche und das Bett. Selbst der übliche Schwarzweißfernseher fehlte.

»Meine Mutter denkt oft an dich und fragt sich, wie es ihrer alten Freundin wohl gehen mag.«

»Wußtest du die Antwort nicht in dem Augenblick, da du dieses Zimmer gesehen hast? Ich besitze nichts, habe alles verkauft, so daß sogar die Ratten mein Haus verschmähen – zum Glück.«

Ihr Mann sei im Krankenhaus, sagte sie, Magenkrebs, er solle operiert werden. Arbeitslos sei er und damit nicht mehr krankenversichert gewesen. Das hieß, sie müßten alles selbst bezahlen, Aufenthalt, Behandlung und Medikamente. Zweihundert Kuai pro Tag kostete das, und für die Operation müßten sie fünftausend berappen. Sonst konnten sie nur zusehen, wie sich der Krebs ausbreitete.

Sie reichte Liu Cui ein Glas heißes Wasser: »Wenn ein Familienmitglied krank ist, reicht es nicht einmal mehr für Teeblätter.« Nachdem sie den Strohhut abgenommen hatte, sah Liu ihre strähnigen, ungekämmten Haare, grau und weiß.

»Heißes Wasser reicht völlig, Tante Chen«, sagte Liu und umfaßte das Glas.

»Sie nennen mich nicht mehr Tante Chen.«

Sie erzählte, daß ihr erster Mann, Chen, 1973 gestorben sei. In den fünfziger Jahren sei ein Disziplinarverfahren wegen Ungehorsam gegenüber der Obrigkeit gegen ihn gelaufen, dann sei die Kulturrevolution gekommen und er der Kollaboration angeklagt und ins Gefängnis geworfen worden. Immer habe er für das geradegestanden, was er getan hatte, und nachdem der politische Wind so oft umgeschlagen war, mußte er wissen, daß Gewinner nie Gnade mit Verlierern üben. Er starb im Gefängnis unter ungeklärten Umständen. Als später alle rehabilitiert wurden, ließ man ihren Mann aus, was sie dazu veranlaßte, einen hilfesuchenden Brief an Liu Cuis Mutter zu schreiben – was sie später allerdings bereute. Ihr Mann war schließlich tot, was sollte das alles noch.

Tante Chen sprach sehr schnell und mit monotoner

Stimme, ohne Wut und Ärger, so als habe sie das Leben mit Ungerechtigkeiten verschont. Ihr Redefluß fand kein Ende.

»Was sollte ich machen? Nach der Kulturrevolution ging ich auf die Fünfzig zu, ein Alter, in dem eine Frau verheiratet sein sollte. Also nahm ich den Nachbarn Wang, der zwar Arbeiter war, aber das Herz am rechten Fleck hatte und sehr gut zu mir war. Jetzt nennen sie mich Mutter Wang, nur wenige alte Bewohner wissen noch, daß mein erster Mann Chen hieß.«

In diesem Augenblick trat eine Frau ein, das Gesicht mit Staub bedeckt, die Kleidung schmutzig. »Komm her, Mädchen«, rief Tante Chen. »Hier ist ein Gast von weither.«

Liu konnte im Gegenlicht nichts Genaues erkennen.

Die Eintretende nahm sich Handtuch und Waschschüssel, um sich das Gesicht zu waschen. Liu konnte nicht an sich halten: »Ist das deine Tochter?«

»Ja, sie ist meine Adoptivtochter Diegu«, antwortete Tante Chen. »Du müßtest sie gestern gesehen haben. Ihr geht es zur Zeit nicht besonders gut, aber das Krankenhaus ist zu teuer, so versorge ich sie mit Kräutermedizin.«

»Gestern dachte ich, ich hätte mich in der Tür geirrt.«

»Sie ist hier nicht ganz in Ordnung«, Tante Chen tippte sich an die Stirn. »Sie hat nie gelernt, mit Menschen umzugehen. Vor über zwanzig Jahren kamen hier viele Leute vorbei, die versuchten, dem Hunger davonzulaufen. Sie hatte Schaum vor dem Mund und im Gesicht, und ein Krampf ging durch ihren ganzen Körper. Am Ende der Gasse fiel sie in Ohnmacht. Mein Mann Chen erbarmte sich ihrer und brachte sie nach Hause, wo sie wieder zu sich kam. Aber seitdem stimmt etwas in ihrem Kopf nicht. Sie arbeitet, fegt jeden Morgen vor Sonnenaufgang die Straße – für einen lächerlichen Lohn. Es ist bitter, aber ihr wird selbst in dieser Stellung gekündigt werden.«

Liu sagte nicht, daß sie Diegu am Morgen gesehen hatte, wie sie vermutlich einem Zusatzjob neben der Fegearbeit nachging. An die hundert Kilo Steine auf dem Rücken schleppen, wie sollte sie da jemals gesund werden? Tante Chen goß Kräutersud in eine Schale, trug diese ins Schlafzimmer und ermahnte ihre Tochter, die Medizin zu trinken, solange sie heiß war.

Diegu fragte: »Mama, hast du schon gegessen? Wie geht es Vater?«

»Es geht. Ich bin gestern spät wiedergekommen, habe dich vermutlich aufgeweckt. Ruh dich jetzt ein wenig aus.«

Sie lieben sich sehr, dachte Liu.

Tante Chen kam ins vordere Zimmer zurück und klatschte plötzlich in die Hände: »Deine Mutter hat bestimmt von Yueming erzählt, meinem Sohn, der auf den Tag genauso alt ist wie du!«

Das hatte ihre Mutter nie getan. Sie erwähnte nur, daß auch Tante Chen zur Zeit ihrer Schwangerschaft ein Kind erwartete; sie hätten damals im Kreis Liang als »die zwei Kader mit den dicken Bäuchen« gegolten. Als die Familie Liu Cuis die Gegend verließ, blieb Bataillonskommandeur Chen – ein direkter, ehrlicher Mensch, verantwortlich für die bewaffnete Armee – mit seiner Familie zurück.

»Ja, meine Mutter hat so etwas erwähnt«, log Liu. »Wo ist dein Sohn jetzt?«

Tante Chen wandte den Kopf und sagte in Richtung des hinteren Zimmers: »Ruh dich aus, bevor du zu Vater ins Krankenhaus gehst, Diegu. Ich löse dich dann dort ab.« Darauf drehte sie sich wieder Liu Cui zu: »Ich hatte gerade vor, Yueming zu besuchen, er ist im ›Wasser-Mond-Tempel‹ in den Bergen.«

Liu hatte in irgendeinem Reiseführer von dem Ort gelesen. Der an den Nanhua-Berg angebaute Tempel war vor Hunderten von Jahren in der Ming-Dynastie entstanden. Aber was tat ihr Sohn dort?

»Er ist kein Mönch, er hat in einer kleinen Schule in der Umgebung unterrichtet, und zwar alle Fächer.« So alt Tante Chen auch wirkte, im Kopf war sie völlig klar. »Nach der Umsiedlung wurde die Schule geschlossen, und Yueming begann für den Souvenirladen des Tempels Bilder zu malen. Er hätte einfach Mönch werden sollen! So alt und noch nicht verheiratet, aber ich kann mir den Mund fusselig reden, es nützt nichts. Viele Mädchen interessieren sich für ihn, aber er reagiert nicht.«

Sie sah Liu Cui von der Seite an und seufzte.

Dann ging sie wieder ins Schlafzimmer und sprach leise ein paar Sätze mit Diegu. Anschließend kramte sie ein paar Sachen zusammen und machte Anstalten fortzugehen. Liu fiel ein, daß sie noch nie am Nanhua-Berg gewesen war, also bat sie Tante Chen, sie begleiten zu dürfen.

Tante Chen sah Liu Cui zögernd an. Dann stimmte sie mit einem lauten Lachen zu.

9

Sie bogen aus der Gasse in eine größere Straße ein und gingen Richtung Westen. Vorbei an Verkaufsständen, die dunklen, alten Schinken dort hängen hatten, bündelweise feuerroten Chili und Schnüre mit Knoblauch, wie man sie im Westen zum Schutz vor Vampiren aufhängen würde. In der Alten Stadt gab es an jeder Ecke einen Friseur, der Meister stand oft auf der Straße. Die Passanten begutachteten die Frisuren anderer, faßten aber kein Vertrauen zu den Friseuren, wenn sie zu billig waren; acht Mao für einfaches Kürzen, drei Kuai für eine Frisur.

Liu fühlte sich nicht ganz wohl unter den Blicken der Männer mit den großen, blitzenden Scheren. In die nächste Mauer oder einen Elektromast hatten sie jeweils große Nägel geschlagen, um ihre Utensilien aufzuhängen, Handtücher und dergleichen, und an einen Stein gelehnt stand ein Spiegel, in dem die verzerrten Bilder aller Passanten zu sehen waren.

Vor einem Geschäft, in dem Chili-Paste verkauft wurde, hielt Tante Chen an und erklärte Liu Cui, es gebe zwei Wege den Berg hinauf. Einmal den direkten, ursprünglich eine Treppe den Bergkamm hinauf, die man heute nur kostenpflichtig von einer Seilbahn aus als Sehenswürdigkeit besichtigen könne, zu Fuß dürfe dort niemand mehr hinaufgehen. »Eintritt und Seilbahn zusammen kosten fünfzig Kuai!« sagte Tante Chen aufgebracht. »Wer, außer Touristen, kann sich das leisten?!« Der andere Zugang erfolgte über eine gewundene Straße den Berg hinauf, die allerdings zuviel Zeit koste, wenn man zu Fuß sei.

Liu merkte, wie Tante Chen sich wand, spürte aber auch, daß dies nicht der richtige Augenblick war, den eigenen Wohlstand an die große Glocke zu hängen. »Tante Chen, mir ist es gleich, entscheide du«, sagte sie.

»Dann laß uns ein Motorrad nehmen«, sagte Tante Chen.

Sie bogen in die Hauptstraße ein. Vor ihnen erhob sich der nachlässig gestaltete Eingang zur Bergstraße – er lag unterhalb der kritischen Wassermarke –, und weiter die Straße hinauf folgte ein Gedenkstein dem anderen. Es war offensichtlich, bis wohin hier geflutet werden sollte.

Tante Chen verhandelte mit zwei Motorrad-Taxen den Preis, je fünf Kuai. Sie setzte einen Helm auf und reichte

Liu Cui auch einen. Liu beschloß, nicht über Hygiene nachzudenken, und setzte ihn auf. Tante Chen hielt sich an ihrem Fahrer fest und schärfte dem zweiten ein: »Fahren Sie vorsichtig und halten Sie Abstand!«

Liu widerstrebte es, einem fremden Mann die Arme um die Taille zu legen, doch ein Blick in den Abgrund genügte, ihre Bedenken fallenzulassen.

Sie hatten kaum Tempo gewonnen, da hatte der Fahrer Liu Cuis die Worte von Tante Chen schon vergessen und fuhr dicht auf das erste Motorrad auf, schlängelte sich sogar zwischen entgegenkommenden Fahrzeugen hindurch. Doch fuhr er dabei so sicher, daß Liu nach kurzer Zeit ihre Angst vergaß. Der weite Blick, der sich ihnen nun bot, war phantastisch: Der breite grüne Fluß und die feuchte Luft, die ihre Wangen streifte, machten die Fahrt zu einem überwältigenden Erlebnis.

Der Fahrer fragte Liu Cui, was sie vorhabe, ob sie Verwandte besuche oder eine Reise unternehme. Sie sei zur unrechten Zeit gekommen, man sei dabei, die Ratten auszurotten, über Nacht stürben tausend Stück in den Straßen, und am nächsten Tag trieben sie im Fluß.

Liu hörte geduldig zu. Das sei gar nicht so einfach, fuhr er fort, denn die Ratten seien schlau, sie versuchten mit den Menschen in die Obere Stadt zu ziehen, aber man lege Gift um die gesamte neue Siedlung herum, und die Ratten stürben an Ort und Stelle.

Nur den Tempel, fügte der Mann hinzu, verschonten die Tiere, immerhin habe der Boddhisatva seine Augen darauf.

In diesem Augenblick kam die Sonne zwischen zwei aufragenden Felsen durch. Im nächsten Augenblick hatte sie den Nebel vertrieben und legte den Blick auf den Fluß mit seinen sanften Wellen und kleinen Strudeln frei, die jede Reflexion der Berge unmöglich machten.

Ein einsames Floß zog flußabwärts. An den Ufern erhob sich Berggipfel um Berggipfel, einer höher und steiler als der andere. Im fernen Dunst verloren sie sich. Je höher die Fahrt ging, um so weiter reichte ihr Blick und um so kleiner schien das grüne Band des Flusses unter ihnen.

Schließlich hatten sie ihr Ziel erericht. Als Liu den Helm abnahm, um ihn dem Fahrer zurückzugeben, bemerkte sie, daß dem Mann der Schweiß vom Kopf troff. Sie wollte zahlen, doch Tante Chen ließ es nicht zu.

Die Fahrer boten an zu warten, um sie wieder hinunterzufahren, doch Tante Chen winkte ab: Wer bräuchte bergabwärts schon ein Taxi.

Sie befanden sich an der hinteren Mauer des Wasser-Mond-Tempels. Die Haupthalle stand auf der Spitze des Berges, an dessen Steilufer sich die Alte und die Neue Stadt dehnten, so weit das Auge reichte. Der Fluß nahm sich von hier oben aus wie eine grüne Straße, die sich zwischen den Bergen dahinschlängelte.

Die Tempelhallen waren von Mauern umgeben. Tante Chen stieß eine Tür auf. Im Inneren fanden offenbar umfangreiche Renovierungsarbeiten statt, Unmengen von Arbeitern huschten hin und her, es wurde geklopft und gehämmert. Es schien, als sehe dieser prachtvolle buddhistische Bau noch glorreicheren Zeiten entgegen.

In einem ruhigeren Seitenhof rief Tante Chen laut: »Yueming!«

Jemand antwortete, eine Tür ging, und ein Mann mittleren Alters trat zu ihnen. Er trug einen abgewetzten Sun-Yatsen-Anzug mit Tintenflecken. Sein Haaransatz war so weit zurückgewichen, daß er sich den Kopf kahlgeschoren hatte. Er sah wie ein in der Alten Stadt ansässiger Dorflehrer aus.

Yueming überspielte seine Überraschung schnell, als er

seine Mutter mit einer fremden Frau auf sich zugehen sah.

»Das ist Liu Cui«, stellte Tante Chen ihre Begleitung vor. »Die Liu Cui, von der ich dir so oft erzählt habe.«

Yueming streckte ihr die Hand entgegen: »Sehr erfreut! Sehr erfreut!«

»Laß den Unsinn!« Tante Chen gab ihm einen Klaps auf die Hand. »Liu Cui ist am selben Tag geboren wie du, was soll dieses ›Sehr erfreut! sehr erfreut!‹?«

Yueming tat, als habe er nichts gehört, und streckte weiterhin seine Hand vor. Wie alle Männerhände war sie etwas feucht.

»Guten Tag. Ihre Mutter ließ mich mitkommen, entschuldigen Sie die Störung«, sagte Liu Cui höflich.

»Kommt herein, setzt euch!«

Liu sah sich neugierig um und bewunderte seine Bilder. Als sie in sicherer Entfernung war, zog Yueming seine Mutter beiseite und sagte mit gedämpfter Stimme: »Direktor Li hat gestern gesagt, er könne uns nur tausend leihen. Der Souvenirladen laufe zur Zeit nicht besonders gut, hat er gesagt, selbst wenn Mönche die Bilder vor den Augen der Kundschaft segneten, könnten sie höchstens zwanzig Kuai draufschlagen. Ich redete und redete, bis er mir am Ende tausendfünfhundert zusagte.«

Tante Chen ließ sich kraftlos in einen Bambusstuhl fallen und warf dabei fast ein Tintenfaß um. Sie seufzte: »Die Operation darf nicht weiter aufgeschoben werden, du mußt dreitausend auftreiben, egal wie, in unserer Straße bekomme ich auch nur noch höchstens tausend zusammen! Viertausend ist das Minimum, denn es muß ein guter Arzt sein, es heißt, fünftausend wären besser. Was sollen wir nur tun?«

Yueming blickte ein wenig ratlos drein, er wußte nicht, was er sagen sollte. Liu entfernte sich diskret, sie konnte hier nicht viel tun. Dennoch verstand sie, was Mutter und Sohn einander mit gedämpfter Stimme im Sichuan-Dialekt zuraunten. Sie sprachen von großen Summen – sollte sie sich jetzt großzügig zeigen?

Der Raum schien eine Art Abstellzimmer zu sein. Er war sehr groß; links und rechts des Türrahmens hingen Bilder von Yueming, traditionelle Landschaftsbilder in Tusche mit jeweils einer Ode an die drei Schluchten, die in keinem Reiseführer der Gegend fehlten. In den Augen Lius hatten sich Landschaftsbilder in Tusche seit tausend Jahren nicht geändert, und auch Yueming fügte nichts Neues hinzu. Die aufgesetzten roten Pfirsichblüten und grünen Weidenblätter machten das Ganze eher noch kitschiger. Yueming bediente offenbar lediglich den Geschmack der Käufer, er war nichts als ein Fließbandmaler.

Am anderen Ende des Raums stand ein großer, alter Holztisch, auf dem sich neben einem Glas mit flüssigem Leim Papierrollen, ein Lineal und ein Becher mit Pinseln jeder Größe befanden. Unter dem Tisch stand ein Eimer mit verfärbtem Wasser, in dem die Pinsel ausgewaschen wurden.

Es hatte den Anschein, als sei Yueming auch für das Aufziehen der Bilder zuständig – und verdiene damit mehr Geld als mit der Malerei selbst.

Es waren Blätter unter den Tisch gerutscht, bei denen die Tinte bis auf die Rückseite durchgedrungen war. Neugierig drehte Liu eines um – und erschrak. Tatsächlich handelte es sich um ein Bild, das jedoch nur aus wenigen groben, breiten Pinselstrichen bestand. In der Mitte fanden sich ein kleiner roter Fleck und einige Extraspritzer in Schwarz. Sie sah sich dieses erstaunliche Werk genauer an und drehte ein weiteres um, das sich als noch wunderlicher herausstellte. Liu hatte das Gefühl, nicht viel von abstrakter Kunst zu verstehen. In ihren

Augen waren westliche Ausstellungen für moderne Kunst nichts als Veranstaltungen von Verrückten, die in ihrem Mut wetteiferten, Menschen hinters Licht zu führen. Doch die Ausdrucksstärke dieser beiden Bilder nahm sie sofort gefangen. Dargestellt waren der Fluß und die Schluchten, doch war es mehr als das: Die Bilder regten die Phantasie des Betrachters an. Die ungestümen Pinselstriche und scheinbar zufälligen Tintenkleckse fingen ein ganz besonderes Wesen dieser Welt ein und wiesen zugleich darüber hinaus.

In diesem Augenblick schienen die Bilder lebendig zu werden, sie schienen in Bewegung zu sein wie der Fluß. Liu war fasziniert – und doch waren diese geheimnisvollen Bilder im Abfall unter dem Tisch gelandet.

Mutter und Sohn steckten immer noch die Köpfe zusammen und verhandelten, Chen Yueming schien sehr nervös. Liu Cui stellte sich zu ihnen. »Was kosten die Bilder?«

»Ich habe mich auf das Kopieren großer Werke spezialisiert«, erwiderte Yueming, den Kopf hebend. »Die werden im Souvenirladen für hundert bis zweihundert verkauft, und davon bekomme ich zehn Prozent.« Er sprach zwar kein sauberes Hochchinesisch, doch erheblich deutlicher als die meisten Menschen auf der Straße, was wahrscheinlich auf die Tatsache zurückzuführen war, daß er als Lehrer arbeitete.

»Was?!« platzte Liu heraus. »Zehn bis zwanzig Kuai pro Bild?«

»Und das ist nicht einmal so schlecht«, erwiderte Yueming ruhig. »Denn ich muß Farbe, Pinsel und Papier nicht selbst bezahlen. Das Atelier ist auch nicht meins. Und den Laden an einem Aussichtspunkt für Touristen muß ich nicht selbst betreiben. Und segnen könnte ich die Bilder auch nicht, wie die Mönche es tun.«

»Und was kosten diese hier?« Liu Cui wies auf die beiden am Boden ausgebreiteten Bilder.

»Oh«, Yueming schien jetzt erst wahrzunehmen, daß Liu zwei Blätter auf dem Boden ausgebreitet hatte. »Das sind fehlgegangene Versuche, Schmierpapier.«

Liu sah ihm zum erstenmal in die Augen. Sie waren schwer und kalt – vielleicht hatte er zu lange auf die Berge gesehen. So freundlich er sich auch verhielt, blieb sein Blick doch verschlossen und unnahbar, als seien er und sein Gegenüber durch einen Fluß getrennt.

»Schmierpapier!?« fragte Liu Cui ungläubig. »Ich kaufe sie, zweitausend pro Stück.« Mit einem Blick in die erstaunten Gesichter von Mutter und Sohn fügte sie hinzu: »Aber nur, wenn Sie sie mir aufziehen und signieren.«

»Sie sind unverkäuflich.«

Liu Cui glaubte sich verhört zu haben, doch er fügte klar und deutlich hinzu: »Fehlversuche kann ich natürlich nicht verkaufen.« Seine Stimme klang fest, duldete keinen Widerspruch.

Rot im Gesicht, wollte Liu ihm entgegnen, daß diese Bilder ihr Geld wert seien und daß sie ihr außerordentlich gut gefielen. Doch genügte ein Blick auf Yueming, um die Aussichtslosigkeit jedes Gesprächs zu erkennen. Er war weniger nachgiebig, als er auf den ersten Blick schien.

Tante Chen saß derweil schweigend in ihrem Bambusstuhl und hörte zu. Yueming wandte sich zu ihr um: »Geh ruhig, Mutter. Ich werde in den nächsten Tagen Geld auftreiben und es dir zukommen lassen.«

Auf dem Weg aus dem Tempelgelände hinaus lag Liu das Panorama der Schluchten und des Flusses zu Füßen, mitten darin das ausgedehnte Gebiet des Kreises Liang. Nach allem, was sie über die drei Schluchten gehört hatte, war sie bei ihrem ersten Besuch dort auf eine Enttäuschung gefaßt gewesen – doch weit gefehlt: Sie waren überwältigend. Bei weltberühmten Sehenswürdigkeiten läßt sich oft nicht vermeiden, daß der Anblick mit eigenen Augen hinter spektakulären Fotos und Filmaufnahmen verblaßt. Selbst der Grand Canyon war nicht so atemberaubend gewesen, wie sie es nach Ansicht von Aufnahmen erwartet hatte. Es ist, als träfe man einen Schauspieler: Wenn du ihm gegenüberstehst, ist er nie so attraktiv und aufregend wie auf der Leinwand.

Obwohl über Tausende von Jahren von Poeten und Schriftstellern besungen, waren die drei Schluchten noch von einer Unberührtheit wie am ersten Tag. Die Schiffer sagten, Mai sei der beste Monat in dieser Gegend, die Frühjahrsfeuchtigkeit sei dann durch Regenfälle fortgewaschen worden, und die Sommergewitter seien noch nicht hereingebrochen.

Ließ man den Blick länger auf dem Fluß verweilen, so zeigte sich seine beständige Bewegung. Unter dem grünblauen Himmel schnitt ein Motorboot eine lange weiße Linie durchs Wasser wie durch einen geschmeidigen Seidenstoff, und zu beiden Seiten des Flusses erhoben sich kulissenhaft tiefgrüne Bergketten. In weiter Ferne öffnete sich das sogenannte Tor der Schluchten, zwei in Jahrtausenden geformte Granitfelsen, zwischen denen der mächtige Strom hindurchgezwungen wurde, wobei er Strudel und Wirbel bildete und eine unnachgiebige Kraft entwickelte.

Das alles hatte Liu vom Hotelzimmer aus längst gesehen. Warum ergriff sie erst jetzt Ehrfurcht vor der Größe und Weite der Schluchten?

10

Nein, ihre Mutter hatte ein Kind Tante Chens tatsächlich nicht erwähnt, nicht einmal in ihrem langen Gespräch am Vorabend ihrer Abreise. Vielleicht hatte sie sich nicht klargemacht, daß die zeitgleiche Schwangerschaft der anderen auch in eine Geburt gemündet war.

An jenem Abend hatte Liu Cui in der komfortablen, sauberen Wohnung hinter dem Sommerpalast zum erstenmal gehört, wie das Anfang der fünfziger Jahre – als sie geboren wurde – im Liang-Kreis gewesen war.

Ihre Mutter gab zu, daß sie die Wahrheit nicht so lange für sich hätte behalten sollen. Sie habe auf die passende Gelegenheit gewartet, doch sei Liu Cui immer so beschäftigt gewesen. Die Kerzen waren schon halb heruntergebrannt – ihre Mutter hatte die Angewohnheit, auch allein Kerzen anzuzünden, um es sich gemütlich zu machen. Liu erkannte schnell, daß ihre Mutter den richtigen Zeitpunkt für sich selbst abgewartet hatte, nicht etwa für Liu. Sie konnte etwas für sich behalten, ein Leben lang, wenn es sein mußte.

»Mein Mann, Präfekt Liu …«, begann sie und fuhr mit ruhiger und tiefer Stimme fort.

Als Liu Cui sich jetzt diesen Abend ins Gedächtnis rief, stellte sie fest, daß die Geschichte das Bild von ihrem Vater nicht erschüttert hatte. Der Mann, der vor über vierzig Jahren Präfekt gewesen war, hatte zuvor als Regimentskommandeur der Volksbefreiungsarmee gedient. Als Sichuan befreit wurde, war er schon über zehn Jahre dabei.

Bereits als Schüler war ihr Vater in die Armee eingetreten. Er kam aus einer wohlhabenden Bauernfamilie. Ihre Mutter, die aus dem Süden der Provinz Jiangsu stammte, war 1949 mit der Armee nach Chongqing gekommen, wo sie arbeiten wollte. Dort hatten die beiden geheiratet. Der Vater war bereits einer anderen Frau versprochen gewesen, doch kam es damals häufig vor, daß ein Kader dennoch in der Stadt eine junge Revolutionärin zur Frau nahm. Liu Cui wußte, daß ihre Mutter eine »revolutionäre Frau« war, hatte aber nie viel darauf gegeben.

Es war das Jahr 1951 – ihr Vater war inzwischen Präfekt des Kreises Liang –, als vielerorts sich noch Konterrevolutionäre im Gebirge und in den Flußtälern versteckten. Sie zu vernichten war schwierig, sie zur Revolution zu bekehren noch schwieriger. Die meisten Positionen wurden von ehemaligen Soldaten der Nordarmee gehalten. Ihr Vater brachte Leute seines Regiments mit, so auch Bataillonskommandeur Chen.

Er ließ ihre Mutter nicht nachkommen, es gebe zu viele Banditen und Wegelagerer, und so blieb sie in Chongqing und wartete sehnsüchtig auf ihren Mann. In der allgemeinen revolutionären Euphorie wollte sie sich bei richtiger Arbeit stählen und meldete sich freiwillig in den Kreis Liang. Ihr Mann freute sich – obwohl er sich Sorgen um das ungeborene Kind machte, das in der Großstadt Chongqing besser behütet wäre und im Frauenhospital bei ausländischen Nonnen zur Welt hätte kommen können.

Der Kreis Liang war für Schiffe ein wichtiger Anlaufpunkt, wo Bootsleute gern übernachteten. Flußabwärts von hier war die Fahrstrecke voll reißender Stromschnellen, gefährlicher Untiefen und Unterwasserklippen, die Nachtfahrten unmöglich machten. Bootsführer, die sicher hier angekommen waren, machten gern eine Verschnaufpause, um erst am nächsten Tag die Ware in Chongqing zu laden oder zu löschen.

Bordelle waren hier, wie überall in der Welt, eine unverzichtbare Begleiterscheinung der Schiffahrt. Jeden Abend drängten die Bootsleute bei hereinbrechender

Dunkelheit über die Laufplanken in Freudenhäuser und Kneipen.

Im Jahre 1951 hatte man die meisten Banden in Sichuan niedergeschlagen und die lokale Regierung so weit konsolidiert, daß »die von der alten Gesellschaft hinterlassenen Übel« ausgerottet werden konnten.

Als ihre Mutter dort ankam, wurde sie sofort dem Frauenbund zugeteilt, worüber sie sehr glücklich war. Damals verteilte dieser allerdings keine Zuwendungen, vielmehr war hartes Anpacken gefragt.

So brauchte man Frauen, die Prostituierten Unterricht erteilten. Und wer wäre besser geeignet, die Kampfmoral innerhalb des Frauenbundes zu stärken, als die schwangere Frau des Präfekten?

Die Arbeit im Frauenbund machte Liu Cuis Mutter nicht zuletzt deshalb glücklich, weil Tante Chen, die Ehefrau des Weggefährten ihres Mannes, mit von der Partie war. Er war ein alter Veteran, der von der Mandschurei bis Sichuan überall dabeigewesen war, ein tapferer Mann, wenn er auch kaum lesen und schreiben konnte. Leuten wie ihm war es zu verdanken, daß die Armee nach der Niederlage in Siping nicht auseinandergefallen war.

Tante Chen stammte aus Fengdu in Sichuan und war von zu Hause weggelaufen, um einer Zwangsehe zu entkommen. In den Bergen war sie auf kommunistische Guerillas gestoßen und mit ihnen in den Kampf gezogen. Als die Truppe um Kommandeur Chen in Liang ankam, wurden die Männer aufgefordert, sich Frauen zwecks Eheschließung zu suchen. Kommandeur Chen fand kein geeignetes Mädchen in der Stadt und entschied sich für jene kräftige, gesunde Frau vom Land. Und wie es auf dem Land üblich war, nannte sie von da an niemand mehr bei ihrem Geburtsnamen, sondern nur noch bei dem ihres Mannes.

Ihre Mutter und Tante Chen hatten immer gewitzelt, daß ihre Schwangerschaft eine »Friedenskrankheit« sei: Die Armee war in Sichuan einmarschiert, die Schlachten waren geschlagen, es galt nur noch, versprengte Banden in den Bergen zu bekämpfen – eine ideale Zeit, Kinder zu gebären. Die einzige Gefahr bestand darin, daß sie allzu friedlich aufwuchsen und es ihnen an revolutionärem Kampfgeist fehlte.

Tante Chen war von kräftiger Statur und auch in der Schwangerschaft noch sehr aktiv. Liu Cuis Mutter nannte sie Große Schwester, und obwohl sie später feststellten, daß Tante Chen ein halbes Jahr jünger war, beließen sie es dabei – aus Gewohnheit. Die beiden mochten sich sehr und hatten das Gefühl, über alles miteinander reden zu können. Voll Begeisterung betätigten sie sich in der Umerziehung der Prostituierten, ja, sie glaubten, die Frauen zu anderen Menschen machen zu können, zu Revolutionärinnen nach ihrem Vorbild. Sie liebten ihre Arbeit.

Die Präfektur war in demselben Gebäude untergebracht, das zuvor Sitz der nationalistischen Verwaltung gewesen war. Es handelte sich um ein altehrwürdiges Gebäude mit Fischteich und künstlich angelegten Hügeln im Garten. Da sich im Krieg niemand um die Fische gekümmert hatte, waren sie gestorben und nur einige Wasserpflanzen übriggeblieben. Vom langen Flur zweigten die verschiedenen Abteilungen ab, und hinten befanden sich die Kantine und die Wohnräume von Präfekt Liu sowie den Wachen.

Die Wirtschaft hatte sich noch nicht erholt, nur alle zehn Tage fand ein Markt statt. Deshalb schickte Präfekt Liu die Wachen in die Berge, um gesunde Nahrung für seine schwangere Frau zu suchen – ob sie auf den Bergen wuchs, im Wasser schwamm oder mit bloßer Hand zu fangen war.

Liu Cuis Mutter sagte, in der Schwangerschaft sei sie sehr unruhig und oft so müde gewesen, daß ihr schier die Augen zufielen – im Bett aber fand sie keinen Schlaf. Sie war äußerst angespannt, doch konnte sie keinen Grund dafür finden. Ihr Mann und Tante Chen ermahnten sie immer wieder, auf sich zu achten und viel Ruhe zu halten – um des Ungeborenen willen.

Einmal kehrte Präfekt Liu erst nach Mitternacht heim. Seine Frau war erst spät zur Ruhe gekommen und schlief unruhig, es war eine schwüle Frühsommernacht. Präfekt Liu hatte ein Doppelbett beschaffen können, doch fehlte es an einem großen Moskitonetz, sie mußten sich mit zwei kleinen begnügen. Ebenso verhielt es sich mit der Matratze: Da es keine breite gab, mußten sie zwei kleine zusammenschieben. Sie streckte ihre Hand aus ihrem Moskitonetz heraus, um ihn zu berühren, doch er zog seinen Arm zurück, brauchte wohl Schlaf.

In der Morgendämmerung befahl der örtliche Militärführer den Wachen, an das Tor zu klopfen, um Präfekt Liu zu wecken. Während sie noch zögerten, war Präfekt Liu schon vor sie getreten.

Seine Frau hatte im Halbschlaf Geräusche gehört und hatte sich ebenfalls erhoben. Draußen stand ein Mann, der wie ein Soldat aussah, in abgerissener Uniform und reichlich heruntergekommen, als sei er gerade den Berg hinabgestürzt – doch hatte er keine Wunden. Er fuchtelte aufgeregt mit seiner Pistole herum und redete wirres Zeug. Präfekt Liu befahl den Wachen, ihm die Waffe abzunehmen. Sie hätten ihn bereits durchsucht, sagten sie, er habe keine Munition bei sich, das Magazin sei leer. Er sei am Berg auf Patrouille gewesen, nicht weit von der Stadt entfernt. Auf Nachfrage habe er aber nur sinnlose

Antworten gegeben, offenbar sei er einfach so herumgelaufen.

Präfekt Liu mißfiel das. Wieso mußten Soldaten, die sich im Krieg sehr geschickt anstellten, nun so außer Kontrolle geraten! Er befahl, den Mann zurück ins Feldlager zu bringen. Zu den Umstehenden sagte er: »Er ist krank, ein paar Tage Ruhe werden ihm guttun.« Und mit einem Blick in die Runde fügte er hinzu: »Es ist nichts Besonderes, verbreiten Sie keine wilden Gerüchte.«

Zurück im Zimmer, fragte er seine Frau: »Merkwürdig, wieso haben wir keine Schüsse gehört? Früher gab es hier ständig Schießereien, die weithin zu hören waren.«

»Kann es in den Bergen Banditen geben?«

»Nein, am Gipfel steht immerhin ein Kloster. – Banditen, pff.«

»Wie bitte?«

»Nichts. Es wird bald hell sein, versuch noch ein bißchen zu schlafen.« Er setzte sich an den Tisch. »War das wirklich blinder Alarm?« fragte er mehr sich als sie.

11

Für den nächsten Tag hatte Präfekt Liu eine Sitzung einberufen, in der vor allem die Umerziehung der Prostituierten besprochen werden sollte. Alle Kader des Frauenbundes nahmen daran teil. Für seine Frau war es die erste Sitzung, und obwohl sie schlecht geschlafen hatte und müde aussah, kam sie pünktlich.

Tante Chen erstattete Bericht über die Schwierigkeiten bei ihrer Arbeit. Einige Prostituierte kehrten nach der Festnahme zu einem normalen Leben zurück, die besonders hartgesottenen wurden eher noch starrsinniger. Einige konnten im Unterricht nicht ruhig sitzen, spielten den

Clown oder rissen dreckige Witze. Wenn sie weben sollten, stellten sie sich bewußt tollpatschig an und machten sich auch noch über die lustig, die richtig arbeiteten. In letzter Zeit lieferten sie sich sogar Schlägereien im Wohnheim, sie bissen, zogen sich an den Haaren und rollten auf dem Boden hin und her, daß die Wachen geholt werden mußten, um sie wieder voneinander zu trennen.

Ihrer Mutter gefiel der Bericht Tante Chens, weil er aus lauter Geschichten bestand. Doch Präfekt Liu schlug auf den Tisch und schimpfte, das sei trivial, sie halte sich mit belanglosem Kleinkram auf. Tante Chen solle über »wesentliche Feindesarbeit« Bericht erstatten. Er schien zu wissen, daß sich noch etwas ganz anderes zugetragen hatte, das Tante Chen unerwähnt gelassen hatte.

Jetzt erst berichtete sie von einer Prostituierten, die sich der Umerziehung entzogen und am Ende aufgehängt habe. Ein Raunen ging durch den Raum, und Tante Chen fuhr fort. Die erste Klasse sei zur Entlassung bereit gewesen, und Bauern und Arbeitern, die sonst keine Chance hatten, sollte ermöglicht werden, diese Frauen zu heiraten. Da sei die Stimmung gekippt, einige Frauen tobten und schrien, andere traten in den Hungerstreik oder wurden krank.

Unter den Umerzogenen war eine namens Roter Lotus, die schon zu lange in dem Gewerbe arbeitete. Normalerweise versuchten die Frauen, mit Anfang Zwanzig ein normales Leben zu beginnen und heirateten einen Mann aus einem anderen Dorf, der nichts über sie wußte. Doch Roter Lotus machte keine Anstalten, ihr Leben zu ändern, für die Jüngeren war sie die Große Schwester.

Präfekt Liu unterbrach Tante Chen: »Wir müssen Probleme immer unter dem Gesichtspunkt des Klassenkampfes betrachten. Diese Roter Lotus leitet offenbar schon ein Bordell, sie ist eine Puffmutter, eine Despotin.«

Tante Chen wurde rot: »Ja, das stimmt. Eine Despotin, sie ist ein weiblicher Despot.«

Anfangs habe sie gedacht, da hätten sich nur ein paar Prostituierte zusammengetan und Roter Lotus zu ihrer Leiterin gewählt. Doch nun habe sich gezeigt, daß es so einfach nicht war. Sie habe nie aufgemuckt und Unruhe gestiftet, doch sei das alles nur gespielt gewesen, denn gestern abend sei sie mit ihren drei Nachfolgerinnen auf und davon gelaufen.

»So etwas darf nicht geschehen!« wetterte Präfekt Liu.

»Wir haben uns zunächst gedacht, laß sie doch weglaufen, in der neuen Gesellschaft werden sie sowieso festgenommen, sobald sie in ihren alten Beruf zurückwollen. Aber jetzt verstehen wir es: Dies ist die Fortsetzung des Kampfes auf neuem Schlachtfeld.« Offenbar wiederholte sie, was ihr eingetrichtert worden war, ihre Stimme klang schwach. »Sie laufenzulassen heißt Reaktionären die Freiheit schenken. Dieser Kampf duldet keinerlei Schwäche.«

Präfekt Liu vermutete, die vier hätten sich wahrscheinlich getrennt, es lohne sich nicht, sie einzeln zu verfolgen. »Wir müssen uns darauf konzentrieren, die Konterrevolutionärin Roter Lotus zu fangen.« Er sah zu dem Hauptmann der Miliz, der sich beeilte zu sagen, sie hätten die Verfolgung aufgenommen. Präfekt Liu nickte: Den von der alten Gesellschaft hinterlassenen Unrat fortzuspülen sei eine wichtige Aufgabe, und die Feinde ohne Waffen seien mitunter gefährlicher als die mit Waffen. »Wir dürfen in unseren Anstrengungen nicht nachlassen!«

Er zog ein Dokument aus seiner Aktentasche und verlas eine Verlautbarung des Provinzparteikomitees.

Obwohl nicht besonders lang, verstand niemand es so recht. So sprach Präfekt Liu über sein eigenes Verständnis von der Unterdrückung konterrevolutionärer Elemente. Es lag vielleicht daran, daß Präfekt Liu aus der

Provinz Henan stammte und sein Dialekt den Sichuanern etwas fremd war, jedenfalls hörten sie ihm andächtig zu.

»Unsere Präfektur ist vergleichsweise unterentwikkelt!« sagte Präfekt Liu mit erhobener Stimme. »Wenn wir weiter so schludern, verlieren wir das Vertrauen der Partei! Einige Genossen meinen, es sei ohnehin nichts mehr zu ändern. Aber das ist nicht wahr, die Wurzeln des feudalistischen Bewußtseins reichen tief, eine davon betrifft die reaktionären Glaubensvorstellungen. Deshalb liegt unser Hauptaugenmerk auf der Unterdrückung von Konterrevolutionären.«

Man hörte nur das Kratzen von Stiften auf Papier, die versammelten Kader schrieben eifrig mit. Präfekt Liu sprach langsamer, um es ihnen leichter zu machen, außerdem machten die Kunstpausen seine Rede gewichtiger.

Schließlich zündete er sich eine Zigarette an und setzte sich in einen Rattanstuhl. Kommandeur Chen, der die Versammlung leitete, übernahm und betonte, das Wesentliche sei jetzt, den Inhalt dieser Versammlung nach unten weiterzugeben, es sei wichtig, daß alle verstünden, worum es ging.

Liu Cuis Mutter fand, ihr Mann sei ganz anders als damals in der Armee. Damals waren seine Reden bodenständig und direkt gewesen, ohne politische Theorie. Der Kreis Liang hatte etwas aus ihm gemacht! Um sie herum herrschte Schweigen, als habe die Rede ihres Mannes alle sprachlos gemacht.

»Wenn ihr etwas nicht verstanden habt, Genossen, dann fragt!« Kommandeur Chen sah sich um.

Die meisten dachten noch über das Gesagte nach. Nur einer meldete sich zu Wort: »Der Leiter möge mir erklären, was der Unterschied zwischen der ›Unterdrückung religiöser Kulte‹ und dem ›Schutz religiöser Aktivitäten‹ ist.«

Präfekt Liu stieß Zigarettenqualm aus, auf diese Frage schien er gewartet zu haben. »Die Partei erlaubt religiöse Aktivitäten. Aber, überflüssig zu sagen, schützen heißt nicht fördern, denn Religion ist Opium fürs Volk. Wir wollen die Massen animieren, dieses Opium abzulehnen. Die für Kultur und Erziehung zuständigen Genossen müssen hier eindeutig sein.«

Als die Worte »Kultur« und »Erziehung« fielen, ging ein Seufzer der Erleichterung durch die Reihen. Dafür konnte man sich Zeit lassen, ging es doch nicht um Leben und Tod. Aber der junge Mann fragte weiter: »Wenn religiöse Führer nun mit uns um die Unterstützung der Massen kämpfen, was dann?«

Präfekt Liu lachte. Der junge Mann war ein vielversprechender Denker, anders als die meisten Arbeiter und Bauern im Publikum, die seinem Vortrag mit leerem Gesichtsausdruck gefolgt waren. »Wir müssen ihre religiösen Aktivitäten tolerieren, nicht aber die politischen; die mit der Parteilinie übereinstimmen, sind in Ordnung, nicht aber die, die der Revolution im Wege stehen. Wer der Kommunistischen Partei nicht folgt, ist gegen die Revolution!«

Er sprach mit fester Stimme, und ein Blick auf die Zuhörer bewies, daß er die Versammlung fest im Griff hatte.

»Gibt es hier einen Tempel?« fragte er.

Kommandeur Chen antwortete. »Ja, auf dem Nanhua-Berg. Er heißt ›Wasser-Mond-Tempel‹, ungefähr sieben Kilometer vom Stadtzentrum entfernt. Gilt als lokale Sehenswürdigkeit.«

»Ist der Vorsitzende ein Abt Yutong?« fragte Präfekt Liu nach.

»Ja«, bestätigte Chen. »Unter ihm gibt es noch ein paar Mönche.«

»Wurde die Herkunft dieses Abtes Yutong durchleuchtet?«

Jetzt übernahm der Hauptmann der Miliz: »Ja. Die alte Regierung hat darüber nicht Buch geführt. Das Kloster soll über siebenhundert Jahre alt sein, wurde aber mehrfach renoviert.«

»Sind Sie sicher, daß dieser Mann keine konterrevolutionären Absichten hegt?«

Kommandeur Chen und der Milizhauptmann wechselten Blicke, und Chen sagte: »Er scheint sich nie für die Lokalregierung in Sichuan interessiert zu haben, ja, die Bevölkerung hier kann sich nicht erinnern, ihn jemals außerhalb des Klosters gesehen zu haben.«

Präfekt Lius Gesicht verfinsterte sich. »Vor vier Wochen habe ich alle namhaften Personen der Region zu einer Sitzung gebeten, und nur der Abt hat mit ebendieser Begründung abgesagt. Das darf nicht sein! Den Kriegsherren gegenüber konnte er das vielleicht tun, nicht aber gegenüber der Kommunistischen Partei! Es geht nicht darum, daß er vor der Partei oder vor mir dienern soll. Er gehört schlicht nicht zum Volk, wenn wir ihn nicht repräsentieren sollen!«

Chen verschlug es die Sprache: »Also, also ...«

»Die Revolution kommt, die Konterrevolution ist vorbei!«

»Ist Abt Yutong etwa ein Konterrevolutionär?« stammelte Chen ungläubig.

Das war sehr dumm – wie lang wollte Chen noch so weitermachen?

Präfekt Liu blickte verärgert in die Runde. »In unserer Präfektur gehen wir den revolutionären Weg. Was sollen wir in den Bergen mit so einem Buddha? Was die Unterdrückung konterrevolutionärer Aktivitäten betrifft, so ist unsere Quote nicht besonders gut – und warum? Weil die Kenntnis über diese Dinge in unseren eigenen Reihen nicht ausreicht.«

»Und? Was sollen wir nun tun?« Kommandeur Chen war ratlos.

Präfekt Liu stand auf. Es war nicht das erste Mal, daß seine Leute nichts verstanden. »Das war's für heute früh. Am Nachmittag wird in jeder Abteilung die Verlautbarung des Provinzparteikomitees diskutiert.«

Erst als Kommandeur Chen die Versammlung offiziell für beendet erklärte, zerstreute sich die Menge. Jetzt erst sah Präfekt Liu, wie blaß seine Frau war. »Hat die Versammlung zu lange gedauert?« fragte er sie.

»Es war sehr interessant«, antwortete sie. »Aber die Luft hier drin ist so schlecht. Draußen wird es sofort wieder gehen.«

»Diese Raucher! Entschuldige, heute habe auch ich geraucht, ich brauchte das zur Stärkung.« Normalerweise trank und rauchte er nicht, aber er hatte die Nacht zuvor schlecht geschlafen. Er half seiner Frau auf und stützte sie beim Hinausgehen. Der Himmel war bedeckt. Sie sah, wie die Kamelien zu welken begannen, und auf dem Boden lagen trockene Blüten und Blätter.

Präfekt Liu hatte angenommen, es würde seiner Frau nach ein wenig Ausruhen besser gehen, aber als er aus der nächsten Sitzung kam, war sie so bleich wie vorher und bekam kaum Luft. Eilig rief er Militärarzt Qi.

Da der attraktive Doktor auch nach sorgfältiger Untersuchung keine Unregelmäßigkeiten feststellen konnte, vermutete er, das Kind habe im Mutterleib getreten und damit das Unwohlsein ausgelöst. »Aber das Kind liegt perfekt«, fügte er hinzu.

Präfekt Liu ging mit dem Arzt hinaus und fragte mit gedämpfter Stimme: »Kann es Probleme geben?« Er wußte, daß der Arzt in Anwesenheit seiner Frau nicht alles gesagt hatte.

»Möglicherweise ist das Kind von schwacher Konstitution«, sagte der Arzt. »Um ehrlich zu sein, sie hätte nicht herkommen sollen. Sie entbindet in einem Monat – den hätte sie auch noch abwarten können.«

Dr. Qi war für die Armee eines Kriegsherrn tätig gewesen und hatte nach dem Einfall der kommunistischen Truppen in Sichuan die Seiten gewechselt. Und da er ein besonders guter Arzt war, hatte Präfekt Liu ihn in den Kreis Liang beordert, wo er sich um die Kader kümmern sollte. »In dieser Gegend gibt es besonders viele Krankheiten«, sagte Dr. Qi zögernd. »Doch die Menschen sind sehr stark.«

Präfekt Liu klopfte ihm auf die Schulter. »Vorsicht! Sie sind jetzt revolutionärer Kader und sollten darauf achten, immer in Übereinstimmung mit dem Marxismus-Leninismus zu sprechen.«

Der Arzt lachte verlegen: »Sie haben recht, vielen Dank. Ich muß mehr in den Schriften lesen.«

Präfekt Liu brachte Dr. Qi zur Tür und blickte auf die fernen Berge. Dichte Nebelschwaden legten sich um sie, hatten die Gipfel längst eingehüllt. Langsam verschwand die gesamte Bergkette in weißen Wolken, und je länger er hinsah, um so mehr schien es seinen Augen, als sei die Dämmerung bereits hereingebrochen. Er wandte den Blick dem Dunst über dem Fluß zu, der sich wie ein dicker Teppich über die Oberfläche breitete, sogar die rhythmischen Rufe der Schlepper wurden im lauten Überschlag der Wellen erstickt.

In diesen verfluchten drei Schluchten, dachte er, läuft aber auch alles schief. Unsere Kampagne muß jetzt ein

Erfolg werden, sie muß herausragend sein, so daß ich Gelegenheit habe, hier wegzukommen. Ich kann nicht ein Leben lang hierbleiben.

12

Sie sei von klein auf an bergige Wege gewöhnt, sagte Tante Chen, und in der Tat schien es ihr mit jedem Schritt besser zu gehen. Liu Cui dagegen strengte die Wanderung sehr an, und sie wunderte sich, wie jemand, der vergleichsweise alt aussah, sich so blendender Gesundheit erfreuen konnte.

Tante Chen sagte, am Nachmittag müsse sie zu ihrem Mann ins Krankenhaus, Diegu ablösen. Sie schlug vor, Liu Cui nach dem Abendessen wieder zu treffen, um weiter über die alten Tage zu plaudern. Sie nahm eine von Lius Händen in die ihren und verabschiedete sich herzlich.

Gern stimmte Liu Cui der Verabredung nach dem Abendessen zu, wollte sie doch mehr von damals hören. Und so konnte sie sich nach dem anstrengenden Abstieg in feuchter Frühlingsluft noch hinlegen. Sie wußte, daß Tante Chen sie unmöglich zum Essen einladen könnte, und wenn sie sie ins Hotel Goldenes Glück bäte, käme das wahrscheinlich nicht gut an – Liu wußte inzwischen, wie es um den Stolz von Mutter und Sohn bestellt war.

Sie verabschiedeten sich, und Liu blieb mit einem eigenartigen Gefühl an dem Flußufer voll Strandgut, Müll und Lumpen zurück. Früher war sie häufig in Städten mit solch armen Vierteln gewesen. Doch in den letzten zwanzig Jahren hatte sie so etwas nicht mehr gesehen. Das hier war anders als das East End in London oder die Bronx in New York; dieses Viertel wirkte wie der

Zeltplatz von Nomaden. Man brauchte sich um nichts zu kümmern, man reiste eines Tages einfach ab.

In der Ferne sah sie das Regierungsgebäude von Liang, ein imposantes Bauwerk auf etwas erhöhtem Grund, unglaublich groß und jadeweiß, so daß es fast wie das amerikanische Kongreßgebäude wirkte. Brauchten sie hier wirklich all diese Säle und Zimmer? Am Fuß der breiten Eingangstreppe lag die »Fließende-Seide-Straße«, die große Ost-West-Achse, und davor die zentrale Grünanlage. Zu beiden Seiten der Straße standen blitzende neue Gebäude, vermutlich Firmen und Bürogebäude. Die »China Construction Bank« mit schwarzem Marmorboden und gläsernem Portal stach am meisten ins Auge.

Liu wollte mit ihrer Scheckkarte Geld abheben; sie dachte an sechstausend in bar. Doch nachdem sie ihre Geheimnummer eingeben hatte, spuckte der Automat ihre Karte wieder aus, zweimal hintereinander.

Drinnen waren alle Schalter mir kugelsicherem Glas geschützt, aber nur zwei geöffnet. Sie zog eine Nummer und wartete.

Als sie an der Reihe war, zeigte sie ihre Karte: »Der Automat draußen scheint nicht zu funktionieren, und ich brauche dringend Geld.«

Das junge Mädchen hinter der Glasscheibe sprach tuschelnd mit mehreren Kollegen. Dann trat eine etwas ältere Dame vor und erklärte, diese Filiale sei gerade erst eröffnet worden und biete noch keinen vollen Service. Neue Geldautomaten für alle Karten seien eingetroffen – sie zeigte auf ein unförmig eingepacktes Etwas –, aber noch nicht funktionstüchtig.

»Dann hole ich eben hier am Schalter Geld«, sagte Liu.

Die Frau warf einen Blick auf ihre Karte und sagte:

»Wir können zur Zeit nur mit hauseigenen Karten arbeiten, nicht mit fremden.«

»Wie das denn?«

»Die Bestimmung kommt von oben, es haben sich schon viele Leute beschwert. Vermutlich wird das bald geändert.« Sie schlug Liu Cui vor, nach Chongqing zu fahren und dort Geld zu holen, mit dem Tragflächenboot brauche sie für Hin- und Rückweg nur einen Tag.

»Nur einen Tag?! Wie rückständig!« hob Liu Cui an, doch dann wurde ihr bewußt, daß es für diese halb alte und halb neue Stadt schon nicht schlecht war, überhaupt eine Bank zu haben. Und als Durchreisende hatte sie schon gar nicht das Recht, sich zu beschweren. Sie konnte kaum ihre eigene Heimat an westlichen Standards messen.

Wenn es gar nicht anders ging, fuhr sie eben nach Chongqing – sollte Tante Chen ihr das nicht wert sein?

13

Als sie ins Hotel zurückkehrte, fand sie eine Nachricht von Li Lusheng vor: Sie solle ihn unter der und der Nummer zurückrufen. Sie warf den Zettel in den Papierkorb und ging ins Badezimmer, um sich das Gesicht zu waschen. Dann schüttelte sie die Kissen auf, zog die Schuhe aus und legte sich aufs Bett – sie war müde.

Plötzlich fiel ihr ein, daß sie schon längst ihre Mutter hätte anrufen müssen. Sie wählte deren Nummer, doch es sprang nur der Anrufbeantworter an. Sie sei im Kreis Liang, sagte sie und angelte sich eine Hotelbroschüre, um ihre Telefon- und Zimmernummer durchzugeben. Ihre Mutter würde überrascht sein, daß sie so schnell hier eingetroffen war!

Einmal hatten sie gemeinsam den Geburtstag ihrer Mutter verbracht, nur sie beide. Sie hatten mittelmäßigen Wein getrunken und sich unterhalten.

»Warum beschäftigst du dich ausgerechnet mit etwas so Schwerem wie Gentechnik?« hatte die Mutter gefragt.

»Das weißt du genau«, erwiderte Liu etwas ungeduldig. »Ich war eine ›Arbeiter-Bauern-und-Soldaten‹-Studentin, mir wurde die Biologie zugeteilt. Ich sollte die landwirtschaftliche Produktion studieren. Das habe ich mir nicht ausgesucht, niemand hat mich je gefragt.«

»Ist ja gut, ist ja gut, das war nicht meine Frage. Ich meinte nur, wie witzig es ist, daß du jetzt untersuchst, wie ein Mensch entsteht.«

»Das gehört in die Gynäkologie – oder in die Religionswissenschaft«, lachte Liu.

Ihre Mutter war immer noch nicht zufrieden: »Nein, ich meine, wie wird jemand zu eben diesem Menschen, der er ist?«

Liu war überrascht, daß ihre Mutter die Dinge so philosophisch betrachtete. »Ich fürchte, das sind nicht allein die Gene, andere Faktoren spielen eine weit größere Rolle.«

»Sicher«, ihre Mutter haßte Klischees. »Das Sein bestimmt das Bewußtsein, verschone mich mit diesen alten Hüten. Ich meine, in den Genen wird das unveränderbare Schicksal eines Menschen festgelegt.«

»Nicht schlecht. Daß ich so häßlich bin, liegt also an dir.«

»Red keinen Unsinn, Mädchen, wir wissen alle, daß du die ›Campus-Queen‹ warst.«

»In der Kulturrevolution gab es so etwas überhaupt nicht, man durfte nicht einmal privat über dergleichen reden.«

Li Lusheng war wie sein Vater an die eins achtzig groß, und obwohl nicht atemberaubend attraktiv, glänzten die Augen der Studentinnen doch, wenn er an ihnen vorüberging. Er war ein Jahr weiter als sie und bezeichnete sie öffentlich und privat immer als seine kleine Schwester, an etwas anderes hatte er nie gedacht. Erst als Kommilitonen sich für sie zu interessieren begannen, taute er auf, und als ihm zu Ohren kam, daß jemand sie ins Kino eingeladen hatte, hielt er Liu auf dem zugefrorenen »See Namenlos« fest und deckte seine Karten auf.

So wurden sie an einem kalten Wintertag, als die Sonne längst untergegangen war, ein Liebespaar. Tatsächlich glaubte sie, daß es früher oder später so hatte kommen müssen. Sie mochte ihre Kommilitonen nicht besonders, sie waren ihr etwas zu kleingeistig und unwissend, kurzsichtig und unentschlossen.

»Es ist das Normalste der Welt, daß Kinder von Kadern wiederum Kaderkinder heiraten, jemand von außen kommt in so eine Familie gar nicht hinein«, sagte die Mutter. »Die Frage ist nur, ob das nicht schon Inzucht ist und zu genetischen Defekten führt.«

Liu lachte laut, ihre Mutter war schon immer flink im Denken gewesen, und sie bewunderte ihre humorvolle Art. Sie selbst war dagegen in ihrer Ausdrucksweise eher fad und reagierte zu langsam. Ihre Mutter fuhr fort: »›Durch die Hintertür kommen auch gute Menschen herein und durch die Vordertür auch schlechte‹, das hat Mao gesagt. Kaderkinder haben sowohl gute als auch schlechte Gene.«

Die Mutter lachte leise. Liu Cui konnte sich lebhaft vorstellen, wie schwer es für ihren Vater damals gewesen sein mußte, ihre Mutter zu zähmen. Eine Gruppe von Studenten hatte für eine besonders verdienstvolle Einheit der Armee eine Vorstellung gegeben, und der Leiter der

Gruppe, der zugleich Direktor der Universität war, hatte sie zu verkuppeln versucht – doch Lius Mutter zögerte. Der Direktor hatte ihr erklärt, daß eine solche Verbindung auf lange Sicht nicht nur für sie, sondern auch für ihre Kinder von Vorteil sein werde. Das änderte ihre Meinung.

»Wenn mir die Tür aufgestanden hätte, wäre ich hineingegangen«, sagte Liu. »Aber jetzt verdeckt nicht einmal mein amerikanischer Doktorhut den Makel der Arbeiter-Soldaten-und-Bauern-Schule.«

Dabei wußte Liu, daß sie und Li Lusheng sich glücklich schätzen konnten. Seit fünfundzwanzig Jahren hatte das Land immer neue Wendungen erlebt, und sie beide hatten immer zuerst davon profitiert. Sie wußten immer schon vorher, wohin der Wind als nächstes umschlagen würde. Noch vor dem Ende der Kulturrevolution lernten sie Englisch, und Li Lusheng wurde vom Wasser- und Energieministerium zum Studium in die Vereinigten Staaten geschickt, später reiste sie nach. Zur gleichen Zeit legten andere gerade mal die Aufnahmeprüfungen zur Universität ab, die ersten nach über zehn Jahren. Die Konkurrenz war hart, nur einer von hundert schaffte es. Nach dem Abschluß auch des amerikanischen Biologiestudiums spezialisierte sie sich auf Genetik. Li Lusheng kehrte nach China zurück, nachdem er seinen MBA in Projektmanagement gemacht hatte. Sein Platz in China war längst gesichert, als das Studieren im Ausland erst so richtig in Mode kam.

Bevor von dem Staudammprojekt an den drei Schluchten die Rede war, besetzte Li Lusheng schon den Posten des stellvertretenden Vorsitzenden der Planungskommission im Wasser- und Energieministerium. Nicht lange, und er war mit konkreten Entwürfen zu dem Staudamm befaßt.

Als Liu Cui mit abgeschlossenem Studium nach China zurückkehrte, war ihr Mann die Schlüsselfigur beim größten Bauprojekt des Landes. Bald wurde er Zweiter Direktor der Wasser- und Energiebehörde des Jangtse und Direktor des Entwicklungsunternehmens »Großer See«.

Das Telefon klingelte. Liu Cui drehte sich um, griff nach dem Hörer – und runzelte ungläubig die Brauen. Wieder Li Lusheng! Nun, er war zwar noch ihr Mann, aber selbst ein noch nicht geschiedener Ehepartner durfte ihr nicht unbegrenzt auf die Nerven gehen und sie dauernd zur Rückkehr an seinen tollen Staudamm überreden wollen.

Er sollte sie einfach in Ruhe lassen.

Liu holte Luft, um ihm genau das zu sagen, doch Li Lusheng kam ihr zuvor: »Liu Cui, ich hatte befürchtet, daß du schon abgereist sein könntest. Dabei habe ich dir zwei Nachrichten hinterlassen, mündlich und schriftlich. Du hast nicht reagiert.«

»Bitte?« Sie war überrascht und warf einen Blick auf den Anrufbeantworter: Er blinkte.

»Ich habe dich gebeten, nicht abzureisen. Ich versuche heute abend zu kommen, spätestens morgen früh«, sagte Li Lusheng überfreundlich, als habe es das von Liu Cui schroff beendete Telefongespräch nie gegeben.

Hektisch blickte sie auf das große Doppelbett: »Was willst du hier?« fragte sie ohne Umschweife.

Das hier war ihr Geburtsort und hatte mit ihm nichts zu tun. Am wenigsten wollte sie sich mit ihm hier streiten.

»Ich habe zu tun«, sagte Li Lusheng. »Morgen kommen Handelsdelegationen aus Hongkong und Taiwan, am Vormittag ist Besichtigung, am Nachmittag Verhandlung und am Abend Bankett.«

»Und was hat das mit mir zu tun?«

»Nichts«, sagte Li Lusheng. »Aber ich möchte dich gern sehen. Es war meine Schuld, daß wir uns verpaßt haben, als du zum Staudamm kamst. Wenn du jetzt in Liang bist, möchte ich dich nicht schon wieder verpassen.«

Dieser Mensch kannte wirklich keine Grenzen, was wollte er hier? Es gab nichts zu reden. Sie könnte ihm allenfalls neuerlich entgegenschleudern, was sie gestern in den Hörer gebrüllt hatte. Reine Zeitverschwendung.

Sie dachte gerade darüber nach, wie sie ihn loswerden könnte, als ihr die Sache mit Tante Chen einfiel. »Bring fünftausend Kuai mit«, platzte sie heraus, ohne nachzudenken, «ich will einkaufen.« Einen Augenblick später fügte sie hinzu: »Antiquitäten.«

»Wird gemacht«, sagte er und legte auf; als wolle er ihr nicht die Gelegenheit geben, es sich anders zu überlegen.

Wie in Zeitlupe setzte sie den Hörer auf die Gabel. Was ging hier vor? Wieso stimmte sie so ohne weiteres Li Lushengs unsinniger Forderung zu? Gab es irgendeinen Grund, einem so unverschämten Mann gegenüber klein beizugeben?

Sie gehörte nicht zu den Frauen, die beim ersten einlenkenden Wort des Mannes in die Knie gingen. Schon bereute sie ihre Entscheidung, war wütend auf sich selbst: Wie konnte sie nur so kurzsichtig sein!

Sie nahm Karte und Reiseführer zur Hand. Die Karte war so ungenau gedruckt und der Text so blumig, daß sie beides nicht verstand. Wie sollten sie beide je zu einer Lösung ihres Problems kommen? Oder brauchten sie es gar nicht zu lösen? Sie hatte nicht die geringste Ahnung, wie es weitergehen sollte. Vielleicht hatte sie deshalb so dumm reagiert.

Aber wenn sie das Geld hätte, würde sie sich auf keinerlei Diskussion einlassen. Sie war frei zu gehen, wohin sie wollte.

Seufzend steckte sie die Hände in die Hosentaschen – und stieß auf einen Zettel. Es war eine Anzeige: »Schöne Mädchen und gutaussehende Männer, großer Gesang und wilder Tanz, spektakuläre Vorführung: Für das Staudammprojekt.« Daneben Fotos mehrerer leichtbekleideter Mädchen.

Jetzt erinnerte sie sich: Auf dem Weg in die Neue Stadt hatten Frauen auf der Straße jedem Passanten ein Flugblatt in die Hand gedrückt. Die Fotos waren gleich heftig diskutiert worden, allerdings im Sichuan-Dialekt, so daß sie kaum etwas verstand. Es schienen schlüpfrige Witze zu sein, soviel bekam sie mit, dieses oder jenes »Sternchen« sei für soundso viel ins Bett zu bekommen.

Sie warf den Zettel in den Papierkorb. Im stillen beneidete sie diese lebensfrohen Leute, die nach getaner harter Arbeit Mah-Jongg spielten und dann mit Mann beziehungsweise Frau ins Bett gingen. Sie dagegen? Was hatte sie außer ihrem Labor schon für Freuden? Nicht einmal eine Katze! Wie lange war sie nicht im Theater gewesen oder im Konzert. Wenn sie vom Institut nach Hause kam, aß sie etwas und legte sich mit einem Buch ins Bett. Um zehn Uhr sah sie die Nachrichten über das Satellitenfernsehen und schlief ein. Bei diesem Leben brauchte man absolut keine Männer.

Sie ging zum schlammigen Flußufer, hielt aber einen gewissen Abstand zum Kai, um das Rattern der Motoren, die Schleppkähne und Ausflugsdampfer zu meiden. Zum erstenmal sah sie das Wasser aus der Nähe und entdeckte jetzt erst, wie schmutzig es war. Ihren Mann hatte sie auch nie aus der Nähe betrachtet.

Mitten im Fluß lag eine kleine Insel, oder mehr eine

große Sandbank, auf der etwas angebaut zu sein schien, daneben ein paar Baracken. Wenn der See geflutet wird, verschwindet die Insel, dachte sie. Das einzige, was in den letzten fünfzig Jahren am Fluß gebaut wurde, waren Provisorien, um die Landwirtschaft aufrechtzuerhalten. Auch wenn der Staudamm erst 1992 formal beschlossen wurde, so waren die Menschen hier doch schon immer davon ausgegangen, daß er früher oder später kommen würde, und man wollte seine Investitionen ja nicht am Grund eines Sees wiederfinden.

»Vorsicht! Platz da!« riefen zwei Arbeiter, die eine Sauerstoffflasche trugen, und Liu trat zur Seite.

Die Boote waren bereit abzulegen. Touristen bestiegen ein Schiff, dessen Maschinen schon liefen. Im nächsten Augenblick verschwand das Boot in den Schluchten zwischen steil aufragenden Klippen und Bergen.

Damals war ihre Mutter nach Liang gekommen, um bei ihrem Mann zu sein, und jetzt kam ihr Mann nach Liang, um sie zu sehen. War das ausgleichende Gerechtigkeit?

14

Ihre Mutter hatte einfach ein Boot flußabwärts genommen. Im grünen Wasser konnte sie moosbewachsene Steine ausmachen und dazwischen Pfirsichblütenfische.

Liu war klar, daß diese Zeiten lange vorbei waren, daß der Fluß sich verändert hatte und kein Fisch hier überleben könnte. Aber vielleicht gab es das Gebäude der Präfektur noch? Ihre Mutter hatte sie gebeten, »bei Gelegenheit« einmal nachzusehen.

Sie fragte Passanten – es schien verschwunden zu sein. Die Flachbauten und offenen Gänge hatten modernen Bürogebäuden aus Beton weichen müssen. Die Kader der

Kreisregierung waren als erste in ein vornehmes neues Gebäude gezogen, ja, sie schienen ganz wild darauf gewesen zu sein, die alten Gebäude abzureißen. Die Fertigstellung des Staudamms im Jahr 2009 diente ihnen als willkommener Vorwand, die Sache voranzutreiben. Das letzte noch stehende Haus wurde zum »Büro für Rattenvernichtung« umfunktioniert. Im hinteren Hof türmten sich Kisten mit besonders starkem Rattengift, und vorn nahmen unzählige Menschen das Zeug gegen ein symbolisches Entgelt entgegen.

Angesichts dessen war es nur schwer vorstellbar, wie die damalige Präfektur mit ihren weiten Gängen, feinen Schnitzereien, und ganzjährig frischen Blumen ausgesehen hatte.

Liu überlegte, wie ihre Mutter ausgesehen haben mochte, als sie mit ihr schwanger war. Die junge Frau mit dem zarten Gesicht war den weiten Weg von Chongqing per Schiff gekommen; sie hatte die dunklen Berge herannahen sehen und erst spät die schwarzen Dachziegel, verschimmelten Steinmauern und dunklen Holzhäuser unterscheiden können. Einzig der Turm der französischen Kirche ragte aus dem Häusermeer hervor, und wenn sie den Kopf hob, sah sie die grünen Berggipfel in der Ferne.

Die Präfektur muß ähnlich beeindruckend gewesen sein wie die ihrer Provinz, mit Garten und Päonien in den prächtigsten Farben. Das geschichtsträchtige Liang übertraf ihre Erwartungen, es verfügte über ein Postamt sowie ein Telegrafenamt, von dem aus man Ferngespräche führen konnte. Außerdem gab es fünf Schulen, darunter eine katholische Mädchenschule. Hier hatte sie nicht das Gefühl, von der Welt abgeschnitten zu sein.

Einmal geriet ihre Mutter unabsichtlich auf eine Straße außerhalb der Stadtmauern, die mit großen Steinen gepflastert war. Die Sonne ging unter, und es wurden Öllampen angezündet. Immer mehr Menschen in leuchtend roten und grünen Gewändern strömten auf die Straße, die Frauen mit bunten Tüchern im Haar. Es ging ungewöhnlich lebhaft zu. Junge Männer trugen eine Art Turban und vollführten feminine Tanzschritte, die Finger in der »Lotusstellung« verharrend – sie führten den sogenannten »Beerdigungstanz« auf. Schweißnasse Musiker spielten Trompete zum langgezogenen Gesang der anderen, die Umstehenden lachten und weinten abwechselnd.

Sie wurde müde und betrat ein Teehaus, das ebenfalls voller eigenartig gekleideter Menschen war. Eine alte Dame kam auf sie zu: »Hallo Mädchen, du bist neu hier, nicht wahr? Wie ich sehe, bekommst du bald ein Kind – darf ich dir einen Tee anbieten?«

Einen Augenblick später stand eine Tasse vor ihr. Ein junger Mann trat bis auf einen Meter an sie heran und goß aus einer Kanne mit extrem langer Tülle in weitem Bogen ein. Der Tee hatte den bitteren Beigeschmack von Kräutermedizin, der im Mund nur langsam einer gewissen Süße wich. Durch das Fenster sah sie unzählige Jasminblüten an der Stadtmauer hängen.

Es gab einen Wolkenbruch, und sie saß im Teehaus fest. Sie hörte einen Schrei in der Nähe, sah sich um und entdeckte einen Affen, der der alten Dame zu gehören schien. Nachdem es sehr schnell dunkel geworden war, hörte sie aus den Bergen schrille Schreie wie von verwundeten Tieren.

Schließlich war die Mutter heimgekehrt, wo ihr Mann sie schon erwartete. Das sei eine alte Straße aus der letzten Dynastie, solange sie schwanger sei, solle sie da besser nicht hingehen. Primitive Menschen der Tujia- und Miao-Minderheit aus den Bergen lebten dort, sie seien praktisch Wilde, die allen möglichen geheimnisvollen Dingen nachgingen. Liu Cuis Mutter freute sich, daß ihr Mann sich so um sie sorgte.

Oft genug spazierte sie im Hof auf und ab, der mit Bambus bewachsen war, und las in neuen Büchern, bis ihr Mann heimkehrte.

Die meisten Dinge, die die Mutter am Vorabend der Abreise erzählt hatte, waren vor der Geburt Liu Cuis geschehen. Sie hatte sich tagelang sehr unwohl gefühlt, und ihre Füße waren so geschwollen, daß sie beim Frauenbund um Urlaub bat. Sie war sehr müde und schlief viel.

In einer späten Nacht klopfte es an der Tür. Präfekt Liu las im Licht einer Petroleumlampe Berichte und trommelte nervös mit den Fingern auf dem Papier herum. Auf das ungeduldige, laute Klopfen hin stand er mit düsterer Miene auf. Kaum war seine Frau eingeschlafen, mußte natürlich jemand stören. Präfekt Liu griff nach seiner Pistole, doch der späte Gast stand schon im Hof und verhandelte mit den Wachen.

Es war der Hauptmann der Miliz, der berichtete, daß die Prostituierte Roter Lotus am Nanhua-Berg aufgegriffen und verhaftet worden sei. Der dafür verantwortliche Kommandeur Chen eilte herbei. Er und der Hauptmann waren so aufgeregt, weil sie erwartet hatten, daß es erheblich schwieriger sein würde, die Frau zu fangen.

Präfekt Liu fand es etwas lächerlich, eine so große Sache aus der Festnahme einer einzelnen Frau zu machen. Doch erregte der Ort der Festnahme seine Aufmerksamkeit.

»Am Nanhua-Berg?« fragte er. »Wie weit vom Kloster entfernt?«

Kommandeur Chen antwortete: »Nicht weit. An der Pilgerstraße, die dorthin führt.«

»Man kann also sagen, sie wurde am Tempel aufgegriffen!«

»Nicht direkt«, stellte der Kommandeur richtig. »Auf dem Weg dorthin.«

»Dann ist sie eben gerade aus dem Tempel herausgekommen.«

»Das weiß ich nicht«, erwiderte Kommandeur Chen und sah den Hauptmann an. Den machten diese Fragen ebenfalls unsicher.

»Wo ist sie jetzt?« fragte der Präfekt.

»Noch in den Bergen. Unsere Leute bringen sie morgen herunter.«

»Sofort! Stellen Sie sofort einige der besten Soldaten hier in der Präfektur zusammen«, befahl Präfekt Liu. »Parteimitglieder sollten sie auch sein. Ich komme mit.«

Kommandeur Chen und der Hauptmann wunderten sich – offenbar hatten sie die Bedeutung der Prostituierten unterschätzt.

»Es ist zu dunkel«, widersprach Chen vorsichtig. »Wir sollten unsere örtlichen Soldaten damit betrauen, die anderen kennen den Weg nicht. Allerdings ist von den neuen keiner in der Partei.«

»Führen Sie den Befehl aus!« ignorierte der Präfekt den Einwand. »Los, treffen Sie Ihre Vorbereitungen. In zehn Minuten brechen wir auf.«

Er ging ins Zimmer zurück, wo sich seine Frau ängstlich im Bett aufgesetzt hatte. »Keine Angst«, beruhigte er sie. »Das ist keine große Sache. Viel harmloser als der Krieg all die Jahre. Schlaf weiter.«

Nachdem ihr Mann gegangen war, hatte ihre Mutter kein Auge zugetan. Besorgt hatte sie die ganze Nacht gewartet, war ab und zu eingedöst, bei dem kleinsten Geräusch aber wieder hochgeschreckt.

Präfekt Liu blieb fast die ganze Nacht fort. Erst in der Morgendämmerung kehrte er heim, von oben bis unten mit Schlamm bespritzt, und legte als erstes seine Pistole ab. Seine Frau zog sich rasch an, kochte ihm Tee, war beim Ablegen der schmutzigen, nassen Kleidung behilflich und suchte ihm saubere heraus. Doch der Präfekt schickte sie ins Bett, er komme allein zurecht.

Die Wachen brachten heißes Wasser, so daß er sich ein wenig waschen konnte. Dann befahl er ihnen, am Tor zu wachen, niemanden einzulassen und ihn am Morgen um acht Uhr zu wecken. Anschließend legte er sich hin.

Er schlief sofort ein und begann zu schnarchen. Seine Frau machte sich Sorgen, weil er so erschöpft war, und ging nicht ins Bett, sondern starrte die Tür an. Allmählich setzte das Lärmen des Tages ein – früher als sonst, wie ihr schien. Dann fiel ihr ein, daß Markttag sein mußte. Da die Städter sich noch nicht recht an den Frieden gewöhnt hatten, investierten sie nicht in Großprojekte, sondern agierten alle auf dem Markt, der dadurch besonders lebhaft wurde. Die Wachen im Hof schienen aufgeregt mit jemandem zu sprechen.

Als die Mutter die Präfektur verlassen wollte, erklärten sie ihr, daß sie viele Leute hätten abhalten müssen, damit der Präfekt in Ruhe schlafen konnte.

»Sie sagen, Roter Lotus sei verhaftet worden! Und der Abt Yutong auch!« erklärten sie ihr. »Jetzt sind sie auf einer Wache außerhalb der Stadt, aber die Nachricht verbreitet sich wie ein Lauffeuer. Die Straßen sind voller Menschen, die die beiden sehen wollen, eine Hure und einen Verbrecher, zwei reaktionäre Elemente.«

Die Mutter hatte sofort verstanden, in welcher Sache ihr Mann unterwegs gewesen war. Die Wolken hingen tief, Vögel sangen. Plötzlich wurde ihr übel, ihr drehte sich der Magen um, und sie suchte am Türrahmen Halt.

Der Wachmann schien das gar nicht zu bemerken und sprach einfach weiter. Wieder klopfte es ans Tor.

»Schicken Sie sie möglichst leise weg«, sagte sie, »damit der Präfekt nicht aufwacht.« Die Zunge klebte ihr am Gaumen, also ging sie wieder hinein, um etwas zu trinken.

Versehentlich riß Liu Cuis Mutter den Spiegel von der Wand, der erst auf einen Stuhl und dann zu Boden glitt. Das Geräusch war zwar nicht laut, reichte aber, um ihren Mann aufzuwecken. Er hielt seine Hand vor die Augen, um sie vor dem Sonnenlicht zu schützen. So wirkte er wie ein Junge, um den man sich kümmern mußte – wie damals in Chongqing, als er ein junger Soldat war und sie sich kennengelernt hatten. Im stillen hatte er immer eine gewisse Ehrfurcht vor Mädchen aus der Stadt gehabt und, so erzählte er ihr später, nicht gewagt, sie anzusprechen. Er war es auch, der bei ihrem ersten Treffen zuerst rot wurde. Das berührte sie sehr – ein gestandener Soldat, der unter Einsatz seines Lebens für das Volk gekämpft hatte, versank in Begleitung eines jungen Mädchens vor Scham im Boden?

Der Spiegel hatte einen Sprung bekommen, war aber nicht zerbrochen. Sie hob ihn auf und setzte sich. »Entschuldige, daß ich dich aufgeweckt habe.«

Inzwischen war es draußen wieder richtig laut geworden. Sofort verschwand der kindliche Ausdruck aus seinem Gesicht, und er war wieder der Präfekt. Er griff nach seiner Armbanduhr, sprang aus dem Bett und zog sich etwas über.

Seine Frau wollte eine Frage stellen, doch blieb sie ihr im Halse stecken. Als er ihr verschrecktes Gesicht sah, wußte er, worum sie sich sorgte. Sein eigenes Gesicht wurde kalt und ernst wie nie zuvor. Nun brachte seine

Frau erst recht kein Wort heraus und wußte überhaupt nicht mehr, was sie tun sollte.

Sie brachte ihm eine Schale Reissuppe, die er hinunterkippte, noch bevor sie ihm das Salzgemüse dazu gereicht hatte. Anschließend nahm er eine zweite Portion zu sich. Die Spannung war förmlich zu spüren, beide schwiegen.

Draußen rief der Hauptmann, alles sei soweit. Präfekt Liu stellte die Suppenschale ab und ging hinaus.

Durch die Tür sah sie ihm hinterher, und als die Männer über den Wandelgang in den Hof schritten, stand sie auf, überlegte kurz und ging dann hinterher. Sie konnte nur langsam laufen, setzte sich am Fischteich sogar hin, um auszuruhen.

Die Kader hatten sich bereits in der Sitzungshalle zusammengefunden und standen in kleinen Grüppchen zusammen. Auf die Straße konnten sie sich nicht wagen, die war voller Menschen, und wer sich zeigte, konnte sicher sein, sofort umringt und mit Fragen bombardiert zu werden. Doch die Kader wußten keine Antwort. Angesichts dieser tobenden Menge brauchten sie Anweisungen von ihren Vorgesetzten.

Präfekt Liu blickte in die Runde und sagte fest: »Nur die, die mit der Unterdrückung von Konterrevolutionären und der Erziehung von Prostituierten beschäftigt sind, bleiben hier. Alle anderen arbeiten wie immer. Es besteht kein Anlaß zur Sorge.«

Den verbleibenden Kadern schilderte er kurz die Situation und erklärte, wie die Propaganda auszusehen habe. Dann erläuterte er den Ablauf einer öffentlichen Gerichtsverhandlung und wie der Bericht an die Provinzregierung gestaltet sein müsse.

Seine Frau schaffte es nicht in die Versammlung, ihr war übel. Der Himmel war plötzlich bleich wie die Augen eines toten Fisches. Sie ging in den leeren Hof zurück. Der Lärm von der Straße wurde immer lauter, es war beunruhigend. Plötzlich wurde das Tor aufgedrückt, und eine Menschenmenge drängte und trampelte herein, so daß sie sich aus Sorge um das ungeborene Kind in den Gang zurückzog. Dann hörte sie das wütende Brüllen ihres Mannes: »Bindet sie los, und deckt sie zu! Achtet auf Sitte und Moral!«

Immer mehr Menschen drängten in die Präfektur, warfen Blumentöpfe um und zertraten die aufblühenden Chrysanthemen. Ihre Augen glänzten, ihre Gesichter waren vor Erregung verzerrt, und sie riefen und brüllten laut herum. Präfekt Liu mahnte zur Ruhe: »Wir müssen uns an die Politik der Partei halten. Es wird niemand mißhandelt – selbst wenn es ein Konterrevolutionär ist. Wachen, Sie kümmern sich um das Gelände hier. Kommandeur Chen, Sie bereiten dort alles vor, die Gefangenen werden vorerst von der Armee in Gewahrsam genommen.«

Unter Atemnot zog sich seine Frau in ihr Zimmer zurück. Sie wußte nicht, was das zu bedeuten hatte, und wollte eine Wache bitten, Tante Chen zu rufen – aber es war keine Wache da. Tante Chen hatte sicher alle Hände voll zu tun, die Menge zu mobilisieren und den Platz vorzubereiten. Die Frau des Präfekten dagegen saß allein am Tisch, hatte großen Hunger und versuchte etwas Reisbrei zu essen – aber selbst den bekam sie kaum hinunter. Auf der Suche nach einer Gemüsesuppe ging sie in die Küche, doch die war leer. Offenbar waren auch hier alle zu dem Spektakel gegangen. So schleppte sie sich wieder ins Zimmer und legte sich aufs Bett.

Präfekt Liu kehrte kurz zurück und sprach zerstreut ein paar Worte mit ihr. Dann griff er zu seiner Pistole und sagte, er wolle den Ort des öffentlichen Prozesses begutachten, damit nichts dieses entscheidende Ereignis stören könne. Mit dem Parteikomitee der Provinz hatte er sein Vorgehen telefonisch abgestimmt. Seine Frau wollte ihn eben fragen, worin dieses Vorgehen bestünde, da machte er sich eilig auf den Weg und schloß nicht einmal die Tür hinter sich.

Sie rief ihm hinterher, daß es ihr nicht gut gehe und er solle nicht so spät wiederkommen. Wütend drehte er sich um, riß sich aber zusammen und sagte, dies sei ein entscheidender Augenblick in der Revolution, sie solle bitte nicht im Wege stehen!

Während sie ihm nachblickte, dachte sie, daß bestimmt etwas geschehen würde, sie hatte so ein Gefühl.

Die öffentliche Gerichtsversammlung wurde in der Stadt abgehalten, relativ weit von der Präfektur entfernt. Wie dumpfen Donner hörte sie entferntes Rufen und Brüllen, und da sie an so etwas nie teilgenommen hatte, konnte sie nur versuchen, es sich vorzustellen. Ihre Unterleibsschmerzen wurden stärker und stärker, das Kind in ihrem Bauch hatte sich noch nie so heftig bewegt. Es schien, als wolle es sich mit wütenden Tritten aus seinem Wassergefängnis befreien. Je mehr ihr Stöhnen in ein Schreien überging, um so schlimmer wurde der Schmerz. Als ein Wachmann an der Tür vorbeiging, rief sie ihn zurück: »Sagen Sie meinem Mann Bescheid, und rufen Sie einen Arzt.«

Schließlich kam der Wachmann nach quälend langer Zeit atemlos zurückgelaufen und sagte, daß gleich ein Arzt kommen werde. Den Präfekten habe er mitten in der kritischen Endphase der Verhandlung angetroffen, als er gerade das Urteil verkünden wollte. Darauf habe Präfekt Liu dem Wachmann mitgeteilt, seine Frau solle um jeden Preis durchhalten, er werde kommen, sobald die Versammlung beendet sei.

»Wann ist sie zu Ende?« fragte sie, auf dem Bett liegend.

»Sicher erst, wenn die beiden erschossen worden sind.«

»Erschossen?!« schrie sie auf. Ihr schmerzverzerrtes Gesicht war tränenverschmiert. »Wann wird das sein?«

»Sobald die Gerichtsversammlung zu Ende ist.«

Jetzt fiel ihr ein, daß ihr Mann den Ort hatte genau inspizieren wollen. Natürlich, er durfte nichts dem Zufall überlassen. »Und wann ist sie zu Ende?«

»Gleich!« Dem Wachmann wurden die Fragen zuviel. »Gleich!«

Plötzlich war sie hellwach und hörte auf zu weinen. »Wer wird erschossen?« fragte sie.

»Konterrevolutionäre halt.«

»Wer?«

»Vermutlich der Mönch und die Prostituierte, die sie gestern gefangengenommen haben.«

Sie erstarrte. Ihr fehlte jegliche Erfahrung, und als ihr Mann seine Vorbereitungen traf, hatte sie nicht mit diesem Ergebnis gerechnet. Plötzlich konnte sie nicht mehr an sich halten und übergab sich in hohem Bogen.

Der Wachmann stürzte hinaus und kam völlig verschwitzt wieder hereingerannt: »Dr. Qi kann gerade nicht: Tante Chen steht ebenfalls kurz vor der Entbindung. Er sei gleich soweit, sagt er, er komme gleich.«

Schon wieder »gleich«! Sie brach in Tränen aus, dieses Kind wurde zu einer lebensbedrohlichen Sache. Sie griff nach einer Ecke des Moskitonetzes, das am Bett aufgerollt hing, und zog mit Gewalt daran, bis es auf sie herunterfiel.

»Dr. Qi sagt, Tante Chen komme zu früh nieder, sie hätten noch gar nicht damit gerechnet.« Er wußte, er würde erneut hinlaufen müssen.

Doch die Frau des Präfekten hörte nicht mehr zu, das

mußte sie jetzt allein durchstehen. Sie warf das Moskitonetz zur Seite und konzentrierte sich darauf, daß sie und ihr Kind überlebten.

Da hörte sie in der Ferne einen Tumult.Ihre Brust wurde immer schwerer, das Kind trampelte wieder heftig gegen ihre Organe, Kleidung und Haare waren schweißnaß. Die folgenden Schüsse hörte sie ebensowenig wie den Aufschrei der Menge anschließend.

Sie sparte alle Kräfte für sich selbst auf. Durchhalten! sagte sie sich. Durchhalten!

15

Ein Restaurant grenzte an das andere, und in allen wurde Feuertopf serviert. Um jeden Tisch saßen mindestens vier bis fünf Gäste, Ratten waren das Gesprächsthema Nummer eins. In der Alten Stadt lägen viel zu viele stinkende Kadaver herum, um die sich die Fliegen scharten und die Krankheiten übertrügen. Viele hätten schon roten Ausschlag an Händen und Beinen und litten unter unkontrollierten Wutausbrüchen.

Es wurde immer hitziger diskutiert. Das Rattengift, das jetzt verwendet würde, sei nicht stark genug, früher seien die Tiere nach zehn Schritten zusammengebrochen. Andere widersprachen, im letzten Monat habe ein Bauer einen korrupten Beamten damit vergiftet, und als die Polizei kam, hatte er selbst auch schon davon genommen und war daran gestorben.

In einem Punkt waren sich alle einig, daß nämlich Feuertopf eine saubere Sache sei, weil die Zutaten ständig kochten. Daher lief das Geschäft der Feuertopf-Restaurants unglaublich gut.

Liu Cui hatte nicht das Gefühl, daß die Ratten ein

wirkliches Problem seien. Man steckte sich hier nicht notwendigerweise über Ratten an. Doch wollte sie auch nicht leichtsinnig sein, und ob sie Hunger hatte oder nicht, den scharfen Sichuan-Feuertopf versuchte sie lieber nicht.

Einige Restaurants priesen auf einer Tafel eine frische Kugelfischart an, eine Spezialität der drei Schluchten. Ihre Mutter hatte gesagt, die beste Zeit dafür sei im Mai nach dem Grabfegefest, zum »Fest des Gelben Lichts«. Die Köche in Liang galten als Meister dieses Gerichts. Selbst die auf der Straße wußten, daß Rogen, Leber und Augen gründlich entfernt werden mußten, da man sonst den gesamten Fisch wegwerfen konnte. Immer wieder versuchte man, Liu Cui in ein Restaurant hineinzulotsen. Doch sie lehnte lachend ab. Im Hotel war es allemal sauberer.

Eine kleine Buchhandlung lag am Weg. Sie schien gut sortiert zu sein und warb mit fünzig Prozent Rabatt auf neue Bücher. Sie trat ein und fand landesweite Bestseller vor, alles Raubdrucke. Liu wußte aus der Zeitung, daß dieses Geschäft im Süden stärker florierte als im Norden, hatte aber nicht erwartet, daß die Bücher so offen auslagen. Sie mied diese Ecke und sah sich lieber Dinge an, die über Urheberrechtsfragen längst erhaben waren: einen kurzen Roman aus der Ming-Dynastie beispielsweise.

Der Ladeninhaber freute sich über Kundschaft, in dieser Gegend gebe es bedauernswert wenig interessierte Leser, er sei dem Himmel dankbar, wenn er nur einen am Tag zu sehen bekomme.

Als sie die Buchhandlung verlassen hatte, ging sie wieder an den spiegelnden Glasfronten der Neuen Stadt entlang, bis sie vor ihrem Hotel stand.

Hier oben wartete jeder auf die Fertigstellung des Staudamms, alles schien auf diese Hoffnung gegründet, und die Zeit stand regelrecht still. Überall hing ein

»Countdown bis zur Flutung«. An einem Modell des Oriental Pearl Tower oben über dem dreißigsten Stock des Hotels lief ein riesiger Neon-Countdown, der die Sekunden aufleuchtend herunterzählte. Unterdessen schienen die Menschen in der Alten Stadt zu schlafwandeln, darauf wartend, daß die Ratten sich eines Morgens in Prinzen verwandelten.

Liu wählte das Restaurant für westliche Küche im ersten Stock und bestellte eine Rindfleischsuppe mit Pilzen sowie Makkaroni. Es war schon halb zwei, kein Wunder also, daß es so leer war. Dennoch standen zwei Reihen Serviererinnen in traditioneller Kleidung bereit – möglicherweise schon seit zwei Stunden.

Sie war diese neofeudalistische Lebensart neureicher Chinesen nicht gewöhnt, und wenn sie in Peking ein solches Restaurant sah, trat sie mit gesenktem Kopf den Rückzug an. Hier konnte sie nichts tun. Sie mußte die wartenden »Dienerinnen« akzeptieren, ja froh sein, daß die Mädchen nicht knieten.

Der Chrysanthementee kam. Während sie auf das Essen wartete, studierte sie ihre Karte, hatte aber das Gefühl, beobachtet zu werden. Sie drehte sich zu den Bediensteten um, doch von denen sah keine zu ihr herüber. Die Hotelgäste waren zumeist Geschäftsleute und Ingenieure, beeindruckende Persönlichkeiten im eleganten Anzug. Auch die Frauen unter den Hotelgästen achteten auf ihr Äußeres. Wenn sie sie sah, fühlte sie sich sehr durchschnittlich.

Liu Cui liebte die Natürlichkeit, auffallende Kleidung mochte sie nicht. Ob Rock oder Hose, immer trug sie einen dunklen, weiten Trenchcoat darüber. Ihre Mutter sagte, sie verstecke ihre hervorragende Figur und mache sich zur einfachen Angestellten.

Immerhin war sie nicht stolz genug, zu denken, sie brauche kein Make-up. Sie trug es so auf, daß die anderen immer rätselten, ob sie etwas benutzt hatte oder nicht. Und wenn sie Lippenstift zu Hilfe nahm, tupfte sie anschließend so oft mit dem Tuch daran herum, daß er am Ende fast wieder fortgewischt war. Vermutlich war sie zu leger gekleidet, dachte sie, und wurde deshalb angestarrt.

Nach dem Essen machte sie einen Mittagsschlaf. Gerade als sie aufstehen wollte, klingelte das Telefon. Nicht schon wieder Li Lusheng, dachte sie. Er könnte mir ruhig etwas Raum lassen.

Sie ließ das Telefon eine Weile läuten, bevor sie abnahm. Es war die Stimme eines Fremden mit lokalem Akzent, der sich als Manager des Hotels vorstellte und ausführlich bei »Frau Direktor Li« für die Störung entschuldigte. Wenn sie besondere Wünsche habe, solle sie sich melden, man würde alles in der Macht Stehende tun, sie zu erfüllen.

Frau Direktor Li!? Sie sah auf die grünen Berge jenseits der Fenster. Nein, diese Glasfront konnte niemand hinaufklettern, um sie zu belauschen. War ihr Telefonat mit Li Lusheng früher am Tage abgehört worden? Gab es hier tatsächlich keinen Platz für Privatsphäre? Vielleicht hatte Geschäftsführer Han gleich mehrere Lakaien zur Hand, die dafür verantwortlich waren. Andererseits wußte Li Lusheng, daß sie hier war, warum also Spione auf sie ansetzen?

Sie hatte keine Ahnung, was das sollte, zumal der Herr so überaus höflich war. Verwirrt bedankte sie sich, zur Zeit habe sie keine weiteren Wünsche.

Sie wollte gerade auflegen, als der Manager sagte: »Würden Sie mir die Ehre erweisen, herunter in die Lobby zu kommen, damit ich Sie persönlich begrüßen kann?«

Nun kam er endlich zur Sache, dachte Liu, und unterdrückte ein Gefühl des Widerwillens. »Steckt Li Lusheng dahinter?«

Der andere murmelte etwas vor sich hin, ohne richtig zu antworten.

Sie konnte nicht umhin, etwas neugierig zu sein, wie weit Li Lusheng gehen würde, um sie weichzuklopfen. Angefangen vom Parfum bis hin zur Belagerung durch all seine Mitarbeiter – so hatte er sich früher nie für sie ins Zeug gelegt.

»Gut, ich komme hinunter«, sagte Liu Cui. Sie zog die Schlüsselkarte, und es wurde dunkel im Zimmer. Sie hatte allen Grund, wütend zu sein – als Maus in der Falle.

Besondere Wünsche? Sie betrat den Fahrstuhl. Dies war zwar nur ein Vier-Sterne-Hotel, doch verfügte es über eine hervorragende Ausstattung. Neben schattenlosen Lampen im Fahrstuhl hingen Fotos vom Feinschmekkerrestaurant am Spiegel, von Sauna und Massage- und Fitneßraum mit Schwimmbecken. Nicht einmal jedes Fünf-Sterne-Hotel konnte all dies aufweisen.

Der Boden war blitzblank, die Teppiche makellos. Liebevolle Details, wie eine rote Rose in jedem Badezimmer, taten ein übriges. Der Manager verstand etwas von seinem Geschäft.

Auf dem braunen Ledersofa in der Lobby saßen ein paar Leute. Einige lasen, andere schienen auf Verabredungen zu warten, wieder andere unterhielten sich, und mitten unter ihnen saß einer, der der Manager sein mußte. Ohne ihn zu beachten, ging sie auf die Drehtür zu – sie wollte wissen, was hier gespielt wurde. Und richtig, mit ruhiger Stimme rief er sie an: »Dr. Liu, warten Sie bitte.«

Das »Frau Direktor Li« sparte er sich diesmal. Sie fand es allerdings erstaunlich, daß er ihren akademischen Titel kannte. Sie drehte sich um und sah zwei Männer und eine Frau. Die Frau hielt sich hinter den zwei Männern und schien eine Sekretärin oder etwas Ähnliches zu sein. Die Männer waren ebenfalls jung, sie wirkten sensibel und feinfühlig, trugen gutsitzende Anzüge in gedeckter Farbe, beide machten einen schwungvollen, munteren Eindruck.

»Ich bin der Manager des Hotels.« Der schlankere der beiden kam mit ausgestreckter Hand auf sie zu. »Mein Name ist Zheng.« Er zog ein vergoldetes Kästchen hervor, entnahm ihm vorsichtig eine Visitenkarte und überreichte sie Liu Cui höflich. Als der andere, ein Brillenträger, hinzutrat, stellte er ihn eilig als Herrn Wang vor, einen Freund, der in leitender Position bei der Regierung von Liang arbeite.

»Professor Liu, sehr erfreut.« Er hatte sich noch genauer erkundigt und wußte, daß ihr Posten bei der Academia Sinica den Titel »Professor« rechtfertigte. »Darf ich Sie für zehn Minuten ins Café bitten?« fragte er. »Dort entlang, es sind nur ein paar Schritte.«

Liu warf einen Blick in das ruhige Café am anderen Ende der Lobby. Sie wußte nicht, wie sie diesem höflichen Herrn Wang gegenübertreten sollte, zumal sie nicht ganz verstanden hatte, welche Funktion er in der Regierung innehatte. Aber es konnte ja nicht schaden. Sie nickte.

Die beiden Herren geleiteten sie wie richtige Gentlemen hinüber. Die Frau lief einen halben Schritt hinter Liu, lächelnd, doch ohne etwas zu sagen.

Stühle und Tisch waren aus Bambus, in der Mitte des Tischs war unter einer Glasplatte eine volkstümliche Stickerei zu sehen. Nachdem sie sich gesetzt hatten, erklärte der Brillenträger, er sei Leiter der »Abteilung für Umsiedlung«.

Was sollte die Umsiedlungsabteilung mit Liu Cui zu tun haben?

»Es ist so«, setzte Herr Wang zur Erklärung an. »Sie sind nicht oft hier, und wir wollen Ihre kostbare Zeit nicht verschwenden.« Er sprach ohne Umschweife, weder überheblich noch unterwürfig. »Wir haben hier ein Problem: Es gibt Leute, die mit dem Geld, das für die Umsiedlung vorgesehen ist, Schindluder treiben wollen.«

Liu Cui sah ihn zweifelnd an, nie hatte sie sich für irgendein Umsiedlungsprogramm interessiert. Sie wußte nur, daß für den Staudamm fünfzig Milliarden vorgesehen waren, die Hälfte davon für die Umsiedlung, im Schnitt also dreißigtausend pro Kopf.

»Jetzt verlangen manche, namentlich Bauern außerhalb der Stadt, Bargeld vom Umsiedlungsbüro.«

»Wenn der Staat eine Summe festgelegt hat, warum gebt ihr sie den Betroffenen nicht einfach?«

Die Männer sahen sich an. »Hier scheint ein Mißverständnis vorzuliegen, Professor Liu. In diesen dreißigtausend pro Kopf sind Transportkosten, Kosten für Häuser- und Straßenbau, Umzugskosten, Kosten für die Erschließung neuer Gebiete und noch vieles andere mehr enthalten. Die Politik sieht vor, daß erst nach vollzogener Umsiedlung der Rest an den einzelnen ausbezahlt wird. Wir vertrauen darauf, daß das Volk das versteht. Die meisten dieser Menschen haben im ganzen Leben nicht soviel Geld in den Händen gehabt und sind dem Staat sehr dankbar.«

Duftender Kaffee wurde serviert. Auf einer kleinen Bühne traten drei junge Frauen in glänzend grünem Seidenkostüm auf und begannen in dem warmen Licht zu tanzen. Sie sangen »Ich liebe das Land und die Schöne« aus einer Fernsehserie. Liu Cui warf einen Blick auf die

Mädchen, die ihre Hüften in einer Mischung aus chinesischem und westlichem Tanz wiegten.

Sie nahm Zucker und rührte langsam um: »Wo liegt jetzt das Problem?«

»Der Regierung wird vorgeworfen, sie habe Geld veruntreut, in Investitionen gesteckt – und verloren. Einige Leute in den kleinen Städten der Gegend wollen auf die Straße gehen.« Herr Wang runzelte besorgt die Stirn.

»Veruntreut?« Liu Cui verstand sofort. »Sie sind Leiter der Abteilung für Umsiedlung, Sie müßten es am ehesten wissen«, sagte sie scharf. Daher wehte also der Wind. Sie stand auf: »Ich will Sie nicht länger aufhalten.«

»Direktor Li sagt, wir sollen mehrgleisig fahren«, warf Herr Wang hastig ein. »Auf der Bank bringt das Geld zwei Prozent Zinsen, Investitionen werfen erheblich mehr ab. Und Zinsen zu verschenken hieße, das Geld des Volkes zu verschwenden!«

Plötzlich drehte Liu sich um und giftete: »Gehen Sie doch zu Ihrem Direktor Li. Ich habe nie mit ihm darüber gesprochen und werde auch jetzt nicht damit anfangen.« Sie machte Anstalten zu gehen.

Als Herr Wang ebenfalls aufstand, dachte sie, er wolle sie aufhalten. Doch sagte er mit der gleichen Höflichkeit, die er die ganze Zeit gezeigt hatte: »Herr Li ist über die Situation unterrichtet.«

Liu Cui beschloß zu bleiben und musterte Herrn Wang von Kopf bis Fuß. »Sie wollen sagen, Herr Li und Sie haben gemeinsam mit dem Geld spekuliert? Haben Sie Beweise dafür?« Und sie ging noch einen Schritt weiter: »Und wenn dem so ist, warum geben Sie sie nicht dem Volk, damit sie direkt am Staudamm demonstrieren statt hier?«

»Nein, nein«, sagte Herr Wang hastig. »Hören Sie mir bitte zu, Professor Liu. Ein paar Leute protestieren, aber die haben wir im Griff. Wir fürchten nur, daß Direktor Li die Situation mißverstehen könnte, wenn er heute abend zurückkommt.«

»Mißverstehen?« Liu setzte sich wieder, Herr Wang redete immer nervöser auf sie ein. »Was meinen Sie damit?«

Als Herr Wang sah, daß Liu Cui wirklich verstehen wollte, was hier vor sich ging, erklärte er geduldig: »Direktor Li kommt morgen, um in einem geheimen Treffen die Handelskonsortien aus Hongkong und Taiwan zu sehen. Nun haben diese Unruhestifter ihre Demonstration ausgerechnet für morgen angesetzt, und Sie können sich vorstellen, was das für Schaden anrichten kann.«

»Sie wollen jetzt aber nicht, daß ich mit den Leuten rede, oder?«

»Natürlich nicht. Aber da Sie hier sind, können Sie bezeugen, wie ernst es uns mit der Lösung des Problems ist.«

Liu Cui seufzte stumm. Alles nur, damit sie bei Li Lusheng ein gutes Wort für sie einlegte.

Sie sah die beiden an. Der Hotelmanager hatte sich etwas zurückgezogen – das alles hatte mit ihm nicht viel zu tun, er wollte nur einem Freund helfen. Doch das breite Lächeln Herrn Wangs machte sie wütend.

»Ich sage überhaupt nichts, ich verstehe nicht das geringste davon! Noch einmal: Ich kümmere mich nicht um seine Angelegenheiten!« Sie erhob sich, um zu gehen. »Ich bin hier vorbeigekommen, um eine Freundin zu treffen, mit Li Lusheng hat das nichts zu tun.« Sie ärgerte sich über sich selbst – wie hatte sie nur in so eine verworrene Situation geraten können? »Ich werde das Treffen mit Ihnen vergessen, und Sie sollten das auch tun.«

Herr Wang nickte zustimmend. Er stand auf, um sich von ihr zu verabschieden, als ihm noch etwas einfiel: »Wir sind so froh, Sie hier zu haben, Professor Liu, ich hoffe, Sie genießen Ihren Aufenthalt. Vielleicht interessiert Sie, wie der Versuch mit durch ›Nanqing-3‹ genetisch verändertem Reis verlaufen ist? Im letzten Jahr haben wir aus den Hybriden ausgewählt, und mit Hilfe des Transpositionsfaktors synthetisieren wir eine Sonde mit den gleichen Merkmalen. Dann wählen wir Zielgene aus, die den gleichen Transpositionsfaktor haben, und bauen großflächig an. So haben wir die Produktivität um fünfundzwanzig Prozent erhöht.«

Liu Cui war verblüfft: Dieser Herr Wang betete die einzelnen Schritte wie am Schnürchen und ohne einen einzigen Fehler herunter. Sie interessierte sich tatsächlich für Nanqing-3. Gerade hatte sie einen internen Bericht gelesen, in dem die Hochwertigkeit von gentechnisch verbessertem Reis unterstrichen wurde. Es kam selten vor, daß ein Kader sich für Gentechnik interessierte, und es passierte praktisch nie, daß einer sich so gut damit auskannte. Herr Wang hatte ganz offensichtlich mehr zu bieten, als es auf den ersten Blick schien.

»Wenn Sie Zeit haben, können wir uns die Versuchsfelder einmal ansehen, es ist nicht weit von hier, über den westlichen Hang hinüber. Wir haben bewußt eine Gegend ausgewählt, in der die Produktivität gering und die Bedingungen schlecht sind. Mit dem Auto sind wir in einer knappen halben Stunde dort.«

Auf der Bühne wurde in fehlerhaftem Englisch gesungen und dazu getanzt. Liu sah auf die Uhr. Es war noch viel Zeit bis zum Abendessen, ihren Standpunkt hatte sie klargemacht, und Herr Wang würde sie wahrscheinlich nicht mehr mit irgendwelchen Umsiedlungskosten belästigen. Auch wenn es eine seltene Gelegenheit war. Warum sich der Leiter der Umsiedlungsabteilung wohl für genmanipulierten Reis interessierte?

»Produktivitätsmaximierung ist entscheidend für das

Umsiedlungsprogramm«, sagte Abteilungsleiter Wang, als habe er Lius Gedanken gelesen. Und zu ihrer Freude fügte er hinzu: »Versuche mit genveränderten Lebensmitteln gehören zu den Schwerpunkten unserer Arbeit.«

16

Was auch immer Liu Cui sich von dem Ausflug mit Abteilungsleiter Wang versprochen hatte, sie merkte bald, daß sie betrogen worden war.

Herr Wang griff zum Handy, und sofort fuhr ein silberner Mercedes vor das Hotel. Der Wagen paßte überhaupt nicht zu der halbfertigen Stadt, um so besser aber zum Hotel.

Während des gesamten Gesprächs hatte eine Frau dabeigesessen, ohne ein Wort zu sagen. Nun stellte sie sich als Mitarbeiterin der Abteilung für Umsiedlung vor. Sie trug ein gewöhnliches Kostüm, dazu einen Seidenschal von Pierre Cardin, war auffällig geschminkt, mit leuchtendem Lidschatten und Lippenstift in einem Rot, das zu dem des Schals paßte. Sie bestieg ebenfalls das Auto. Beim Anblick dieser aufgedonnerten Frau mußte Liu Cui an ihre Mutter und Tante Chen denken, die wie alle anderen Kader blaue Khaki-Anzüge mit Ledergürtel getragen hatten. Sie wußte, daß man das nicht vergleichen konnte, aber dennoch wollte sie sich mit dieser Frau nicht unterhalten und setzte sich auf den Beifahrersitz.

Schon kurz nach der Abfahrt beschlich sie ein deutliches Gefühl von Unwohlsein. Sie fuhren die prächtige »Fließende-Seide-Straße« in der Neuen Stadt entlang und wurden kurz vor dem zentralen Platz von der Polizei angehalten.

Ein Polizist beugte sich zum Fenster hinunter und

fragte, zu welcher Einheit der Fahrer gehöre; Autos sei die Durchfahrt verboten. Doch sowie er Abteilungsleiter Wang sah, verbeugte er sich ehrerbietig und gab den Weg frei. Liu Cui hatte nicht zugehört und nichts von dem Gespräch verstanden. Vorn mußte etwas passiert sein, eine Menschenmenge hatte sich vor dem prächtigen Regierungssitz versammelt.

Als sie langsam an den Leuten vorbeifuhren, entdeckte Liu, daß viele Leute so etwas wie riesige Briefumschläge mit Schriftzeichen darauf in der Hand hielten. An die hundert Menschen mochten es sein, die auf den Stufen zum weißen Regierungsgebäude saßen. Vor ihnen hatte sich eine Reihe uniformierter Wachmänner aufgebaut und vor den Stufen noch eine. So konnte der Wagen langsam passieren.

Das Auto hielt an, Abteilungsleiter Wang gab dem Fahrer einige Anweisungen und stieg aus.

Nun wurde Liu klar, daß sie nicht zufällig hier vorbeigekommen waren. Dieser Wang hatte sie mit voller Absicht hergebracht, damit sie mit ansehen könne, wie er »die Massen aufklärte«. Welche Beweggründe er dafür hatte, blieb zunächst unklar.

Sie rief sich ins Gedächtnis, daß Herr Wang alles darangesetzt hatte, sich mit ihr zu treffen, angeblich weil es Unruhe wegen der Umsiedlungskosten gebe. Waren sie nun am Ort dieser »Unruhen« angelangt?

Liu Cui bereute, daß sie zugestimmt hatte, die Reisfelder zu besichtigen. Wie dumm von ihr! Abteilungsleiter Wang würde sich nie ohne Grund für Gentechnik interessieren. Sie kannte das Problem. Außenstehende verstanden nicht viel von diesem Gebiet, während es für sie nichts Interessanteres gab.

Liu fragte den Fahrer, wo es nun hingehe.

Nirgendwohin, sagte der, sie würden hier stehenbleiben.

Die Dame im Fonds des Wagens meinte, Liu beruhigen zu müssen: »Keine Sorge, hier sind wir sicher. Herr Wang kommt gleich wieder, dann fahren wir weiter.«

Von Unruhen hatte Liu Cui in den Fernsehnachrichten gehört, überall auf der Welt gab es Unruhen, erst wurden Autos attackiert, dann umgeworfen und angezündet. War es nicht leichtsinnig, mit so einem piekfeinen Auto hier herumzustehen? Sie hätten längst wegfahren sollen. Aber inzwischen wollte sie gar nicht mehr wissen, was diese Leute eigentlich vorhatten – sie wußte nur, daß sie in ihrer Eigenschaft als »Ehefrau des Direktors« hier keine Ruhe finden würde.

Nichts hielt sie mehr auf ihrem Sitz, und sie wollte auch kein verdammtes Reisfeld mehr sehen. Sie stieß die Autotür auf. Die Frau wollte etwas sagen und versuchte sie aufzuhalten, doch Liu stand schon auf der Straße. Die Frau war ebenfalls ausgestiegen, folgte ihr jedoch nicht weiter – ohne Befehle wagte sie sich nicht zu rühren. Liu Cui wollte nur den Machenschaften dieses Herrn Wang entkommen und ging auf einen Menschenpulk zu, um darin unterzutauchen. Plötzlich verhielt sie ihren Schritt, meinte sie doch, ein bekanntes Gesicht in der Menge gesehen zu haben. Aus sicherer Entfernung sah sie genauer hin. Abteilungsleiter Wang »tat seine Arbeit«, im hiesigen Dialekt sprach er so erregt auf die Menschen ein, daß es auf der anderen Straßenseite noch zu hören war. Alle, die ruhig dagesessen hatten, standen auf, die meisten hörten still zu, andere widersprachen. Sie wurden immer erregter, schubsten und schoben einander herum.

Aber zu wem gehörte das Gesicht, das sie gesehen hatte? Wen kannte sie hier schon? Außer den Kadern, die mit dem Staudamm zu tun hatten, niemanden. Doch dieses absolut durchschnittliche Äußere, diese Stoppelhaare, dieses freundliche Gesicht … Sie mußte an den Sohn von

Tante Chen denken, hieß der nicht Yueming? Wieso war er nicht oben im Tempel und malte?

Liu Cui hielt sich von dem Mercedes fern, der langsam vorbeifuhr. Sie näherte sich einem Fotogeschäft mit Kodak-Reklame, stieg die drei Eingangsstufen hinauf und drehte sich um. Sie ließ ihren Blick über die Menge gleiten, doch das gesuchte Gesicht tauchte nur ab und zu wieder auf. Ja, es mußte Yueming sein, er trug offenbar wieder diesen Sun-Yatsen-Anzug, nur die Tuscheflecken waren herausgewaschen.

Was tat Chen Yueming hier? Kurz entschlossen stieg sie die Stufen wieder hinunter und mischte sich unter die Menge. Es waren vornehmlich Männer, sie rochen nach Schweiß. Jetzt erst sah sie, daß Yueming wie viele andere einen Briefumschlag in Händen hielt, einen großen, braunen. Während die Ausrufe um ihn herum immer lauter und dringlicher wurden, blickte er sorgenvoll drein und schwieg. Sie drängte sich weiter vor, die Männer mit den Briefen standen in einer Reihe, es waren nur sechs an der Zahl. Die Umschläge waren teils mit Pinsel, teils mit Füllfederhalter beschrieben: »An die örtliche Regierung des Kreises Liang: Zu den folgenden Problemen, die Umsiedlungsgelder betreffend.«

Die sechs Träger der Briefumschläge wurden von der Menge abgedrängt, Liu Cui konnte die Aufschriften nicht genau erkennen. Zum Teil war die Schrift zu klein. Doch es mußte so etwas heißen wie »Gelder für Häuserbau gestrichen«. Endlich konnte sie eine Lücke in der Menge nutzen und Yuemings Aufschrift erkennen: »Bildung für Grundschüler«, lautete sie. Da fiel ihr ein, daß Yueming Lehrer war, Tante Chen hatte es ihr gesagt.

Sie verstand nicht, wieso die Demonstranten die Briefumschläge bescheiden vor ihrer Brust hielten, statt sie hoch in die Luft zu recken. Vielleicht fürchteten sie, daß die Situation eskalierte.

Endlich konnte Yueming etwas sagen.

Abteilungsleiter Wang antwortete mit sehr viel lauterer Stimme: »Die Kinder der umgesiedelten Familien werden am neuen Wohnort sofort zur Schule gehen, das ist Politik.«

»Es ist auch Politik«, rief Yueming zurück, »daß in Gegenden mit unzureichender Schulversorgung Gelder zur Verfügung gestellt werden.«

»Das muß in jedem einzelnen Fall diskutiert und entschieden werden, das kann man nicht mit einem Gesetz regeln.« Er rückte seine Brille zurecht, als jemand anderes seine Aufmerksamkeit auf sich lenkte.

»Die Schüler dürfen keine Zeit verlieren. Eine Verzögerung, und sie verlieren ein ganzes Jahr, und wenn sich das wiederholt, fallen sie ganz und gar heraus. Dabei ist Schulbildung auf dem Land sowieso immer ein großes Problem!« brüllte Yueming laut hinter Herrn Wang her. Doch machten die Leute rundum einen solchen Lärm, daß dieser es wahrscheinlich nicht einmal hörte.

Yueming hatte sicher recht, dachte Liu Cui, aber bei einer so großen Umsiedlung war nahtloser Schulbesuch wahrscheinlich unmöglich. Finanzielle Unterstützung für die Zielgebiete würde sicher helfen, doch fehlte es an willigen Geldgebern. Yueming redete sich in Fahrt, egal, ob ihm jemand zuhörte oder nicht. Es mochte an seinem Dialekt liegen, daß sie ihn nicht recht verstand. Als würde das helfen, drängte sie sich immer näher an ihn heran. Da sie die einzige Frau war, wurde sie wie eine feine Dame gemieden.

Herr Wang wirkte jetzt sehr besonnen, nicht mehr wie der junge, arrogant-aggressive Mann, als den sie ihn kennengelernt hatte, vielmehr war er ganz der gesetzte

Kader, der den Menschen in ihrem Dialekt begegnete und sich in Körperhaltung wie Wortwahl als der Nachbar vom kleinen Restaurant um die Ecke gab.

Yueming wurde von der Menge fortgetragen, seine Aussagen gerieten in Vergessenheit. Die Leute mit den Briefen wollten Herrn Wang die Schriftstücke direkt aushändigen. Doch er verschränkte seine vorher erhobenen Arme nun hinter dem Rücken und sagte, er könne die Briefe nicht entgegennehmen, die Verfasser müßten sie bei der zuständigen Abteilung einreichen.

»Die Umsiedlungsabteilung ist die richtige!«

»Nein, Sie müssen zur Post- und Besuchsabteilung«, sagte Abteilungsleiter Wang. »Viele Probleme können wir gar nicht lösen, zum Beispiel das der Schulen.«

Protestrufe aus der Menge erschollen. Der Abteilungsleiter winkte frenetisch mit den Armen, für den Erhalt von Briefen könne er keine Verantwortung übernehmen. Da hörte Liu Polizeisirenen. Sie drehte sich um und sah vier Wagen, die sich aus zwei Richtungen näherten. Fast gleichzeitig bremsten sie, und Polizisten sprangen heraus. Bevor sie begriffen hatte, was vor sich ging, waren ihnen Dutzende gefolgt und kreisten die Menge von vier Seiten ein, Schlagstöcke in den Händen.

Auf einmal wurde Liu klar, daß die Menge bis an die tausend Menschen angewachsen war, inklusive der Schaulustigen am Straßenrand. Aus der Unteren Stadt waren sie mit Kind und Kegel gekommen und hielten Transparente hoch, auf denen sie in schwankenden Schriftzeichen ihre Probleme aufzählten und Forderungen nannten.

»Los, zurück!« riefen die Polizisten. Eine Pfeife schrillte, und die Beamten drängten mit ihren Schlagstöcken in die Menge. Die Leute rannten dorthin, wo es keine Polizisten gab, nur um von entfernt stehenden in Empfang genommen zu werden, die sie weiterverwiesen. In sicherem Abstand verharrten die Demonstranten und warteten ab, was als nächstes passierte.

Liu wußte nicht, was sie tun sollte – weglaufen? Das hatte sie nicht nötig, dachte sie, sie war nur Beobachterin. Natürlich waren die meisten anderen hier auch nur Zuschauer, dennoch war das bei ihr etwas anderes, fand sie. Liefe sie fort, so schiene das, als hätte sie sich strafbar gemacht. Aber was hatte sie Ungesetzliches getan?

Während sie noch zögerte und überlegte, was zu tun war, stellte sie fest, daß um sie herum nur eine Handvoll Leute übriggeblieben war. In diesem Augenblick versperrten die Beamten auch ihr mit ihren Schlagstöcken den Weg.

Sie suchte die Szene nach Abteilungsleiter Wang ab, doch der war offenbar längst fort. Bei den Steinstufen traten Polizisten brutal auf einen am Boden liegenden Mann ein. Da sah sie Yueming etwas abseits stehen. Als er Liu Cui erblickte, kam er angelaufen – und wurde von den Polizisten prompt hinterrücks zusammengeschlagen. Liu versuchte zu ihm zu gelangen, doch wurde sie mit eisernem Griff festgehalten, und im selben Moment fuhr auch schon das Polizeiauto vor.

Diese verfluchte Stadt! Die Polizeiuniformen waren verhältnismäßig gut in Schuß, doch vom Auto blätterte der Lack ab, und die Tür hing schief in den Angeln. Die milchgesichtigen Polizisten waren unnötig brutal, sie verdrehten ihr das Handgelenk so, daß sie aufschrie.

»Du wagst es zu schreien?« Einer der Polizisten drohte ihr mit dem Schlagstock – bis er bemerkte, daß sie eine Frau war und ihr Handgelenk losließ.

Sie schnauzten die Leute an und schubsten sie in die Gefangenentransporter. Bei diesem Anblick löste die Menge sich von selbst auf, die »Demonstration« war vorüber. Doch Liu saß im Polizeiwagen, dessen Tür krachend zugeschlagen und von außen verriegelt worden war. Es fiel nur Licht durch das vergitterte Fenster herein, sonst war es dunkel.

17

Liu Cui war das erste Mal in ihrem Leben festgenommen worden und saß – sie konnte es kaum fassen – als Gesetzesbrecherin im vergitterten Gefangenentransporter.

Sie spürte, daß der Wagen auf einer unebenen Straße vorsichtig bergab fuhr. Dennoch war jedes Schlagloch deutlich zu fühlen. Auf dem Dach kreischte die schrille Polizeisirene, so daß sich Liu die Ohren zuhalten mußte. Die Festgenommenen saßen zu beiden Seiten einander gegenüber, Liu Cui als einzige Frau ganz am Rand, dazwischen standen zwei Polizisten und paßten auf. Sie hielten sich an einer der zwei Stangen in der Mitte des Wagens fest. Neben Liu Cui saß Yueming, der verzweifelt versuchte, einerseits das Gleichgewicht zu halten, andererseits einen gewissen Abstand zu ihr zu wahren, damit ihre Körper sich nicht berührten.

Ihnen folgte ein weiteres Polizeifahrzeug mit ohrenbetäubender Sirene.

Plötzlich machte der Wagen einen heftigen Schlenker, als müsse er einer gewaltigen Pfütze ausweichen. Die beiden Männer vollführten beinah eine volle Drehung um ihre Stangen, und die beiden Reihen Sitzender flogen erst aufeinander zu und dann wieder auseinander. Yueming landete fast auf Lius Schoß. Mit den Fingern in den Ohren war sie noch instabiler als die anderen, und Yueming versuchte sie festzuhalten, doch zu spät, mit den Knien krachte sie gegen eine der eisernen Stangen und schrie laut auf.

Die Polizisten begannen zu fluchen, die im Wagen vor

ihnen hätten wohl keine Augen im Kopf. Zum Glück war bei dem Schlag wenigstens die Sirene zerstört worden, die künftig stumm blieb.

Liu Cui nahm an Yueming den gleichen Geruch wahr wie an all den anderen Männern zuvor. Vielleicht lag es daran, daß diese Junggesellen niemanden hatten, der sich um ihre Wäsche kümmerte. Wer weiß. Vielleicht roch sie selbst inzwischen auch verschwitzt. Bei ihm jedenfalls starrten die Ärmel vor Dreck, seine Schuhe waren durchnäßt, die Schnürsenkel offen. Ihr Blick verharrte einen kurzen Moment dort, da beugte Yueming sich auch schon vor, um sie zuzubinden. Bei dieser Gelegenheit sah sie Schmutzspuren auf seinem Rücken, die gut von Stockschlägen stammen konnten.

Sie sahen einander nicht an, es lastete eine merkwürdige Stimmung auf dem Gefangenentransporter.

Als sie wieder auf ebener Straße fuhren, erklärten die Gefangenen der Polizei, daß sie nur Zuschauer und ihre Verhaftung ein dummer Fehler gewesen seien. Die beiden Polizeimänner waren jung, sie sagten nichts, und ihre Gesichter blieben ausdruckslos. Aber die Leute fuhren fort, von dem Unrecht zu sprechen, das ihnen widerfahren sei. Nur Yueming schwieg und blickte weiterhin besorgt drein.

In der Ferne war plötzlich die Sirene eines Feuerwehrwagens zu hören, doch leider ihr Transporter zu voll, um zu sehen, wo Feuer ausgebrochen war.

Weitere zwanzig Minuten ging es über Stock und Stein. Am Ziel angelangt, stiegen die beiden Polizisten zuerst aus. Es gab keine Stufen, die Insassen sollten nacheinander herausspringen und sich nebeneinander aufstellen.

Als die Polizisten sie hineinbugsiert hatten, war ihr das nicht aufgefallen, jetzt erst bemerkte sie, wie hoch der Wagen war. Ohne Hilfestellung war das nicht zu machen.

Undeutlich hörte sie etwas aus den Walkie-Talkies, wahrscheinlich ging es darum, was mit den Gefangenen passieren sollte.

Offenbar hatte die Polizei noch nicht recht realisiert, daß unter den Gefangenen auch eine Frau war, sie hatten bislang keine Polizistin zu Hilfe gerufen. Als die Reihe an ihr war und sie einen Polizisten unten stehen sah, klammerte Liu sich daher an eine der Stangen im Auto und weigerte sich zu springen. Der Mann streckte ihr seine Hand entgegen, doch sie zog sich noch weiter ins Wageninnere zurück. Sie mochte eine Gefangene sein, doch ihre Würde sollte unangetastet bleiben.

Der Polizist, höchstens achtzehn Jahre alt, geriet in größte Verlegenheit, so etwas hatte er noch nie erlebt. Er wollte es den erfahrenen Kollegen nachtun und begann unflätig zu schimpfen und zu fluchen, doch als er sah, daß er eine Frau vor sich hatte, blieben ihm die Worte im Hals stecken. Liu Cui konnte nur vermuten, daß er etwas Obszönes gesagt hatte – verstehen konnte sie die Worte nicht, dazu sprach er zu schnell im Sichuan-Dialekt und mit vor Wut verzerrter Stimme. Sie kauerte sich im Innern des Autos zusammen und ignorierte den Polizisten.

Das Gelände war von einer hohen Mauer und einem verrosteten Drahtzaun umgeben. Zwei Männer mußten das schwere, alte Holztor mit vereinten Kräften bewegen, um es zu schließen. Das Gebäude war relativ klein und alt, die einstige Farbe war nicht mehr erkennbar. Auf die Mauern waren in der Vergangenheit viele Parolen geschmiert worden, in Rot und später in Weiß, und darüber waren im Lauf der Jahre zahllose Verlautbarungen geklebt worden. Die Mauern gaben Zeugnis von den politischen Bewegungen der letzten Jahrzehnte. Übriggeblieben war ein schmutziges Grau.

Schließlich trat Yueming vor, reichte Liu Cui die Hand, und sie sprang leichtfüßig vom Wagen herunter.

Zum Glück sah niemand, daß sie rot wurde. Als ihre Hände sich berührten, durchströmte sie ein weit zurückliegendes Gefühl von Nähe und Wärme. Es war merkwürdig.

Nach ihrer Festnahme hätte sie eigentlich vor Wut kochen müssen. Aber vielleicht war an der Sache doch etwas Gutes? Erstens war es eine vollkommen neue Erfahrung, zweitens mußte sie diesen Idioten nicht länger ertragen und irgendwelche Reisfelder besichtigen. Sie hätte ohnehin nie erfahren, ob er die Wahrheit sagte und sie tatsächlich genveränderten Reis besichtigten oder nicht.

Außerdem brauchte sie sich nun keine Gedanken um Tante Chen zu machen, die sie andernfalls hätte aufsuchen müssen, um ihr alles zu erzählen, als hätte die arme Frau mit ihrem krebskranken Mann nicht schon genug Sorgen. Nein, sie war kein bißchen böse, daß sie in diese Sache hineingeraten war, im Gegenteil, alles fühlte sich genau richtig an.

Sie beglückwünschte sich, heute keine hochhackigen Schuhe und allzu elegante Kleidung angezogen zu haben.

In diesem Augenblick kam ein Polizist mit einem schwarzen Muttermal und unangenehmem Lächeln auf sie zu und legte ihr eine Handschelle um eines ihrer Gelenke. Wütend versuchte Yueming, ihn davon abzuhalten: »Was soll das? Diese Dame gehört nicht zu uns, sie ist aus Peking!« Kaum hatte er das gesagt, mußte er feststellen, daß seine Hand ebenfalls gefesselt war, und zwar mit der gleichen Handschelle.

»Ihr scheint Komplizen zu sein«, erwiderte der Polizist. »Ihr solltet wissen, daß man auf der Wache besser tut, was einem gesagt wird! Aus Peking, sagst du? Um so schlimmer!«

Als Liu sah, daß ihre linke Hand mit der rechten Yuemings verkettet war, wurde sie von ohnmächtiger Wut ergriffen. Noch bevor sie sich beruhigt hatte, stieß man sie schon in ein finsteres Verlies, dessen Eisentür hinter ihnen zufiel.

Sie waren im Schwarzen Loch gelandet, dem übelsten Raum, der extra für uneinsichtige Gefangene angelegt worden war.

Erst viel später wurden sie in den Verhörraum geführt.

Diese alte Polizeistation war ziemlich heruntergekommen, das Glas fehlte in den Fensterrahmen, und der Gestank von den Toiletten drang in jeden Winkel des Gebäudes.

Der Himmel verdunkelte sich. In dem Raum gab es immerhin Tisch und Stuhl, an der Wand standen zwei lange Holzbänke hintereinander, daneben befand sich eine Tür, die in ein weiteres Zimmer führte. Alle Gefangenen waren hier auf Bänken zusammengepfercht. Weil sie noch immer aneinandergekettet waren, konnten sich Yueming und Liu auf die entsprechende Aufforderung hin nur hintereinandersetzen. Ihre Mithäftlinge sahen sie mißtrauisch an, vielleicht weil sie sie für gefährlich hielten. Sie wollten sich selbst nicht verdächtig machen und versuchten, so gut es ging, von ihnen abzurücken.

Die Gefangenen lamentierten laut und riefen, daß sie doch nur zugesehen hätten. Da ihnen klar zu sein schien, daß es sinnlos war, mit dem jungen Polizisten zu reden, wandten sie sich an einen älteren im Nebenzimmer. Der schien etwas mehr Befugnisse zu haben, doch hielt er sich an die Dienstvorschriften und verbot ihnen zu sprechen. »Wer gefangengenommen wurde, hat etwas auf dem Kerbholz! Entscheidend ist, ob die Einstellung stimmt. Redet drinnen mit dem Amtsleiter, und bekennt euch schuldig! Keine Ausflüchte!«

Schließlich wurde einer nach dem anderen zur Vernehmung ins Nebenzimmer gerufen, doch keiner anschließend freigelassen. Die Häftlinge mußten sich wieder setzen und auf das letzte Wort des Leiters der Polizeidienststelle warten. Einige schimpften immer noch vor sich hin, wenn auch leiser als zuvor. Offenbar fürchteten sie den Dienststellenleiter. Yueming und Liu waren die letzten, die aufgerufen wurden. Liu sah Yueming an, und er lächelte zurück.

Das war eigenartig, denn sie konnte sich nicht erinnern, ihn je lächeln gesehen zu haben – meist blickte er bescheiden und demütig drein, oder er wirkte wie entrückt. Warum also lächelte er auf einmal, ein Lächeln, das ihn besonders wissend und friedlich erscheinen ließ, vor allem in Verbindung mit seinen klaren Augen?

Außerdem waren sie die einzigen, die inmitten des ganzen Chaos ruhig blieben. Sie wußte, daß sie selbst mit Sicherheit freigelassen werden würde, aber Yueming? Unter all den Festgenommenen war er vermutlich der einzige, der wirklich einen Beschwerdebrief loswerden wollte. Suchte man den »Unruhestifter« unter ihnen, so kam man an ihm praktisch nicht vorbei. Dennoch war sein besorgter Gesichtsausdruck wie fortgewischt. Vielleicht hatte er tatsächlich ein Urvertrauen, das ihn vor unnötigen Sorgen schützte. In dem dunklen Kerker eben hatte sie Angst gehabt, unbeschreibliche Angst, das Herz hatte ihr im Hals geschlagen. Sie hatte ihn gefragt: »Wo sind wir hier?« Bevor Yueming antwortete, öffnete der Wachmann das Fensterchen in der Eisentür und herrschte sie an: »Hier wird nicht geredet!«

Sie überlegte, wie sie Yueming helfen könnte. Vielleicht sollte sie als erste zum Verhör gehen und ein Faß aufmachen, um die Polizisten völlig aus dem Konzept zu bringen, so daß sie ihn am Ende laufenließen. Sonst könnte er als Anführer zu einer langen Haftstrafe oder sogar zu lebenslanger Arbeit im Umerziehungslager verurteilt werden. Immerhin betraf seine Eingabe nur ein Detail: Auf dem Land hatten Kinder schon immer die Schule nicht oder nur unregelmäßig besucht, das Umsiedlungsprogramm lieferte den Familien nur bessere Ausreden dafür.

Trotzdem oder gerade deshalb hatte Yueming mit seinem Protest recht. Man konnte das Bildungsproblem gar nicht oft genug ansprechen – meist hörte ja doch niemand zu.

Die Menschen, die nun hier festsaßen, hatten der Stadtregierung also nur ihre Eingaben übermitteln wollen. Aber wie kam es, daß sie mit ihren unterschiedlichen Anliegen alle zugleich auf die Straße gingen? Und Herr Wang hatte mit seinen Beschwichtigungsversuchen nur noch mehr Unruhe gestiftet, hatte ein Verkehrschaos provoziert und der Polizei einen Vorwand geliefert, mit Gewalt zu reagieren. War das etwa der Sinn seines Eingreifens gewesen?

Als Liu Cui aufgerufen wurde und sich erhob, zog sie Yueming mit sich in die Höhe. Sie forderte lautstark, man solle die Handschellen lösen – obwohl es ihr inzwischen nichts mehr ausmachte, an ihn gefesselt zu sein. Da hörte sie plötzlich Herrn Wang, der offenbar von der anderen Seite des Gangs her näher kam. Die Tür des Zimmers war nicht geschlossen, es stand nur ein bulliger Polizist in der Öffnung und ließ niemanden herein oder hinaus. Die Stimmen auf dem Gang waren nicht zu überhören.

»Unsinn! Was für ein gottverdammter Unsinn! Was haben Sie sich nur dabei gedacht!«

Daneben waren undeutliche beflissene Erklärungen des Büroleiters zu hören. Liu vermutete, daß er nur die Anweisung hatte, die Menschen zu zerstreuen und den Kern festzunehmen. Das war die übliche Vorgehensweise.

Auf dem Flur schlug eine Tür, dann standen mehrere Männer in der Tür, allen voran Abteilungsleiter Wang und ein älterer Polizeioffizier. Ihm gab Herr Wang ein Zeichen, und der Mann trat auf Liu Cui zu.

»Im Namen aller diensthabenden Polizisten entschuldige ich mich bei Ihnen. Die Aktion ist uns entglitten, darum das Chaos.« Es klang fast, als lehnte er die Verantwortung für das Geschehene ab.

Er hatte einen Schlüssel dabei und löste ihre Handschelle, worauf Liu Cui sich ihr Handgelenk rieb.

Herr Wang kam herein und reichte ihr die Hand. »Wir haben schlechte Arbeit geleistet, das war ein großer Fehler. Ich denke, Professor Liu, Sie werden verstehen, wie das passieren konnte, und uns verzeihen.«

Polizisten und Gefangene richteten ihre Blicke auf Liu Cui. Nur der Wachmann in der Tür blieb stocksteif dort stehen und sah nicht herüber.

Liu verschränkte die Arme vor der Brust, damit Herr Wang nicht an sie herankam. Er hatte einen Fettfleck auf seiner Brille. Jetzt redeten plötzlich alle Polizisten durcheinander und entschuldigten sich. Sie schwieg und sah sich mit den anderen Gefangenen zusammen das merkwürdige Schauspiel an.

Als alle ausgeredet hatten, blickte sie in die strahlenden Gesichter und fragte: »Dann war meine Festnahme also ein Irrtum?«

Abteilungsleiter Wang antwortete nicht. Er wußte, daß sie ihn aufs Glatteis führen wollte. Der Verantwortliche der Sicherheitspolizei sagte: »Ja, natürlich, das war ein Fehler.«

»Und was genau war der Fehler?« fragte Liu Cui gedehnt.

»Sie sind keine Aufrührerin!«

»Und wer sind die Aufrührer, die Sie erwischen wollten?«

»Unter den Gefangenen hier sind vielleicht einige, das untersuchen wir noch, die anderen waren nur Zuschauer, da stellen wir nur die Personalien fest«, erklärte derjenige, der im Nebenzimmer für das Aufnehmen der Personalien zuständig war, und verteidigte so seine Arbeit.

»Gute Antwort. Immerhin versucht dieser Kollege nicht, die Verantwortung auf andere abzuwälzen«, sagte Liu Cui und wandte sich einem anderen zu. »Und Sie, können Sie mir sagen, wer ein Aufrührer ist?«

»Die Untersuchungen stehen noch aus«, sagte der Gefragte zögernd. »Das dauert ...«

»Ich meine es grundsätzlich«, erklärte Liu Cui. »Was muß man tun, um Aufrührer zu sein?«

Schweigen. Liu Cui drehte sich zu Yueming um. »Dieser Genosse hier wollte einen Brief abgeben, in dem er beklagt, daß durch die Umsiedlung für viele Kinder die Schulausbildung unterbrochen oder abgebrochen wird. Ist er im Unrecht?«

Alle drehten sich zu Chen Yueming um, der mit ausdruckslosem Gesicht in der Ecke stand, am Arm immer noch die Handschellen. Als alle ihn ansahen, senkte er verlegen den Kopf.

»Wenn Sie noch gar nicht wissen, wer zu den Aufrührern gehört, wie konnten Sie dann einzelne schlagen? Wieso landen einige im düsteren Verlies, und wer wird überhaupt festgehalten?« Liu Cui redete sich in Wut. »Einer trägt immer noch Handschellen!«

Abteilungsleiter Wang wurde plötzlich wach: »Nehmt dem Mann die Handschellen ab, und laßt alle frei!« Er wurde rot im Gesicht. »Alle sollen gehen, alle!«

Der dafür zuständige Polizist ging auf Yueming zu: »Genosse, wollen Sie mir nicht Ihre Personalien geben? Der Dienststellenleiter kennt zwar Professor Liu, aber Sie sind der einzige, dessen Personalien ich noch nicht habe. Wenn Sie eine reine Weste haben, ist das bloße Routine, ich werde Sie nicht verhören.«

Abteilungsleiter Wang fuhr wütend dazwischen: »Was soll das? Wieso Personalien aufnehmen?«

Yueming stand auf: »Das macht doch nichts. Da ich schon mal hier bin, sollten wir auch meine Personalien aufnehmen, schon für den Bericht des Genossen Polizisten.«

Er ging mit dem Polizisten in das entsprechende Zimmer, die anderen Leute wurden fortgeschickt. Doch sobald sie wußten, daß keine Gefahr mehr drohte, wollten die Betroffenen gern zusehen, wie ein großes Tier in Schwierigkeiten geriet. Die Polizisten schoben und drängten sie hinaus, immer darauf bedacht, Liu Cui nicht zu berühren. Schließlich standen alle auf dem Flur, und als Yueming zu ihnen stieß, versuchten die Beamten ihn ebenfalls hinauszuziehen. Er drehte sich noch kurz um und lächelte Liu zu, dann war er auch schon verschwunden. Sie wußte nicht, ob es ein aufmunterndes oder dankbares Lächeln gewesen war.

Nun war der Raum fast leer. Der Dienststellenleiter und Herr Wang erwarteten von Liu Cui, daß sie auch ging, doch sie tat, als bemerke sie das nicht. Mit gesenktem Blick blieb sie sitzen und war gespannt, was diese Leute tun würden.

Daraufhin gingen die Männer vor die Tür, wo sie sich mit gedämpfter Stimme unterhielten. Liu glaubte ein Stockwerk höher Schritte zu hören. Doch niemand kam, um sie hinauszuwerfen. Die Frau, die mit im Wagen von Abteilungsleiter Wang gesessen hatte, schob ihren Kopf ins Zimmer. Vermutlich hatte Wang sie gebeten, Liu gut zuzureden, doch genügte ein Blick in deren finster entschlossenes und streitlüsternes Gesicht, um die Vergeblichkeit des Unternehmens zu erkennen. Der für den Papierkram zuständige Polizist kehrte noch einmal zurück, holte einen Notizblock aus dem hinteren Raum und verschwand ebenfalls.

In kürzester Zeit waren alle fort, auch von Abteilungsleiter Wang gab es keine Spur mehr.

Als Liu allein war, krempelte sie ihre Hosenbeine hoch, um sich die blauen Flecke auf den Knien anzusehen. Auf der linken Seite hatte sie ein besonders großes Hämatom, das bei jeder Berührung schmerzte. Zum Glück hatte sie sich nichts gebrochen oder gezerrt, und zum Glück trug sie auch keinen Rock.

Eine seltsame Ruhe bemächtigte sich ihrer, seit sie allein war. Sie wollte nicht mehr streiten, war aber auch weit davon entfernt aufzugeben. Als die Nacht hereinbrach, war kein Geräusch mehr zu hören, es wurde ganz still.

Vom Flur fiel ein wenig Licht herein. Sie saß auf einer der Bänke, starrte auf Tisch und Stuhl und auf die Wand mit abblätternder Farbe.

Plötzlich fragte sie sich, wieso sie hatte hierbleiben wollen und sich auch noch wohl dabei fühlte. War es die Haltung eines eigensinnigen Kindes? Oder die der wütenden Ehefrau? Nein, das lag nicht in ihrer Natur. Diese Leute hatten sich etwas dabei gedacht, sie in die »Unruhen« hineinzuziehen – nur ihre Festnahme war nicht geplant gewesen. Sie wollte eine vollständige Erklärung.

Die ganze Welt schien verrückt geworden zu sein, in diesen Tagen ergab nichts einen Sinn. Was, wenn sie sich einfach selbst einmal unsinnig verhielt?

Vom Fluß tönten ab und zu Schiffssirenen herüber. Weit entfernte Straßenlaternen warfen ihren matten Schein durch die weit geöffnete Tür ins Zimmer. Es donnerte und blitzte, aber Regen hörte sie noch nicht.

Sie wollten, daß sie sich einsam fühlte, gelangweilt, ängstlich – und daß sie von selbst wegging. Eine Frau in ihrer Position konnte es an einem Ort wie diesem nicht lange aushalten.

Außer ihrem Stolz gab es eigentlich keinen weiteren Beweggrund, länger hier auszuharren. Irgendwie fühlte sie sich an diesem nach Urin und Schweiß riechenden Ort wohler als in einem Hotel mit soundso vielen Sternen. Niemand und nichts störten sie, sie war allein und konnte tun, was sie wollte.

Ein Bündel Lichtstrahlen blieb ihr in der Dunkelheit erhalten. Sie wußte nicht, was dieses alte Polizeigebäude aus Ziegeln und Zement vorher gewesen war – aber es kam ihr irgendwie bekannt vor. Sie glaubte vor vielen Jahren schon einmal hiergewesen zu sein, vor allem das Pfeifen des Windes in den Fenstern glaubte sie vor langer Zeit schon einmal gehört zu haben.

Eigentlich hatte sie sich auch in den anderen Räumen einmal umsehen wollen, um sich zu vergewissern, daß sie sicher war. Doch dann wich ihr mit einemmal alle Kraft aus dem Körper, die Augenlider wurden schwer, und ihr war, als habe eine innere Stimme gesagt: Ganz ruhig, alles wird gut, es wird nichts mehr geschehen.

Sie rollte sich auf der Bank zusammen wie ein Embryo im Mutterleib.

Einen Augenblick später war sie eingeschlafen.

18

Während der Schwangerschaft sei sie unglaublich lebhaft gewesen, sagte ihre Mutter, alle hätten vermutet, das Kind sei ein Junge.

Sie habe fast ihr eigenes Leben für das Lius gegeben, sagte ihre Mutter. Und dann seien sie so verschieden voneinander, sähen sich nicht einmal ähnlich, das sei doch merkwürdig.

Liu Cui lehnte sich zur Mutter hinüber und nahm ihre Hand: »Wir sehen vielleicht sehr unterschiedlich aus, aber ähnlich sind wir uns doch – hätte ich mich sonst durch den Sandsturm hierher durchgekämpft?«

»Dank sei Euer Hochwohlgeboren für die Gnade Eures Besuchs.« Die Mutter ließ keine Gelegenheit aus, ihre Tochter auf den Arm zu nehmen.

Sie wußte, was ihre Mutter meinte, wenn sie davon sprach, daß ein Leben durch das andere ersetzt worden sei. Als sie klein war, hatte ihre Mutter sie einmal die lange Narbe befühlen lassen mitten auf ihrem Bauch, die wie ein besonders ekelhafter Tausendfüßler aussah. Liu Cui war gerade sechs Jahre alt und wachte in der Nacht danach schreiend auf: Eine Riesenassel habe sie angegriffen, sagte sie ängstlich.

Danach zeigte die Mutter ihr nie wieder die Narbe.

Als sie mit vierzehn viel zu spät ihre Tage bekam, dachte sie immer noch, ein Kind zerreiße den Bauch einer Frau, wenn es zur Welt komme, so wie ein Küken beim Schlüpfen das Ei sprengt.

Als ihre Mutter sie später aufklärte, war sie ihr immer noch gram, sie so lange im Irrglauben gelassen zu haben. Dies war vermutlich auch der Grund dafür, daß sie nie ein Kind hatte haben wollen.

Ihre Mutter war nie im öffentlichen Bad gewesen.

Niemand außer ihrer sechsjährigen Tochter sollte die Narbe sehen, niemand. Liu begriff erst später, daß damit wohl auch ihr Vater gemeint war und ihre Mutter deshalb so finster dreinblickte, wenn sie das sagte.

An jenem Tag vor vielen Jahren habe sie vor Schmerzen fest ins Kissen gebissen, das mit Schilfrispe gefüllt war. Das ganze Zimmer war voll davon, nachdem sie es kaputtgebissen hatte. Sie verlor kurz das Bewußtsein. Als sie wieder zu sich kam, hörte sie Pferdehufe im Hof und hoffte, daß es ihr Mann wäre, der vom Rücken des Tieres heruntersprang. Sie hörte seine vertrauten Schritte, hörte, wie er ins Zimmer hereingelaufen kam und mit ihm eine Reihe anderer Leute. Sie war zu schwach, ihre Augen zu öffnen. Ihr Mann schrie: »Wo ist Dr. Qi?«

»Dr. Qi ist bei Tante Chen, die gerade ihr Kind kriegt«, sagte jemand. Der aufgebrachte Präfekt Liu unterbrach ihn: »Hol ihn her! Egal, was er gerade tut, hol ihn her! Hier wird ein Menschenleben geboren!«

Mehrere Leute stützten die Mutter, und sie fühlte, daß ihr Mann dabei war. »Hier kommt eine Trage! Macht Platz!« rief jemand. Sie wurde in ein Gestell gelegt. Ihr Herz klopfte zum Zerspringen, doch der Aufruhr in ihrem Bauch legte sich. Etwas floß zwischen ihren Beinen heraus, und sie wußte, daß es Blut war. Dieser Geruch, vermischt mit dem nach Schweiß, vermittelte ihr das Gefühl, von Kopf bis Fuß besudelt zu sein.

Endlich kam Dr. Qi, tastete den Bauch der jungen Mutter ab und rief aufgeregt: »Das Kind liegt falsch herum! Wie kann das sein? Gestern lag es noch mit dem Kopf nach unten, wie kann es sich herumgedreht haben?!«

Die junge Mutter spürte das kalte Stethoskop auf der Brust, und als sie mit letzter Kraft die Augen aufsperrte, sah sie das verschwitzte Gesicht Dr. Qis. Präfekt Liu brüllte unverständliche Befehle. Sie hörte Dr. Qi neben sich, er war sehr nervös: »Wir müssen sofort nach Chongqing, das westlich-chinesische Krankenhaus für Geburtshilfe wird weiterwissen. Schnell, ein bißchen werden Mutter und Kind noch durchhalten.«

»Einen Tag und eine Nacht lang?« fragte Präfekt Liu düster. »Auch wenn der Hauptmann so schnell fährt, wie er kann, brauchen wir mindestens so lange.« Doch dann wurde er so ruhig wie ein Offizier, der den Krieg regelt. »Hauptmann, Sie holen aus dem Kahn heraus, was nur geht, und Doktor, Sie bereiten sich auf das Schlimmste vor, am Ende wird alles von Ihnen abhängen.«

Dr. Qi protestierte: »Ich bin Armeearzt, Chirurg, nicht Gynäkologe. Ich habe keine Ahnung, was zu tun ist, wenn das Kind falsch herum liegt.«

Die Frau des Präfekten zog den Arzt zu sich heran: »Geben Sie mir etwas gegen die Schmerzen.«

Dr. Qi hob den Kopf und besprach etwas mit Präfekt Liu. Der Präfekt sagte etwas, das sie nicht verstand. Dann beugte Dr. Qi sich wieder zu ihr herunter und sagte: »Das Kind verträgt kein Morphium. Halten Sie durch, ich gebe Ihnen etwas, sobald das Baby draußen ist.«

Sie sagte nichts mehr. Ihr Haar und Gesicht waren naß von Tränen und Schweiß. Undeutlich bekam sie mit, daß die Trage angehoben und zur Straße hinausgebracht wurde. Der Tag präsentierte sich mit strahlend blauem Himmel, darauf wenige Federwolken, es stach geradezu in den Augen. Die Männer legten einen strammen Marschschritt vor, ihre Schuhe hämmerten rhythmisch auf den Boden. Ihr Kopf fiel zur Seite, und sie sah die Berge in schillernden Grüntönen vorüberrasen. Woran erinnerte sie das? Richtig, sie dachte an den Kreis Liang, den sie aufgesucht hatte, um Revolution zu machen, und nun sollte sie hier sterben? Bei diesem Gedanken flossen ihr Tränen über die Wangen.

»Schneller! Schneller!« kommandierte jemand von hinten.

Die Träger schienen dahinzufliegen, sie hörte keine Schritte mehr. Ihr schwanden wieder die Sinne, über ihr der blaue Himmel, und die Wolken drückten ihr auf die Brust, daß es ihr fast den Atem raubte.

»Vorsicht! Haltet die Trage gerade!«

Die Frau des Präfekten wurde in ein zeltähnliches Gebilde gebracht. Sie hörte etwas wie Hufgetrappel, der Boden bebte – die Schiffsmotoren wurden angelassen. Das Kind in ihrem Bauch gab plötzlich Ruhe, so als habe es verstanden, daß es nun nach Chongqing ging. Oder gab es vielleicht einen anderen Grund? dachte sie plötzlich nervös, warum sonst ließ der Schmerz mit einemmal nach? In diesem Augenblick quoll ein Schwall Flüssigkeit aus ihr heraus. Sie erschrak so, daß sie wieder das Bewußtsein verlor.

Aus der Ferne hörte sie Dr. Qi: »Das Herz schlägt langsamer. Vielleicht eine Herzlähmung. Die Fruchtblase ist geplatzt, und die Nabelschnur kann jeden Augenblick vorfallen. Es ist zu gefährlich, wir können nicht bis zum Krankenhaus in Chongqing warten!«

Nachdem Dr. Qi abermals ihren Bauch betastet hatte, sagte er: »Ich kann keinen Kaiserschnitt machen!«

Die Motoren kreischten, zu beiden Seiten erhoben sich grüne Berge und nackte Felsen, und das Wasser strömte emsig dahin, als wolle es sie mitnehmen.

»Ich habe nur einmal zugesehen.«

»Seien Sie mutig, die Partei verläßt sich auf Sie«, sagte einer der Umstehenden.

Dr. Qi zitterte die Stimme: »Selbst wenn die Mutter es nicht schafft, das Kind müßte ich retten können.«

»Wenn wir noch länger warten, werden beide sterben. Die Mutter auf jeden Fall.«

»Es stehen zwei Menschenleben auf dem Spiel. Präfekt Liu, was immer Sie befehlen, ich werde es tun.«

Das waren die letzten Worte, die die Frau des Präfekten hörte, anschließend drang nur noch das Klirren des goldfarbenen Operationsbestecks in ihr Bewußtsein. Um sie herum wurde es ganz und gar weiß, man hatte offenbar ein provisorisches Operationsfeld für sie errichtet. Als sie das kalte Besteck in ihrer Bauchgegend spürte, schoß ihr der Gedanke durch den Kopf, daß sie sie nun wahrscheinlich wirklich aufschneiden würden.

Angstvoll riß sie die Augen auf und sah den besorgten Blick ihres Mannes auf sich gerichtet. Er hatte abgenommen. Sie umklammerte hilfesuchend seine Hand. Tränen stiegen ihr in die Augen, Kraft zu sprechen hatte sie längst nicht mehr. Aber sie wollte ihre Augen einfach nicht schicksalsergeben schließen. Ihr Mann sah fort.

Plötzlich durchzuckte ein scharfer Schmerz ihren Unterleib, der sie wie ein wildes Tier aufschreien ließ. Ihr Körper bäumte sich auf, doch waren genug Menschen zur Stelle, die sie an Armen und Beinen festhielten. Sie fühlte sich wie ein Vogel, den man zu Ausstellungszwecken auf ein Brett genagelt hatte, vollkommen bewegungsunfähig. Alles Weiß um sie herum färbte sich schnell blutrot, rote Blitze und roter Regen.

Plötzlich spürte die Frau des Präfekten eine Welle der Entspannung durch ihren Körper gehen, so als sei ein zu stark festgezogener Gürtel gerissen. Dann hörte sie wie vom anderen Flußufer, aus den Tiefen der Schluchten, einen merkwürdigen, langgezogenen Schrei.

Liu Cui hatte viele Frauen gesehen, die einen Kaiserschnitt hinter sich hatten, mit fast unsichtbaren Narben, bisweilen nicht mehr als drei Zentimeter lang. Und auch die konnte man kosmetisch noch verschwinden lassen, so daß die Frau ein bauchnabelfreies Hemd tragen konnte. Dank der fürchterlichen Narbe ihrer Mutter konnte Liu sich vorstellen, durch welche Hölle sie, die Frau des Präfekten, gegangen sein mußte.

19

»Cui.« Eine vertraute Stimme rief ihren Namen. Sie war alarmiert und versuchte sich aufzurichten, war aber zu schwach.

»Cui, Kleine, aufwachen!«

Sie schlug die Augen auf. Es war Li Lusheng, der behutsam ihren Kopf im Schoß hielt – sie lag immer noch auf der Bank im Polizeigebäude. Vom Flur fiel ein wenig Licht ins Zimmer, sonst war es dunkel.

Sie richtete sich abrupt auf und barg ihren Kopf an Li Lushengs Schulter. »Wie furchtbar! Wie furchtbar!« brach es aus ihr heraus.

»Es ist alles gut«, redete Li Lusheng beruhigend auf sie ein. »Ich bin bei dir, alles ist gut.« Er war wieder ganz der große Bruder, so wie damals, als sie zusammengefunden hatten.

Als Teenager hatte sie sich ihm gegenüber wie ein quengeliges Kind aufgeführt. Er war ein Einzelkind, seine Mutter hatte ihn geboren, als sie mit der Roten Armee unterwegs war, worauf sie krank geworden war und keine weiteren Kinder mehr bekommen konnte. Sie verwöhnte ihn, und er verwöhnte Liu Cui.

Als Liu mit der Armee in die Innere Mongolei ging, wurde sie einem Krankenhaus zugeteilt. In dieser Zeit war sie ruhig und introvertiert. An der Universität in

Peking war er der einzige, mit dem sie ab und zu redete und sogar lachte. Ihre intimste Berührung war ein Spaziergang Hand in Hand.

Weder er noch sie hätten sich je in eine andere Person verlieben können, denn er empfand sie als die bestmögliche Partnerin und sie ihn. Jeder sah im anderen eine herausragende, ungewöhnliche Person. Wenn einer von ihnen zur Toilette ging, schlossen sie die Tür immer sorgfältig ab, damit der andere auch wirklich nichts sehen konnte. Liu Cui konnte kaum glauben, daß sie heute wieder in die Rolle des kleinen Mädchens zurückgefallen war.

Li Lusheng hielt immer noch ihren Kopf und streichelte ihre Schulter: »Ist dir kalt?«

Sie schüttelte den Kopf. Sie wollte zwar nicht, daß er seine Jacke auszog und ihr gab, aber durch die Frage war sie immerhin endgültig wach geworden.

Wie hatte Li Lusheng sie hier gefunden? Diese Frage versetzte sie sofort in Alarmzustand. Sicher hatten Polizeibeamte ihm erzählt, was geschehen war, ihn hergebracht. Ja, vermutlich hatten sie die ganze Zeit auf ihn gewartet. Wahrscheinlich warteten sie jetzt vor dem Gebäude in der stockfinsteren Nacht, oder sie hielten sich auf dem schlechtbeleuchteten Flur auf oder sogar im Nebenzimmer.

Bei dem Gedanken wurde sie rot. Ihr war klar, daß sie die ganze Zeit zugehört hatten. Sie mochte diese Leute nicht. Wer wußte schon, was die noch vorhatten? Sie begriff nur, daß sie allein keine Chance gegen sie hatte.

Liu Cui setzte sich gerade hin und fragte ihren Mann: »Lusheng, wenn der Staat eine solche Riesensumme für die Umsiedlung vorgesehen hat, warum gebt ihr den Leuten das Geld nicht einfach?«

Li Lusheng zuckte ob ihres radikalen Sinneswandels

zusammen, doch er zögerte kaum und antwortete prompt: »Das Umsiedlungsprogramm sowie die Verteilung der Kosten liegen in der Hand der lokalen Behörden, damit haben wir nichts zu tun.«

»Ist das Überreichen von Protestbriefen schon ein Aufstand?«

»Nicht, solange die öffentliche Ordnung nicht gestört wird, nein.«

»Wenn die Polizei die Situation nicht im Griff hat, die Demonstrierenden einschließt und so einen Verkehrsstau verursacht« – endlich hatte Liu Cui eine passende Zielscheibe für ihre Wut gefunden –, »wer trägt dann die Verantwortung für die Unruhen?«

Li Lusheng wußte, daß sie hören wollte, wie er jemanden verantwortlich machte. Er wiederum wollte weder um den heißen Brei herumreden noch seine Frau enttäuschen. Obwohl er wußte, daß er viele Zuhörer hatte, gab er daher zu: »Regierungsbeamte und Polizei sollten definitiv nicht zur Eskalation eines Konflikts beitragen.«

»Gut«, sagte Liu Cui. »Ich habe alles mit eigenen Augen gesehen. Ich habe gesehen, wer zur Verschärfung des Konflikts beigetragen hat.« Sie stand auf, als wolle sie vor allen im Hof davon Zeugnis ablegen.

Li Lusheng erhob sich ebenfalls. Er wollte Liu überzeugen und die Polizisten beruhigen: »Mach nicht aus einer Mücke einen Elefanten. Was Volksunmut in Zusammenhang mit der Umsiedlung betrifft, so setzt das Projektmanagement volles Vertrauen in die lokalen Behörden.« Und er fügte hinzu: »Bei jeder Art von Streitigkeit.«

Liu Cui ging auf den Flur hinaus, in dem nur eine Lampe brannte und kein Mensch zu sehen war. Auch im Nebenzimmer herrschte gähnende Leere. Spitzel waren hier also nicht unterwegs. Aber es wäre leicht möglich gewesen, in der Gegensprechanlage eine Wanze zu installieren oder ein eingeschaltetes Handy liegenzulassen.

Doch ihren Standpunkt hatte sie klargemacht, und mit dem Begriff »Volksunmut« war sie sehr zufrieden. Aber um die Sicherheit Yuemings und der anderen zu garantieren, mußte sie noch ein paar Tage hierbleiben.

Sie wandte sich zu Li Lusheng um und sagte ihm ins Ohr: »Danke, Lusheng.«

Im Hof parkte nur ein schwarzer Toyota. Obwohl es nicht mehr regnete, stand eine Menge Wasser im Hof, in dem sich das Licht der Straßenlaternen spiegelte. Jetzt war der richtige Zeitpunkt für die Frage, fand sie: »Wie bist du hergekommen?«

»Ich habe mir im Hotel einen Wagen gemietet.« Li Lusheng kramte den Schlüssel mit dem elektronischen Sicherheitsschloß heraus, öffnete die Autotür und half Liu Cui hinein. »Den Fahrer bräuchte ich nicht, habe ich ihnen gesagt.«

Was für ein Glück, daß er gekommen war, und dann auch noch allein, sonst hätte sie womöglich gar nicht gehen wollen. Sie blickte in den nächtlich finsteren Hof hinein und sah, daß im Gebäude wohl nur eine einzige Lampe brannte. Warum sie wohl nicht ängstlicher gewesen war?

Im Auto fragte sie: »Wohin fahren wir?«

»Ich schlafe mit in deinem Zimmer.« Li Lusheng schnallte sich an und fragte: »Ist dir das recht?«

»Wenn du den halben Preis zahlst, ja«, lachte Liu Cui. Plötzlich fiel ihr etwas ein: »Hast du an das Geld gedacht? Hast du es dabei?«

»Im Hotel. Selten genug, daß du dich für Kunst interessierst. Ich möchte die guten Stücke dann auch gern sehen – wenn du sie gekauft hast.«

»Wenn du meinst, daß sie es nicht wert sind, willst du dein Geld zurück, richtig?« Sie wollte gar nicht weiter ins Detail gehen.

Li Lusheng ließ den Motor an und setzte zurück, er war ein geübter Fahrer. Das große Tor öffnete sich, und er lenkte den Wagen hinaus. Ein Polizist schloß das Tor hinter ihnen sorgfältig wieder zu, und das machte sie etwas unruhig.

Da es sich um einen Mietwagen vom Hotel handelte, konnten sie so schnell keine Wanzen eingebaut haben. Dennoch stellte sie sicherheitshalber das Radio laut, bevor sie sprach. In den Nachrichten hieß es gerade, daß in Chongqing soeben die Kampagne «Die Moral hochhalten und die drei Schluchten lobpreisen« laufe.

Ohne Umschweife begann Liu: »Dieser Abteilungsleiter Wang redet viel herum, ich habe immer noch nicht begriffen, worauf er aus ist.«

Li Lusheng ging darauf in keiner Weise ein. »Die Umsiedelei ist das Schwierigste an der ganzen Sache«, sagte er dann. »Stell dir vor, die Projektleitung zahlte die Gesamtsumme auf einmal an die lokalen Behörden aus. Der Gesamtwert der Produktion dieses armseligen Kreises beträgt normalerweise ein paar Millionen. Wenn man plötzlich dreihundert Millionen Yuan für zwanzigtausend umgesiedelte Personen ausschüttet, würde es mich wundern, wenn es *keine* Unruhen gäbe.«

Li Lusheng lenkte das Auto aus den schmalen, langen Gassen heraus und mied die vollgestopften Wege der Alten Stadt. Fußgänger überquerten die Straße, wie sie gerade Lust hatten, so daß Li langsam fahren mußte. »Möge der Himmel uns schützen und nichts weiter geschehen lassen.«

»Das heißt, die Projektleitung weiß von der Veruntreuung der Gelder vor Ort?« Ein solches Gespräch hatten sie noch nie geführt. Li Lusheng hatte nie darüber gesprochen, und sie hatte nie gefragt. Und selbst wenn er davon anfing, so hatte sie bis dato kein Interesse.

Li lachte und fuhr langsam weiter. Da er in Amerika gefahren war, betätigte er nicht pausenlos die Hupe, wie es in China üblich war. »Wir können den Betroffenen unmöglich das Umzugsgeld einfach auszahlen. Welchen Reiz hätte dann noch ihr zukünftiger Wohnort? Die Regierung muß neue Orte errichten und Straßen bauen. Wenn dann noch etwas übrig ist, kann man es verteilen, aber viel wird es nicht sein. Ich sage dir, die Bauern werden weiterhin Lehmhütten bauen und den Rest sparen.

»Wieso vertrauen die Lokalbehörden ihrem Volk nicht? Auf diese Weise muß es Unruhen geben.« Liu Cui war wütend.

»Liu Cui, meine Liebe«, setzte Li Lusheng zähneknirschend an, als er vor einem anscheinend lebensmüden Fußgänger scharf bremste und das Auto zum Stehen brachte. Er stellte das Fernlicht an, um die gesamte Straße auszuleuchten. »Das ist China! Die Bauern haben in ihrem ganzen Leben nicht soviel Geld gesehen. Eine fünfköpfige Familie bekäme hunderttausend – das wäre wie sechs Richtige im Lotto. Ein bißchen Zocken, ein paar Drogen, ein paar Huren und die ganze Verwandtschaft – das Geld wäre im Nu weg.«

»Und du meinst, in den Händen der Kader wäre das Geld besser aufgehoben?« Liu Cui mochte den Tonfall ihres Mannes nicht.

Weiter vorn schienen sich die Leute um eine Ware zu streiten, nacheinander kamen sie mit einem großen Paket auf den Schultern aus einem Geschäft heraus. Li Lusheng hielt den Wagen an und stellte das Radio leiser, in dem gerade die moderne Fassung irgendeiner Sichuan-Oper gespielt wurde. »Der Volkskongreß hat fünf Milliarden bewilligt, was die Baukosten des Staudamms nur zu einem Viertel deckt. Wir willigten trotzdem ein, weil Geld sich ja durchaus auch vermehren läßt. Firmen wie meine mußten sich bei der Beschaffung von Geldmitteln auf alle lokalen Behörden dieser Gegend verlassen können. Wenn ich ihnen jetzt die Möglichkeit nehme, selbst Geld zu machen, werden sie in Zukunft kaum auf mich hören.«

»Dann sind die drei Schluchten ein großer Braten, von dem alle einen Bissen abhaben wollen. Du hattest deinen und willst ihnen ihren nicht nehmen, nicht wahr?«

Li Lusheng runzelte nicht einmal die Stirn. Er ließ den Wagen langsam weiterrollen, aber die Menschen wichen dem hellen Schein des Fernlichts nicht aus. Jetzt war zu erkennen, daß die Leute preisreduzierte Federbetten in ihren großen Taschen transportierten. Als Li Lusheng nun doch ungeduldig hupte, gingen die Leute allmählich zur Seite und machten dem Wagen Platz.

»Keine Sorge«, beendete er das Thema. »Wer seinen Bissen hat, den werde ich ganz zum Schluß zwingen, ihn wieder auszuspucken!«

Li Lusheng schaltete herunter und arbeitete sich durch eine steile Straße in den neuen Stadtkern vor. Zu beiden Seiten der sechsspurigen Straße funkelten prächtig illuminierte Restaurants, vor denen Autos parkten und dennoch genug Platz in der Mitte ließen.

Li Lusheng stieß einen tiefen Seufzer aus. Sein Gesicht wurde weich, ja, er lächelte sogar – vielleicht, weil er der bohrenden Befragung durch seine Frau ein Ende gesetzt hatte?

Im nächsten Augenblick fuhren sie am hell erleuchteten Hotel Goldenes Glück vorbei. Einige Leute standen davor, die entweder nervös auf die Uhr sahen oder dauernd telefonierten.

Mit einem Blick auf die Autouhr sagte Li Lusheng: »Mist, zu spät.« Er bremste und sprang aus dem Auto. Unter den Wartenden war auch Geschäftsführer Han, der eilig herüberkam und Liu Cui die Tür öffnete. Er war der einzige, der nicht so unruhig war.

Li Lusheng drehte sich zu seiner Frau um: »Ich habe hier etwas Wichtiges zu erledigen, geh du erst essen und ruh dich aus.«

Liu Cui senkte die Stimme: »Tu, was du tun mußt, aber gib mir erst das Geld!«

Li Lusheng lächelte entschuldigend, winkte zu Herrn Han hinüber, sagte irgend etwas und war verschwunden.

Kurz darauf hielt Liu eine lederne Aktenmappe in den Händen und stand allein in der goldglänzenden und marmorgeschmückten Lobby des Hotels. Ihr gegenüber thronte eine Vase mit herrlichen Blumen, aus deren Mitte rote und gelbe Paradiesvogelblüten aufragten. Sie war traurig und fragte sich, ob sie nicht lieber in der finsteren Polizeiwache hätte bleiben sollen. In diesem Luxushotel fühlte sie sich immer deplaziert. Dieser merkwürdige Kreis war der falsche Ort für ein derart prunkvolles Hotel.

20

Liu Cui fühlte sich in keiner Weise vernachlässigt, denn sie mochte die Menschen im Umfeld ihres Mannes ohnehin nicht besonders. Und daß Li Lusheng sie links liegenließ, um seine Sachen zu erledigen, kam häufig vor – auch sie ließ ihn oft sitzen, um sich ihren Versuchen zu widmen. Das war nicht das Problem. Entscheidend war, daß sie gerade vergessen hatte, was geschehen war, und wieder

Gefühle für ihn entwickelte. Und in diesem wichtigen Augenblick ließ sie ihn gehen; wie immer gab sie nach und machte Kompromisse, das war kein gutes Gefühl.

Nachdem sie sich verpaßt hatten und er sie nun persönlich abholen gekommen war, hätten sie sich wieder in ein Boot setzen und so tun können, als sei nie etwas geschehen. Doch wenn jetzt das Eis wieder dicker wurde, mußte das noch warten.

Apathisch drückte sie auf den Fahrstuhlknopf.

Damals in Amerika, als Li Lusheng früher heimreiste, suchte sie sich eine Mitbewohnerin, um Miete zu sparen. Eine chinesischstämmige Amerikanerin, die Informatik studierte. Die beiden mochten sich. »Wenn dein Mann nicht da ist«, fragte die andere Liu, »warum suchst du dir nicht einen Geliebten?«

»Unmöglich.«

»Ihr Chinesinnen laßt euch von euren Männern das Gehirn waschen, es ist ein Jammer.«

Sie liebe ihren Mann, hatte Liu erklärt, sie seien zusammen aufgewachsen, keiner könne ihm das Wasser reichen.

An diesem Abend hatte Liu Cui ihren Mann anrufen wollen, um ihm zu sagen, daß sie ihn vermißte. Doch dann tat sie es doch nicht; sie würde ihn erst anrufen, wenn es etwas Wichtiges zu besprechen gäbe.

Die Mitbewohnerin teilte alle Herzensangelegenheiten mit ihr, einschließlich ihrer Männergeschichten. Die letzte hatte sie mit einem Kollegen, nichts weiter als eine Affäre. Eines Tages hatte seine Frau sie aufgesucht und ihr einen Blumentopf ins Fenster geworfen. Tags darauf entschuldigte sich der Mann, doch sie schwieg dazu und gab ihm den Laufpaß.

Die Mitbewohnerin sagte, ein neues Fenster sei ein gutes Symbol, es sei auch Zeit für einen neuen Mann. Liu tat der Mann irgendwie leid.

Sie hatte ihrer Mitbewohnerin vorenthalten, was sie eigentlich dachte: Daß sie nichts von dieser beliebigen Art von Beziehung hielt, das war unmoralisch, und Sex war auch nicht so wichtig, er verwandelte hochanständige Menschen zu niederträchtigen Bestien. Deshalb hätte sie auch nie gedacht, daß Li Lusheng eine Affäre haben könnte und sie als betrogene Ehefrau endete. Wer liebt, ist verletzbar. Sie hatte erst etwas verlieren müssen, um es wertschätzen zu können.

In der Polizeistation hatte sie deutlich wie nie zuvor ein sonderbares Gefühl gehabt, als höre sie eine Stimme aus dem vorigen Leben. Sie ahnte, daß sie auf jemanden wartete. In ihrem Innern war der Platz für einen bestimmten Menschen frei.

Als sie ihr Zimmer betrat, fiel ihr ein Strauß riesiger Rosen ins Auge, der in einer Vase steckte. Neugierig las sie die beigefügte Karte, sie stammte von Hotelmanager Zheng. Er hoffe, daß sie sich von dem Schreck erholt habe, hatte er geschrieben. Sie möge ihn doch anrufen, wenn sie sich ausgeruht habe, er werde sich geehrt fühlen, sie zum Essen einladen zu dürfen.

Die Rosen dufteten herrlich. Wie mochte Herr Zheng an diesem abgelegenen Ort so ausgefallene Rosen gefunden haben?

Liu Cui fühlte sich schmutzig, der Uringestank des Polizeigebäudes schien sich auf ihrer Haut festgesetzt zu haben. Sie duschte. Anschließend setzte sie sich aufs Sofa, wollte die Aktenmappe von Li Lusheng öffnen und stellte fest, daß das Schloß verriegelt war. Da fiel ihr wieder ein, daß Herr Han ihr einen Schlüssel zugesteckt hatte, und richtig, er befand sich in ihrer Hosentasche.

Müde stöberte sie in der Mappe herum und stieß auf eine kleine braune Papiertüte. Darin befanden sich druckfrische Geldbündel mit Banknoten zu fünfzig und solche mit Banknoten zu hundert Kuai, insgesamt sechstausend Kuai – Li Lusheng hatte ihr sogar mehr mitgebracht, als sie brauchte. Ob das veruntreute öffentliche Gelder waren?

Es lief ihr kalt den Rücken hinunter; auf der Fahrt hatten sie die ganze Zeit von Millionen- und Milliardenbeträgen gesprochen. Nein, das konnte nicht sein, Li Lusheng würde so etwas nicht tun. Er verdiente genug, um so eine Summe übrig zu haben.

Trotzdem legte sie das Geld schnell in die Mappe zurück. Alle sprachen vom Geld, da wollte sie nicht so viel damit zu tun haben.

Es war kurz nach acht. Sie zog den Vorhang auf und sah zu den Bergen hinüber, die noch nicht ganz ins Dunkel getaucht waren, sah bunt erleuchtete Ausflugsdampfer auf dem Fluß hin und her fahren und eine lange funkelnde Schlange hinter sich herziehen. Die tiefen Schluchten dahinter lagen schwarz und regungslos da und wirkten, als habe noch nie ein Mensch seinen Fuß dorthin gesetzt. Plötzlich schalteten die Boote ihre Scheinwerfer ein; sie schienen das Wasser abzusuchen, und das mit einem so intensiven Licht, daß es auf dem Fluß zu zischen schien.

Sie legte sich aufs Bett und wurde prompt müde. Noch nie in ihrem Leben hatte sie an zwei Tagen dermaßen viel erlebt, hatte über so viele Dinge nachdenken müssen. Sie wollte sich ausruhen.

Als sie die Augen schloß, fiel ihr ein, daß sie heute abend mit Tante Chen verabredet war. Sie konnte sie nicht warten lassen. Immerhin hatte sie das Geld und sollte es ihr so schnell wie möglich bringen.

Liu Cui verließ das Hotel durch eine Drehtür. Ein Wachmann grüßte respektvoll und kratzte sich am Hinterkopf, daß er fast seine hohe Mütze verlor. Ihre Bitte, ein Taxi zu rufen, schien an ihm abzuprallen. Er kam offensichtlich frisch vom Land.

Glücklicherweise fuhr gerade ein Taxi vor. Der junge Mann trat etwas unbeholfen herzu, um Liu die Tür zu öffnen.

»Zur Heringsgasse«, sagte sie. Im Dialekt wiederholte der Fahrer ungläubig das Fahrziel, und Liu bestätigte es, sich ebenfalls in der hiesigen Mundart versuchend.

Nach dem Regen war die Luft wunderbar klar. Da der Fahrer von sich aus nicht sonderlich gesprächig war, fragte Liu: »Wie sind die Kader hier denn so?« Sie bemühte sich um guten Sichuan-Dialekt.

Der Fahrer zuckte zusammen, blickte um sich und wisperte: »Es gibt hier böse Geister.«

Liu Cui war verblüfft, so eine Antwort hatte sie nicht erwartet. Der Fahrer war ein junger Mann, kein abergläubischer Alter. Jedenfalls gab es nun, da der Fahrer einmal angefangen hatte zu reden, kein Halten mehr: »Es geht hier nicht mit rechten Dingen zu. Selbst wenn alles normal zu laufen scheint, brechen Katastrophen und Krankheiten über uns herein, sagen die Alten. Schauen Sie die Geschäftsgebäude auf den Bergen an – sehen sie nicht aus wie Särge? Die bösen Geister haben es auf alle abgesehen, korrupte Beamte und das listige Volk. Passen Sie bloß auf, daß Sie als Fremde da nicht hineingezogen werden.«

Liu Cui dachte nach. »Ist dies hier nicht die landschaftlich schönste Gegend Chinas?« fragte sie.

»Für Touristen ja, für die, die hier wohnen, nicht.«

Da begriff Liu Cui, wie recht er hatte. Noch heute war der Kreis Liang für ihre Mutter mit schmerzlichen Erinnerungen verbunden, die sie jene Zeit nicht vergessen ließen.

Der Fahrer unterbrach ihre Gedanken: »Welche Nummer in der Heringsgasse?«

Die Straße führte in Stufen bergab, ein Auto kam ohnehin nicht hinein. Warum der Fahrer wohl fragte?

»Ich steige hier aus«, erwiderte sie und zahlte. Er lächelte spöttisch, irgendwie passend zu seinen mysteriösen Reden.

Vorsichtig trat Liu in die finstere Gasse und fand das Haus. Tante Chen stand in der Tür, das dämmrig-gelbe Licht im Rücken, und rief: »Du kommst ja doch noch! Hast du schon gegessen?«

Liu Cui fiel ein, daß Li Lusheng sie zwar aufgefordert hatte, allein etwas zu essen, sie aber einfach so wieder zur Tür hinausgestürzt war. Jetzt erst merkte sie, wie hungrig sie war.

Sie schüttelte den Kopf, und Tante Chen zog sie ins Innere. Der Holztisch stand nun im Schlafzimmer, und sie hatte Becher, Teller und Stäbchen darauf arrangiert. Alles wirkte noch sauberer und ordentlicher als beim ersten Mal.

Liu Cui setzte sich auf den kleinen Hocker. Abermals roch es nach chinesischer Kräutermedizin, was sie diesmal als nicht mehr so unangenehm empfand. Zum offenen Fenster wehte ein sanfter Wind herein. Tante Chen lachte: »Ich wußte, daß du – würdest du kommen – hungrig sein würdest.« Sie ging in die Küche, und Liu nahm den angenehmen Geruch einer einfachen Mahlzeit wahr.

»Wieso dachtest du, daß ich es nicht schaffen würde?« fragte Liu.

Tante Chen schenkte ihr Tee ein: »Yueming war hier, nachdem sie ihn laufenließen. Er wollte, daß ich dich da raushole, er ist beeindruckt von dir.«

Liu errötete und versuchte es dadurch zu kaschieren, daß sie sich mit dem Reis beschäftigte.

»Ich wußte, daß sie nicht wagen würden, dir etwas zu

tun«, sagte Tante Chen. »Und ich denke, du hast ihnen Kopfzerbrechen bereitet, als du nicht gehen wolltest.«

»Hast du dich nicht beschwert, daß dein Sohn dir nichts erzählt? Diesmal ist er als erstes zu dir gekommen!«

»Er ist nicht dumm. Was ihn selbst betrifft vielleicht, aber nicht, wenn es um andere geht. Er hält dich wohl für meinen Gast und fühlt sich verantwortlich, darum hat er mir alles erzählt. Zum Glück hast du erwähnt, daß dein Mann heute abend kommt. Ich habe Yueming zum Flußufer gebeten, er kennt die Boote der Unternehmensleitung.«

Liu war verblüfft: »Dann war es Yueming, der Lusheng gesagt hat, wo ich zu finden war.«

Tante Chen klatschte in die Hände.

»Nicht direkt. Es haben zu viele Leute auf deinen Mann gewartet, der Kai stand voll mit Regierungsleuten aus dem Kreis. Yueming wurde einfach abgedrängt. Als er Abteilungsleiter Wang sah, wollte er mit ihm sprechen, aber der verlor die Nerven und ließ Yueming von der Polizei abführen. Kurze Zeit später ordnete er dann seine Freilassung an – wollte vielleicht keinen Ärger.«

»Was hat Yueming denn gesagt, das Abteilungsleiter Wang so aus der Fassung brachte?«

»Er hat nur eine Frage gestellt: ›Warum ist die Frau von Direktor Li nicht am Kai?‹ Herr Wang wußte natürlich, worauf Yueming damit anspielte. Dann ging Yueming zur Polizeistation zurück und wartete am Tor. Erst als dein Mann vorfuhr, kam er hergelaufen, um mir alles zu erzählen. Ich solle mich nicht aufregen, dir könne nichts geschehen.«

Liu war sehr bewegt: »Ich habe ihn da hineingezogen, und dann hat die Polizei ihn auch noch verprügelt.« Sie bereute ihre Worte sofort.

»Recht so, wenn er es verdient hat. Dann merkt er sich

das wenigstens!« sagte Tante Chen, wischte sich aber zugleich Tränen aus den Augenwinkeln. Plötzlich fiel ihr Blick auf die Verletzung an Lius linkem Handgelenk. Sie sah sich die Stelle aus der Nähe an, und wieder stiegen ihr Tränen in die Augen: »Tut es weh? Ist es schlimm? Er ist es, der dich hineingezogen hat. Was mußte er auch einen Brief abgeben!«

»Wo ist Yueming jetzt?« wollte Liu wissen.

»Er hat heute einen Tag Arbeit verpaßt und wollte zur Schule, um sich zu erkundigen, was in der Zwischenzeit geschehen ist. Danach muß er auf den Berg und dort weitermachen, morgen hat er Ware im Souvenirladen abzuliefern.«

»Er hatte bestimmt gute Gründe für seinen Protestbrief.«

»Was für Gründe?« fragte Tante Chen grantig zurück. »Die unterhalb der Linie sind, werden umgesiedelt, aber wir wohnen nun mal oberhalb, also geschieht uns nichts. Das hier ist zwar klein, es gibt kein Bad, ja nicht einmal eine Toilette. Aber ich habe mich daran gewöhnt, mir gefällt es hier. Der Streit um Abriß- und Umzugskosten hat mit uns nichts zu tun.«

Liu dachte an die schöne neue Stadt, in die jeder sehr gern einzöge – aber Familie Chen würde leer ausgehen. Und Tante Chen war das egal.

»Außerdem beziehen mein Mann und ich gar keine Rente. Die Behandlung im Krankenhaus können wir uns nur mit Hilfe von Diegu und Yueming leisten. Diese nach außen so prächtigen Bauten sind innen doch noch roh, das Ausbauen ist dann einem selbst überlassen. Das kostet bestimmt noch einmal soviel wie die Wohnung. Ich weiß nicht, wie viele Menschen sich auf diese Weise schon zu Tode geschuftet haben. Da haben wir schon mal eine Sorge weniger.«

»Wieso hat Yueming sich dann an den Protesten beteiligt?«

»Für die anderen. Ich war auch Kader, und soviel habe ich begriffen: Seine Kollegen, diese Lehrer, waren feige und meinten, da er keine eigenen Interessen habe, solle am besten er den Brief abgeben.«

»Wieso kann man das nicht tun, wenn man eigene Interessen verfolgt?« Liu Cui hatte das Gefühl, von den Sorgen und Nöten der einfachen Leute keine Ahnung zu haben.

Seufzend nahm Tante Chen ihre Schürze ab. »Früher war Macht das Problem, heute ist es Geld. Die einfachen Leute tun alles für ein paar hundert Kuai, die Kader für ein paar Millionen. Yueming hat sich aus dem Fenster gehängt, und was hat er davon?«

»Du meinst also, die Kader hier seien korrupt?«

»Schwer zu sagen. Es gab immer ehrliche Knochen, die sich nicht durch die Instanzen nach oben mogeln wollten. Chen zum Beispiel, mein erster Mann, aber was hat es ihm genützt?« Sie sah Liu an: »Ach, was rede ich hier, du bist nicht von hier und wirst auch wieder gehen. Wir dagegen sind unser Leben lang hier und werden auch hier sterben. Selbst etwas so Gigantisches wie dieser Staudamm, selbst eine Veränderung, wie sie in Hunderttausenden von Jahren nur einmal vorkommt, bewirkt für das einfache Volk nicht viel.« Ihre Aussage war unmißverständlich, und sie faßte sie noch mit einem Satz zusammen: »Kurzum, du bist anders als wir.«

Merkwürdig genug, nach diesen klaren Worten fühlte Liu sich der anderen näher als zuvor. Tante Chen hatte die Barriere der Höflichkeit beiseite geschoben, so daß Liu den Nerv der Dinge direkt spüren konnte. Jetzt mußte sie vorsichtig sein, durfte diese Gelegenheit nicht vorübergehen lassen.

»Weiß Yueming von meinen Eltern?«

Tante Chen ging in die Küche, um zu prüfen, ob die Eingangstür geschlossen war. Dann sagte sie: »Deine Eltern habe ich nie erwähnt, weder Yueming noch meinem zweiten Mann gegenüber. Jahrzehntelang habe ich geschwiegen, und selbst als mein erster Mann noch lebte, haben wir das Thema gemieden.«

»Aber warum nur?« fragte Liu Cui.

Tante Chen seufzte tief: »Eins nach dem anderen, iß erst einmal, wenn du nicht gleich wieder fortmußt. Danach reden wir. Ich wußte nicht, ob ich je wieder jemanden von eurer Familie sehen würde. Du oder deine Mutter, das ist dasselbe. Du bist in diesen Tagen dreimal hier gewesen, die Nachbarn haben schon gefragt, wer du seist. Ich habe behauptet, wir seien entfernt verwandt, so entfernt, daß wir keinen regelmäßigen Kontakt haben.« Sie setzte sich auf einen Hocker Liu gegenüber, zögerte und wischte sich die Hände an einem Handtuch ab.

Liu rückte näher an sie heran: »Tante Chen, du kannst mir vertrauen!«

»Ich möchte dich nicht enttäuschen.«

Liu überlegte, was Tante Chen davon überzeugen würde weiterzusprechen. »Tante Chen, ich bin sehr müde und würde mich gern auf dein Bett legen. Legst du dich neben mich?« Damit stand sie auf und ging zum Bett hinüber.

Tante Chen winkte, um sie zurückzuhalten: »Das geht nicht, es ist zu schmutzig für dich!«

Liu reagierte nicht, nahm die Hand der Älteren und setzte sich mit ihr auf die Bettkante. Sie zog die Schuhe aus und nahm den starken Schweißgeruch wahr, der vom Kopfkissen ausging. Dann ließ sie das graue Moskitonetz herunter. Der Raum wurde durch eine gelbe Lampe in der anderen Ecke des Zimmers erleuchtet. Durch das

Moskitonetz wurde ihr Schein noch düsterer, so daß nicht einmal die Farbe von Kopfkissen und Decke zu erkennen waren. Genau diese Isoliertheit war es, die sie suchte. Tante Chen hatte das nicht erwartet. Sie legte sich daneben und nahm die zusammengefaltete Decke als Kopfkissen. Liu Cui hatte das Gefühl, auf diesem harten alten Holzbett endlich zur Ruhe zu kommen.

»Tante Chen, worüber du nie gesprochen hast, was du über vierzig Jahre mit dir herumträgst, darüber solltest du jetzt mit mir sprechen.«

»Worüber?« versuchte Tante Chen erneut zu entkommen.

»Ich weiß, daß es mit mir zu tun hat. Wenn du es mir nicht sagst, werde ich es nie erfahren, und dann wird es niemand von der Familie je erfahren.« Sie zögerte und sprach dann weiter: »Oder du reist nach Peking und redest mit meiner Mutter. Du könntest einen Monat bleiben, es wird dir gefallen.«

»Du hast es faustdick hinter den Ohren!« Tante Chen stieß einen Seufzer aus. »Also gut, ich werde dir alles erzählen – aber unter einer Bedingung: Du darfst mich nicht unterbrechen, Zeit für Fragen ist hinterher.«

Liu ergriff Tante Chens Hand.

21

Aus der Küche drang der vertraute Medizingeruch herüber. Sie sei damals schwanger gewesen, begann Tante Chen, und ihr sei es nicht gut gegangen. Sie habe ungefähr die gleiche Medizin getrunken wie Diegu jetzt, ihr Magen sei meist leer gewesen, weil sie sich ewig übergeben mußte, und wenn sie dann mal Appetit auf Fleisch bekam und tatsächlich welches aufgetrieben hatte, aß sie es und erbrach sich sofort wieder. Sie spuckte täglich, ihr Magen wurde immer empfindlicher, sie selbst immer nervöser. Dr. Qi untersuchte sie und stellte fest, daß sie zuviel Fruchtwasser hatte und das Kind ungünstig lag, sie solle möglichst oft das Bett hüten. Doch sie hatte zuviel zu tun und schlug die Warnungen in den Wind.

Sie aß mit den anderen in der Kantine der Organisation. Oft bestellte sie Reissuppe und wärmte ein paar Datteln darin – das sei gut für das Kind, hieß es. Glücklicherweise war sie von Kindesbeinen an schwere Feldarbeit gewöhnt und recht robust, außerdem war sie jung. Sie schlief ein, wenn sie nur den Kopf auf das Kissen legte. Darum blieb sie auch mit stetig zunehmendem Bauch auf den Beinen.

Ihr Mann, Chen, war noch beschäftigter als sie. Er koordinierte die Arbeit des Kreises und der Distrikte unter der neu gegründeten Abteilung für Militärangelegenheiten. Im Jahr zuvor war er während des Kampfes gegen Aufständische wiederholt verletzt worden, doch hatte er eine Bärennatur. Zur Zeit hatte er eine harmlose Wunde am Arm. Der Kampf in den Bergen und Wäldern war schwierig, viele ließen ihr Leben dabei. Wenn die großen Banden erledigt waren, begann der Kampf gegen Konterrevolutionäre, überall versteckten sich geschlagene Rebellen, die aufgestöbert und erschossen wurden. Unmittelbar nach der Befreiung 1949 war der Pulvergeruch der Feuerwaffen noch allgegenwärtig.

Als Tante Chen mit dem Bildungsprogramm für Prostituierte begann, war Liu Cuis Mutter noch nicht da. Sie hatte die Einsätze von Armee und Miliz nicht gesehen, bei denen Schußwaffen und Bajonett stets zum Einsatz kamen, ob im Kampf, ob bei Razzien. Es gab damals nicht viele weibliche Kader, deshalb erfüllte Tante Chen auch während der Schwangerschaft ihre Pflicht und ging den üblichen Aufgaben nach. In dieser Nacht brach ein großes Chaos aus, Prostituierte und Freier rannten umher wie aufgescheuchte Hühner. Die Frauen nahmen die Prostituierten fest, die Soldaten die Freier. Diese wurden wieder laufengelassen, nachdem ihre Personalien festgestellt worden waren.

Mit dem Bildungsprogramm für Prostituierte gab es von Anfang an Schwierigkeiten. Präfekt Liu verlangte, die »Puffmütter« ausfindig zu machen, um sie als Zielscheiben für ihre Kritik zu benutzen. Aber offiziell gab es im Kreis Liang keine registrierten Bordelle und also auch keine Bordellbesitzerinnen.

Tante Chen fiel eine etwas ältere Frau auf, Roter Lotus. »Alt« bedeutete, daß sie fünfundzwanzig, sechsundzwanzig Jahre alt war. Einige andere Prostituierte hatten sie gebeten, ihre Gruppe anzuleiten. Roter Lotus war eine schöne Frau mit ovalem Gesicht, langen Wimpern, gutem Körperbau. Sie ragte unter den anderen Frauen heraus, war sauber und gepflegt und im Handarbeiten ungewöhnlich begabt. Tante Chen fand heraus, daß ihre Eltern gestorben waren und ihr älterer Bruder sie hatte verheiraten wollen, so daß sie bei Nacht und Nebel geflohen war. Das Schicksal wollte, daß sie an einen Bootsführer verkauft wurde, der sie wiederum an ein Bordell veräußerte.

Auch Tante Chen war vor einer arrangierten Ehe von zu Hause weggelaufen, doch war es ihr besser ergangen, weil sie in den Bergen auf versprengte Kommunisten traf.

Roter Lotus sagte immer wieder, die Perspektive nach der Umerziehung gefalle ihr nicht. Sie solle danach jemanden heiraten? Das sei doch wiederum eine arrangierte Ehe, aber noch beängstigender, weil es sich nicht einmal innerhalb der Familie abspiele.

Tante Chen redete ihr zu, einen Arbeiter zu heiraten sei allemal besser, als sich weiter zu prostituieren. Sie solle der Regierung des Volkes vertrauen, die ihr einen neuen Weg weise.

Roter Lotus erwiderte, als Prostituierte wisse sie wenigstens, daß sie für Geld mit einem Mann ins Bett gehe, in einer Zwangsehe dagegen müsse sie es ein Leben lang mit ihrem Mann tun und habe noch nicht einmal etwas davon.

Bei diesen unverhohlenen Worten zuckte Tante Chen zusammen – so weit hatte sie noch gar nicht zu denken gewagt. Gegen das Gesagte konnte sie nichts einwenden – allenfalls moralisch-ethische Bedenken anmelden. Sie sprach am Abend mit ihrem Mann darüber, der sie eine dumme Kuh schimpfte. Als sie widersprach und argumentierte, geriet ihr Mann erst richtig in Rage, brüllte »Halt die Klappe!«, warf Geschirr an die Wand und wollte sie schlagen. Doch als ehemalige Guerilla-Kämpferin war sie ihm blitzschnell ausgewichen. Was für ein Glück, daß er so die Kontrolle verloren hatte, sonst hätte sie sich womöglich noch um Kopf und Kragen geredet, hätte mehr von dem erzählt, was Roter Lotus gesagt hatte, und am Ende hätten die Leute sie noch der Fluchthilfe für Roter Lotus bezichtigt.

An dem Abend, als sie Roter Lotus gefangennahmen, ging es Tante Chen gar nicht gut. Ihr Unterleib schmerzte dermaßen, daß sie einfach im Bett blieb. Ihr Mann machte sich große Sorgen, doch er war Soldat, der Befehlen gehorchen mußte, und so schulterte er sein Gewehr und ging.

Vor lauter Schmerzen konnte sie kein Augen zumachen. Sie mußte Doktor Qi holen, doch der sagte, es scheine alles normal zu sein, sie solle ganz ruhig bleiben und sich noch einmal melden, wenn es in den nächsten Tagen schlimmer werde.

Erst in der Morgendämmerung fielen ihr die Augen zu. Zwischen sechs und sieben Uhr am Morgen brach ein riesiger Tumult auf der Straße los. Sie hörte aufgeregte Schritte im Hof. »Wir haben sie, wir haben sie!«

Kurz darauf suchte eine Genossin des Frauenbundes sie auf. Man habe die flüchtige Prostituierte Roter Lotus gefangen und den Abt Yutong. »Kannst du dir das vorstellen? Diese Frau war mit dem Abt zusammen, sie wurden in seinem Bett verhaftet! Unser Nachrichtendienst ist wirklich gut. Los, steh auf.« Sie war ganz aufgeregt. »Sie führen die beiden gerade durch die Straßen. Laß uns zusehen!«

Tante Chen erschrak. Sie hatte den Abt für einen hochspirituellen Menschen gehalten, wie war es möglich, daß er mit Roter Lotus zusammen sein und mit ihr verhaftet werden konnte? Da war etwas nicht richtig. Plötzlich schien sich ihr Bauch aufzublähen. Unter Schmerzen und mit einer Hand gegen die Wand gestützt, ging sie zur Tür. Auf der Straße wimmelte es von Menschen, und aus den Gassen strömten ständig noch mehr hinzu. Der Demonstrationszug war kaum mehr zwanzig Meter von ihr entfernt.

Sie lehnte im Türrahmen auf der obersten der Steinstufen, als die Menschenmenge direkt auf sie zuschwappte. Vier kräftige Männer trugen eine lange, dicke Bambusstange auf den Schultern, an die ein Mann und eine Frau gefesselt waren, wie man es früher mit Ehebrechern in Sichuan tat: splitternackt, Rücken an Rücken, die Stange zwischen ihnen hindurchlaufend, Hände und Füße zusammengebunden, so daß ihre Körper sich bogen und ihre Genitalien zur Schau zu stellten.

Obendrein froren sie auch noch erbärmlich, ihre Lippen waren farblos, die Gesichter fast blau. Bewaffnete Miliz ging hinter ihnen, vorn machten andere den Weg frei, und zur Seite wurden Schaulustige gehindert, den Delinquenten allzu nahe zu kommen. Die beiden nackten Körper schwebten auf Schulterhöhe und waren den Blicken aller ausgeliefert.

Der nicht mehr ganz junge Abt mit weißen Haarstoppeln um die Glatze herum kniff die Augen zusammen, und sein Kopf fiel zur Seite, als sei er ohnmächtig geworden. Roter Lotus dagegen reckte den Kopf in die Höhe, die Augen weit aufgerissen, das zerzauste Haar wirr herunterhängend, einige Strähnen fielen über das Gesicht des Abts.

Tante Chen ging ein paar Stufen hinunter, um einige Schritte neben Roter Lotus zu gehen, als sie plötzlich die Blicke der Prostituierten auf sich gerichtet spürte. Tante Chen erschrak, legte die Hände schützend auf ihren Bauch und wich zurück. Doch Roter Lotus starrte sie weiter an, als trage Tante Chen die Verantwortung für alles.

Es brodelte wie in einem Hexenkessel, die Menge rief und brüllte durcheinander, die Polizei kam kaum voran. Die Menschen am Straßenrand, die sich an dem unzüchtigen Weib satt gesehen hatten, drängten zur anderen Seite hinüber, um den schamlosen Abt anzustarren, und umgekehrt. Bauern auf dem Weg zum Markt und gesetzte Städter, alle kämpften sich mit Hilfe ihrer Ellbogen nach vorn, um die beiden zu bespucken und mit verfaultem Obst zu bewerfen. Sogar spitze Steine wurden geschleudert.

Es herrschte ein solches Gedränge, daß der Zug zum Stillstand kam. Tante Chen ertrug kaum den Anblick der beiden nackten Körper, von denen Speichel und Blut hinabrannen.

Immer mehr Menschen drängten herbei, einige grabschten Lotus an die Brüste und dem Abt an seinen in der Kälte verschrumpelten Penis. Die Wachen hatten längst jede Kontrolle verloren. Um so dreister wurden die Leute. Eine Frau griff zu so etwas wie einem Holzstock und stieß ihn Roter Lotus in die Scheide, bis das Blut floß und die Umstehenden grölten: »Verflucht, fick sie ordentlich!«

Roter Lotus hatte sich die Lippen blutig gebissen. Ihr Blick folgte weiter Tante Chen und heftete sich auf sie. Ihre sonst so lebendigen und frischen Augen blickten sie in irrer Verzweiflung an – doch flehten sie nicht um Mitgefühl oder Hilfe.

Tante Chen wußte nicht recht, warum Roter Lotus so auf sie fixiert war. Selbst als sie sich umdrehte, spürte sie ihren bohrenden Blick im Nacken. Roter Lotus mußte viele Leute kennen, auch aus der Umerziehungsklasse waren einige da, warum also stierte sie so auf sie? Doch nicht, weil sie etwas netter zu ihr gewesen war als andere Kader? Tante Chen hätte nie gewagt, ihr eine Sonderbehandlung zukommen zu lassen. Der Blick der Prostituierten wurde immer stechender, bis Tante Chen das Gefühl hatte, die andere wolle ihr damit den Bauch aufschlitzen.

Voller Angst drehte sie sich um und ging zurück zu ihrem Haus. Immer noch spürte sie den Blick der Delinquentin und geriet langsam in Panik. In diesem Augenblick fuhr ihr ein scharfer Schmerz in den Unterleib, als bohre jemand ein Messer hinein, und dann begann das Fruchtwasser auch schon zu laufen. Das Kind in ihrem Bauch trat wild um sich, ihre Hose wurde naß, und als sie ihre Hand schützend über die Scham legte, merkte sie, daß sie auch Blut verlor. Ohnmächtig sank sie auf den Stufen zusammen.

Die Kolleginnen trugen sie hinein und holten Doktor Qi. Der ging eilig zu Werke, während Tante Chen immer noch ohne Bewußtsein war. Ihre Kolleginnen eilten zu

Chen und teilten ihm mit, seiner Frau stünde eine schwere Geburt bevor und sowohl ihres als auch das Leben des Kindes seien gefährdet. Wieder zu sich gekommen, hörte Tante Chen, daß draußen Slogans gerufen wurden und der Krach immer mehr zunahm. Da wußte sie, daß der öffentliche Prozeß begonnen hatte und ihr Mann bestimmt nicht fortkonnte. Gebären war Frauensache. Wenn sie Glück hatten, überlebten sie, wenn nicht, konnte der Ehemann auch nichts machen.

Aber ihr Mann kam doch noch. Er war ganz aufgelöst, hockte sich neben das Bett und hielt ihren Kopf – keine Spur von dem ungeschliffenen Gehabe, das er sonst zeigte. Draußen wurde der Tumult immer lauter. Der Anblick ihres schmerzverzerrten Gesichts brachte Chen schier um den Verstand. Er rannte im Zimmer auf und ab, dann wieder ergriff er ihre Hände und preßte sie verzweifelt an seine Brust. »Wenn dir und dem Kind etwas passiert, möchte ich auch nicht mehr leben«, sagte er.

Da liefen ihr Tränen die Wangen hinunter. Doch einen Augenblick später wurde ihr Mann gerufen und mußte fort. Sie biß die Zähne zusammen. Plötzlich sah sie Roter Lotus an ihrem Bett stehen, die sie wie zuvor anstarrte. Sie zitterte.

»Hast du das gesehen?« fragte sie die Kollegin, die ihre Beine hielt.

»Was gesehen?« Die Kollegin blickte sich suchend um.

Auch Tante Chen konnte sie auf einmal nicht mehr sehen. Aber im nächsten Moment stand Roter Lotus wieder vor ihr. Tante Chen verlor abermals das Bewußtsein. Dann knatterten mehrere Schüsse durch die Luft, und anschließend ertönte ohrenbetäubendes Geschrei.

Es war nicht zu verstehen, was die Leute schrien, aber sie wußte, daß Schaulustige im Augenblick der Exekution einen kollektiven Schrei ausstießen. Eine neue Serie von

Schüssen. Nun hatte sie das Gefühl, diesmal zielten sie genau auf sie, und genau in diesem Moment spürte sie einen heftigen Preßdruck zwischen ihren Beinen. Sie schrie auf, doch das Kind kümmerte sich nicht darum, es wollte sich seinen Weg freikämpfen.

Das dauerte so lange, bis sie glaubte, das Ganze nicht zu überleben. Irgend jemand rief nach Doktor Qi, der den Frauen lediglich ein paar Anweisungen gab und davoneilte. Ihr wurde schwarz vor Augen, und sie verlor die Orientierung. Wie wild schüttelte sie den Kopf, um die Dunkelheit loszuwerden. Doch unversehens wurde sie still und starr, als sei sie von einer Kugel getroffen.

Als sie wieder zu sich kam, war Yueming schon auf der Welt. Eine der Frauen streckte ihr den kleinen, pummeligen, mit Blut bedeckten Sohn entgegen. Doktor Qi hatte gesagt, das Kind liege falsch herum, und es war ihm nicht gelungen, es zu drehen, bevor er fortgerufen wurde. Darum waren alle ganz verzweifelt gewesen und hatten mit dem Schlimmsten gerechnet. Doch wie durch ein Wunder schaffte das Kind es allein, seine Position zu verändern, und kam ganz normal zur Welt. Alle rätselten, wie es Mutter und Kind wohl gelungen war, ihrem Schicksal zu entrinnen.

Tante Chen richtete sich halb auf und sah sich nach ihrem Mann um, doch der kam erst einige Augenblicke später schweißüberströmt angelaufen. Beim Anblick von Mutter und Sohn reagierte er bei weitem nicht so froh, wie sie es erwartet hatte.

»Was ist los?« fragte sie.

»Ich habe euch im Stich gelassen, es tut mir so leid!« Er umarmte sie und weinte. »Ich hatte befürchtet, daß ihr es nicht schafft!«

Und schon eilte er wieder fort, jedoch nicht, ohne die Frauen zu bitten, Tante Chen zu waschen.

Im Halbschlaf hörte sie, daß die Frau des Präfekten ebenfalls eine schwere Geburt habe und in diesem Moment mit dem Arzt ein Boot besteige, um nach Chongqing überzusetzen.

»Den Rest kennst du«, sagte Tante Chen. »Deine Mutter und du, mein Sohn und ich, wir haben alle überlebt. Für deine Mutter war die Geburt noch komplizierter, aber bei uns dauerten die Schwierigkeiten länger an: Mein Mann wurde stark dafür kritisiert, daß er den Klassenkampf nicht entschieden genug geführt und keinen festen Standpunkt bezogen habe.«

Erst später habe ihr Chen erzählt, was in jener Nacht vorgefallen sei. Damals hatten sie auf der Bergstraße einen Mann verloren. Präfekt Liu hatte alte Veteranen mobilisiert, die genausowenig wie Chen wußten, worum es eigentlich ging. Es nieselte, und da man den Mond nicht sah, war es stockfinster. Sie hatten nur eine Taschenlampe dabei und mußten sich am Geheul der Affen und anderer Wildtiere orientieren. Zum Glück hatte Chen die Männer aufgefordert, nur ihre Pistolen bei sich zu tragen, so daß sie sich wenigstens frei bewegen konnten.

Plötzlich schrie der Soldat, der sie anführte, laut auf, rutschte aus und glitt über die Wegkante. Im Licht der Taschenlampe sahen sie, daß die Straße hier sehr schmal wurde und unmittelbar daneben der Abgrund lauerte. Aufgeregt redeten alle durcheinander. Diesen Weg könne man normalerweise nach vier Uhr nachmittags nicht nehmen, erst recht nicht nach Sonnenuntergang, es gebe hier böse Geister. Chen befahl einem der Männer, hinabzusteigen, den Mann zu suchen und zu prüfen, ob und wie man ihn retten könne.

»Verstehen Sie nichts von Kriegführung?« fragte Präfekt Liu streng.

Er habe nicht gewußt, daß sie im Krieg seien, murmelte Chen. Ungeachtet der mißbilligenden Blicke des Präfekten ließ Chen einen seiner Männer zurück, um bei Tageslicht zu entscheiden, was zu tun sei. Die anderen gingen weiter den Berg hinauf in Richtung des »Wasser-Mond-Tempels«.

Dort fanden sie den Abt mit einigen Mönchen bei der Meditation. Präfekt Liu befahl, zunächst den Abt wegen Kollaboration mit Konterrevolutionären gefangenzunehmen – in der Tat hatten im vergangenen Monat Banditen Zuflucht in den Klostermauern gefunden. Der Abt wurde gefesselt den Berg hinuntergeführt, diesmal allerdings wurde der Weg mit mehreren Fackeln erleuchtet. Als sie an einem alten Schrein außerhalb der Stadt ankamen, staunte Chen nicht schlecht, die Prostituierte Roter Lotus dort vorzufinden.

Präfekt Liu befahl ihm, daß er und der wachhabende Hauptmann die beiden Gefangenen am Morgen um halb sieben in die Stadt bringen und wie Ehebrecher durch die Straßen führen sollten.

»Warum?« fragte Chen.

»Idiot!« schimpfte Präfekt Liu und gab dem Hauptmann seine Befehle. Bevor er ging, trat er noch an Abt Yutong heran, maß ihn mit Blicken, beugte sich zu ihm hinunter und sagte etwas. Der Abt wurde bleich vor Wut und erwiderte: »Übertriebene Tugend führt zu Vergeltung.« Darauf schloß er die Augen, als wolle er wieder zur Ruhe kommen.

Der Präfekt tobte: »Konterrevolutionärer Bastard! Wage es nicht!« Dann stürmte er davon.

Chen erzählte, Präfekt Liu habe ihn noch vor dem öffentlichen Prozeß angewiesen, die Hinrichtung zu organisieren und auszuführen. Das machte ihn sehr nervös, denn er fürchtete um seine Treffsicherheit, da seine Frau in den Wehen lag und beider Leben auf dem Spiel stand. Er bat den Präfekt, jemand anderen damit zu beauftragen. Da geriet Präfekt Liu erst recht in Rage, entband Chen aber dennoch von dieser Pflicht und übertrug ihm die Aufsicht über die Sicherheit. Ohne Rücksicht stürzte Chen heimwärts, woraufhin auf dem Platz völliges Chaos ausbrach.

Nach der Urteilsverkündung befahl der Hauptmann seinen Soldaten, die Hinrichtung vorzunehmen. Roter Lotus und Abt Yutong knieten vor dem Erschießungskommando, und Roter Lotus rief: »Das ist Unrecht! Wir sind unschuldig!« Vielleicht waren die Soldaten durch den Tumult ringsum irritiert, jedenfalls waren ihre Schüsse nicht tödlich. Roter Lotus und Abt Yutong fielen um und lagen in einer Blutlache, von Kugeln durchsiebt, aber lebend. Ihre Leiber wälzten sich auf dem Boden, die Menge schrie entsetzt auf.

Erst als Präfekt Liu selbst zur Pistole griff, kamen die Soldaten zu sich. Sie traten vor, luden ihre Gewehre nach, setzten sie den beiden direkt an die Schädel und drückten ab. Als die Beine des Abts immer noch zuckten, schossen sie ihm noch in den Unterleib. Dann war alles vorbei.

Für Chen war das zuviel. Als er ein Disziplinarverfahren über sich ergehen lassen mußte, war er durch die vorangegangenen zwei Monate Umerziehung schon so zermürbt, daß er sich gar nicht recht verteidigen konnte. Präfekt Liu war gut im Mobilisieren der Massen, im Anfachen des Klassenkampfes, in der Bekämpfung von Konterrevolutionären sowie in der Umsetzung der Landreform und anderer Maßnahmen. Er wurde auf die Provinzebene befördert und mit ihm etliche Beamte aus seinem Umfeld.

Chen dagegen wurde degradiert, er blieb, wo er war. Dagegen legte er Widerspruch ein und wurde dabei von

Tante Chen unterstützt. Am Ende wurden beide als Feinde aus der Partei ausgeschlossen, und der Kaderstatus wurde ihnen aberkannt. Von da an mußten sie, wie jeder andere auch, von ihrer Hände Arbeit leben und konnten froh sein, daß ihnen das Arbeitslager erspart blieb.

Chen starb im Kreis Liang, seine Asche wurde am Berg beigesetzt. Als Tante Chen kürzlich seine Urne ausgraben wollte, um sie umzusetzen, mußte sie feststellen, daß das Gefäß zerbrochen und nur noch feuchte Erde übrig war.

Liu blieb der Mund offenstehen, sie wagte kaum zu atmen. Daß um ihre Geburt herum ein solches Chaos und ein derartiges Blutvergießen geherrscht hatten! Nichts davon war ihr bewußt gewesen. Es heißt immer, Kaiserschnittkindern fehle es an Geduld, doch auf Liu Cui traf das nicht zu, sie war extrem geduldig. Und die Psychologie will wissen, daß Kinder schon im Mutterleib spüren, was um sie her geschieht, und später möglicherweise darunter leiden. Doch Liu hatte vor ihrem Besuch hier nicht die geringste Ahnung von den Ereignissen um 1951 gehabt, geschweige denn, daß diese einen Einfluß auf sie gehabt hätten.

Eine halbe Stunde war vergangen, die beiden hatten sich gleich zu Beginn der Erzählung aufgesetzt. Der Geruch der Kräutermedizin drang aus der Küche herüber, so streng, daß es einem beim Einatmen schier die Tränen in die Augen trieb. Sie hatten die Beine angezogen, umklammerten ihre Knie und lehnten sich gegen die am Kopfende des Bettes aufgestellten Kissen. Während Tante Chen erzählte, sahen sie einander nicht an, und hinterher fielen Liu viele Fragen zu der Geschichte ein –

doch während der Erzählung erschien ihr alles ganz klar und einleuchtend.

Alles paßte perfekt mit dem zusammen, was ihre Mutter ihr in jener Nacht kurz vor ihrer Abreise erzählt hatte. Und doch hatten beide aus gänzlich unterschiedlichen Blickwinkeln berichtet, so daß man jeweils zu völlig anderen Schlüssen kommen mußte. Ihre Mutter hatte nur ihre eigene Situation gesehen und ahnte nicht, was ihr Mann eigentlich getan hatte. Oder vielleicht doch? Hätte sie tatsächlich überhaupt nichts gewußt, warum wäre dann die Verbindung zwischen ihr und Tante Chen, zwischen Präfekt Liu und Chen so vollständig eingeschlafen?

Politik ist herzlos, und sobald man einen Fehler begeht, steht man im anderen Lager. Mitgefühl zu zeigen kann tödlich sein. Doch der angebliche Fehler Chens war der ihres Vaters gewesen. Nachdem alles vorüber war, hätte er gut Gnade walten lassen und Chen wieder auf die Füße helfen können. Warum hatte er das nicht getan? Er wollte das alles wohl vergessen, wollte nie wieder etwas vom Kreis Liang hören. Liu konnte sich nicht erinnern, ihn den Namen dieses Ortes je aussprechen gehört zu haben.

Und ihre Mutter war ebenfalls untätig geblieben. Einen Brief, den Tante Chen ihr viele Jahre später schrieb, hatte sie nie beantwortet. Vielleicht glaubte sie auch ohnehin keine Möglichkeit zu haben, die Ereignisse im nachhinein zurechtzurücken, oder sie meinte kein Recht dazu zu haben – oder ihr fehlte schlicht der Mut.

»Bei der Trauerfeier nach der Rehabilitierung deines Vaters damals«, sagte Tante Chen, »dachte ich, deine Mutter würde mir schreiben und mich einladen. Aber es passierte nichts. Ich war einmal ihre beste Freundin, wir nähten Umstandskleidung, immer gleich doppelt, eins für jede von uns. Und mit der Babykleidung machten wir es genauso. Wir redeten über alles, teilten allen Kummer und alle Sorgen. Aber seit sie in jener Nacht mit dem Schiff nach Chongqing übergesetzt und nie zurückgekehrt war, weiß ich, daß sie nichts mehr mit mir zu tun haben will.« Ihr standen Tränen in den Augen, doch sie hielt sie zurück.

Liu wußte nicht, was sie denken sollte. Wie grausam die Menschen doch zueinander sein konnten!

»Das ist natürlich nicht ihr Fehler. Für eine Frau ist der Ehemann ihr Schicksal, und unsere beiden paßten nun einmal nicht zusammen. Das eine Schicksal ist himmlisch, das andere niedrig und sehr irdisch.«

22

Wenn auch nur die Hälfte von dem stimmte, was Tante Chen ihr erzählt hatte, waren die Ereignisse um ihre Geburt unglaublich schlimm und ungerecht gewesen. Natürlich verlaufen revolutionäre Zeiten selten ohne Blutvergießen und politische Bewegungen kaum ohne Fehler, aber das rechtfertigte nicht dieses Maß an Leid.

»Die Polizeistation, in der sie dich heute festgehalten haben«, sagte Tante Chen plötzlich, »war früher der Ort, in dem die Miliz ihre Gefangenen einsperrte.«

Alarmiert sah Liu die andere an: »Du meinst, es ist der Ort, an dem Roter Lotus und Abt Yutong vor ihrer Hinrichtung festgesetzt wurden?«

»Richtig. Derselbe Hof, derselbe Kerker«, nickte Tante Chen. »Dort hat mein Mann gearbeitet. Nur daß später noch einige Räume hinzugekommen sind.«

Liu vergrub ihr Gesicht in den Händen: »Wie ist das nur möglich!?« Ihre Hände begannen zu beben, doch sie schaffte es, die Kontrolle über sich zu behalten, und gab keinen Laut von sich. Tante Chen sollte nicht merken, wie sehr sie das angriff. Die Ältere hielt ihren Kopf und strich ihr sanft übers Haar.

Lange Zeit sagten sie nichts. In der Ferne waren die Explosionen von Feuerwerkskörpern zu hören, vielleicht aus freudigem Anlaß, vielleicht zum Gedenken an einen Toten. Es dauerte schier Ewigkeiten, und die ganze Untere Stadt schien verstummt zu sein, um besser hören zu können.

»Es ist spät geworden«, sagte Tante Chen. »Fast elf Uhr. Du solltest zurückgehen.«

Liu nickte. Ihr Kopf dröhnte von allem, was sie gehört hatte, und es gab noch so viele Fragen.

Sie suchte ihre Schuhe am Boden und zog sie an. Wenn jemand etwas zu bereuen hatte, so waren das nicht sie und nicht ihre Mutter, sondern ihr Vater. Aber ihr Vater lebte nicht mehr. Wenn es so etwas wie eine ewige Seele gab, dann wußte er jetzt, daß Liu im Liang-Kreis weilte. Womöglich hatte er sie sogar hierhergeführt, damit sie herausfand, was vor ihrer Geburt geschehen war.

Sie war unendlich traurig und sah ins Dunkel hinaus. Vater, dachte sie, wenn deine Seele hier ist: Verstehst du, warum ich nicht weinen möchte? Hast du dein Verbrechen gesühnt, für deine Schuld bezahlt?

Der Vater, an den sie sich erinnerte, war nicht der hinterhältige, rücksichtslose Politiker, von dem Tante Chen erzählt hatte. Im Gegenteil, er hatte sich aus komplizierten politischen Machtspielchen immer herausgehalten, ja, es schien sein oberstes Gebot, jeglicher politischer Debatte aus dem Weg zu gehen.

Ihr Vater war kein Karrieremensch gewesen. Zwar

wurde er in den fünfziger Jahren schnell vom Liang-Kreis in die Stadt Chongqing und dann in die Provinzhauptstadt Chengdu versetzt. Doch dort hatte er dann brav seinen Dienst als stellvertretender Leiter des Propagandaministeriums der Partei versehen, ohne weitere Ambitionen, ein vollkommen farbloser Mensch. Tatsächlich war das Propagandaministerium der gefährlichste Ort überhaupt, und es war nur seinem pfiffigen Mix aus extremer Vorsicht und gespielter Dummheit zu verdanken, daß er nicht als erster auf die Nase fiel.

Zu Hause hatte ein Foto gegehangen, auf dem ihre Mutter sie trug und ihr Vater hinter ihnen stand – dem Anschein nach eine glückliche Familie. Das Bild mußte entstanden sein, nachdem sie den Liang-Kreis verlassen hatten, um nach Chongqing zurückzukehren. Ihre Mutter war jung und schön, ihre Erscheinung ordentlich und elegant. Sie lächelte. Der Vater dagegen schien steif und verkniffen. Sein korrekter Sun-Yatsen-Anzug schien frisch gebügelt und wirkte wie über einen Kleiderbügel gehängt. Der Frisör mußte ihm die Haare an den Seiten zu kurz geschnitten haben, während der Scheitel oben auf dem Kopf wie mit dem Lineal gezogen schien. Nach heutigen Maßstäben wäre ihr Vater zu hinterwäldlerisch und könnte niemals Kader werden.

Liu dachte an ihn als gütigen Mann, der in Haushaltsangelegenheiten immer auf seine Frau hörte. Als Kind sah sie ihn kaum, denn die Schulen für Kaderkinder waren streng und erlaubten den Kindern nur sonntags nach Hause zu gehen. Ihr Vater saß fast immer in Sitzungen, und auch an Sonntagen war er selten zu Hause. Damals war sie überzeugt, daß ihre Mutter ihr die Liebe des Vaters und erst recht all seine Zeit wegnahm. Nachts schlich sie vor die Schlafzimmertür der Eltern, die jedoch fest verschlossen war. Also setzte sie sich vor der Tür auf den Boden und horchte. Als sie einmal zu lange in dem zugigen Flur gesessen hatte, bekam sie eine Erkältung, und vom Vater gefragt, erzählte sie am nächsten Morgen, wie sie sich die zugezogen hatte. Da hielt ihr Vater sie sehr lange sehr fest.

In den Sommerferien sagte ihr Vater einmal eine Sitzung ab und nahm sie und ihre Mutter mit zum Berg Emei. Eine schier endlose Flucht von Stufen führte hinauf, und als Zweitklässlerin war sie schon nach kurzer Zeit so erschöpft, daß sie die Hände zu Hilfe nahm. Da hob der Vater sie auf seine Schultern und trug sie hinauf. »In ein paar Jahren bin ich alt und schaffe das nicht mehr«, sagte er.

»Das macht nichts, Papa«, hatte sie erwidert. »Wenn es soweit ist, trage ich dich. Wenn ich groß bin, werde ich viele Dinge für dich tun.«

Die Mutter schwieg. Dann fragte sie: »Und für mich?«

Auf dem Gipfel ließen sie ein Foto machen, das letzte Familienbild. Der Vater in der Mitte legte seine Arme um Ehefrau und Tochter. Es war kein gutes Foto: Drei Viertel davon nahmen die Berge ein.

In den ersten Tagen der Kulturrevolution herrschte totales Chaos. Liu war vierzehn und gerade auf die höhere Schule gewechselt. Sie wurde Mitglied der Roten Garden und fuhr überhaupt nicht mehr nach Hause, wollte nicht einmal Nachrichten von dort bekommen. Vielleicht ahnte sie, daß sie mit schlechten Nachrichten nicht umgehen konnte.

Die verschiedenen Faktionen von Rotgardisten kämpften um die Vormachtstellung, mal hatten die einen die Oberhand, mal die anderen, und die kleine Liu blieb Tag und Nacht bei ihrer Faktion, um Wandzeitungen und Spruchbänder zu schreiben. Das ging so lange gut, bis auf einmal die Kinder »niederer Kader« sich auflehnten, sich den Weg ins Hauptquartier bahnten und erklärten, die »Kinder der kapitalistischen Wegelagerer« vertreiben zu wollen. Nach einer Prügelei und wüsten Beschimpfungen wurden die Leiter, darunter Liu, einer nach dem anderen zum Verhör zitiert, und jedem wurde dasselbe eingetrichtert: Wenn sie weiter im Amt bleiben wollten, müßten sie ihre Führungsstruktur ändern.

Sie sei keine »Tochter eines kapitalistischen Wegelagerers«, sagte sie.

Ein Mädchen, das bisher einen niedrigeren Rang bekleidet hatte als sie, rannte um den Tisch herum auf sie zu und fragte ernst: »Weißt du es wirklich nicht, oder tust du nur so? Dein Vater sitzt seit langem im Kuhstall, und vorgestern hing im Hof des Provinzparteigebäudes alles voller Slogans gegen ihn.«

Sie sei nie zu Hause gewesen und habe das wirklich nicht gewußt, sagte sie.

»Dann geh und sieh es dir an«, sagte die andere mitfühlend. »Obwohl – heute ist wahrscheinlich kein guter Tag. Das Parteikomitee der Provinz hat eine Kampfsitzung angesetzt, und dein Vater wird am Pranger stehen.«

Aus diesem Grund verbot sie es sich, zu ihrem Vater zu gehen. In ihr aber tobte es. Allein lief sie am Stadtgraben entlang und weinte, als vergösse sie alle Tränen ihres Lebens. Überall klebten Wandzeitungen, und alles war voller Flugblätter. Auch sie hatte eines in die Hand gedrückt bekommen, dessen Druckerschwärze auf ihre Hand abgefärbt hatte. Sie mußte schlimm aussehen, doch die vorüberhastenden Menschen beachteten sie gar nicht.

Sie hatte an Kampfsitzungen teilgenommen. Die »konservativen« Rotgardisten nahmen Kapitalisten und Intellektuelle aufs Korn, und den Frauen unter ihnen oblag es, die Ehefrauen der Professoren zu maßregeln. Sie selbst hatte allerdings nie Hand angelegt, sie konnte sich nicht erinnern, überhaupt jemals jemanden geschlagen zu haben.

Sie konnte sich ihren Vater gut auf der Bühne vorstellen: die Haare zur Hälfte rasiert, um den Hals ein schweres Holzbrett, auf das in schiefen, unregelmäßigen roten Zeichen sein Name stand, dazu alle möglichen gehässigen Adjektive. Die Hände wurden den Angeklagten in der Regel auf dem Rücken zusammengebunden – der bloße Gedanke an all das war eine Erniedrigung.

Sie wußte schon lange, daß viele der in den letzten Jahren gestürzten Kader ihren Vater haßten: Er lüge und sei intrigant, so sei er zum Stehaufmännchen geworden. Daß es ihrem Vater gelungen war, sich in nichts hineinziehen zu lassen, führte am Ende dazu, daß man ihn in den Tod trieb.

Spät am Abend kehrte sie heimlich nach Hause zurück. Sie wollte zumindest ihre Mutter sehen, doch das Haus war versiegelt. Sie ging hinten herum zu einer der Wachen. Als der Mann sie sah, hob er warnend den Zeigefinger an die Lippen.

Der Wachmann nahm vorsichtig das Siegel ab – das er hinterher wieder anbringen würde – und öffnete behutsam die Tür.

Selbst in dem schwachen Licht sah sie, daß ihr Zuhause geplündert worden war. Alle »politisch unkorrekten« Bücher lagen zerrissen am Boden, das Porzellan in Scherben. Alle Möbel waren zerstört, ja, nicht einmal in ihrem Zimmer war etwas unversehrt geblieben.

Liu Cui fragte nach ihren Eltern. Der Wachmann wußte auch nichts Genaues, nur so viel, daß ihre Mutter ebenfalls von Rebellen abgeführt worden sei, ihr Vater ihr aber einen Brief dagelassen habe.

Darin drängte er Liu, Chengdu zu verlassen und möglichst schnell nach Peking zu seinem früheren Vorgesetzten Li zu gehen. Der sei immer noch in der Armee und damit in Sicherheit. Dann gab der Wachmann ihr noch zweihundert Kuai, die ihr Vater ihm für sie dagelassen hatte.

Sie nahm Brief und Geld, drehte sich um und verschwand.

Seit diesem Tag war sie nicht wieder zurückgekehrt. Selbst als die Nachricht vom Selbstmord ihres Vaters kam, wollte Li nicht, daß sie nach Chengdu fuhr. Ihre Mutter befand sich in einem Umerziehungslager Hunderte Kilometer von Chengdu entfernt, auch sie ließ man nicht hinfahren. Liu war inzwischen so etwas wie die Adoptivtochter von Li geworden. Sie ging mit ihm und seiner Armee-Einheit in die Innere Mongolei und gehörte schon fast mit zur Truppe. Die Armee war damals der nächstliegende Weg für Kaderkinder, und sie war ihrem Vater zutiefst dankbar, ihr dieses Glück in die Hände gespielt zu haben.

Später mußte die Faktion, die ihrem Vater so übel mitgespielt hatte, abdanken, und er wurde rehabilitiert. Und da ihrem Vater nun kein Makel mehr anhaftete, durfte sie zum Studium an die Universität.

Das erste Familientreffen nach dem letzten gemeinsamen Ausflug fand aus Anlaß der Gedenkzeremonie für ihren Vater statt, die das neue Parteikomitee der Provinz veranstaltete. Tausend Menschen nahmen daran teil, darunter auch Li und seine Familie. Doch selbst bei dieser Gelegenheit hatte Liu nicht gewagt zu fragen, was ihrem Vater widerfahren war und was genau ihn endgültig zu Fall gebracht hatte.

Wie konnte es sein, daß ihr Vater all die schrecklichen Dinge getan hatte, von denen Tante Chen berichtete?

Andererseits hatte sie keinen Grund, ihr nicht zu glauben. Was hätte sie davon zu lügen? Alles war Vergangenheit und vorbei, die Männer jener Generation lagen in ihren Gräbern, die Witwen standen kurz vor dem Tod. Warum sollte jemand sich eine so grauenhafte und komplizierte Geschichte ausdenken?

Ihre Mutter hatte ihr mit dem Besuch im Liang-Kreis und bei Tante Chen regelrecht in den Ohren gelegen, nachdem sie über Jahrzehnte den Kontakt zu ihrer früheren Freundin gemieden hatte. Sicher fürchtete sie sich vor einer Wiederbegegnung und schickte an ihrer Stelle die Tochter.

Plötzlich fiel Liu wieder ein, aus welchem Grund sie ursprünglich heute abend hergekommen war, und sie schämte sich: Wie konnte sie nach allem, was sie gehört hatte, Geld aus der Tasche ziehen? Würde Tante Chen dies nicht als billige Wiedergutmachung betrachten? Sie wollte die frühere Freundin ihrer Mutter nicht sagen hören: »Steck das Geld weg. Selbst wenn ich verhungerte, würde ich nicht an eure Tür klopfen und um eine Schale Reis bitten.«

Doch warum sollte sie andererseits das Geld nicht hervorholen? Es ging nicht um das Tilgen einer alten Familienschuld. Nein, es war ihr persönlicher Wunsch, ihr dieses Geld zu geben.

Trotz allem brachte Liu Cui den Mund nicht auf, und als sie ging, hatte sie die Aktentasche nach wie vor bei sich.

23

Zur Zeit der Kulturrevolution hatte Liu oft mitbekommen, daß Menschen Selbstmord begingen, jedoch hatte sie diese Bilder nie mit ihrem Vater in Verbindung gebracht. Nie hatte sie sich vorgestellt, wie ihr Vater gestorben war. Inzwischen bedauerte sie, ihren Vater auch nach seinem Tod nicht noch einmal gesehen zu haben.

Wenn sie die Augen schloß, erblickte sie eine Meute Jugendlicher, die auf einen etwa vierzig, fünfzig Jahre alten Mann einprügelte. Er stürzte und flehte um Gnade. Sie hielten ihn am Boden fest, boxten und traten ihm gegen den Kopf, bis alles voller Blut war; sein Gesicht war zerschunden, und die Knochen brachen mit häßlichem Geräusch.

Ihre Mutter wollte nicht über diese Zeit sprechen, schon gar nicht über den Tod des Vaters. Sie sagte lediglich, daß ihr Mann die vielen Kampfsitzungen nicht mehr ertragen habe, geistig verwirrt geworden und vom Hochhaus gesprungen sei.

Liu hatte ihren Vater zum letztenmal gesehen, als sie aus der Schule kam, es plötzlich wolkenbruchartig zu regnen anfing und sie unter einem Vordach Schutz suchte. Da stand er plötzlich mit einem Regenschirm vor ihr. Er habe gewußt, daß sie hier sei, sagte er und lächelte warm. Doch sein Schritt wirkte schwer. Er trug das zerknitterte kurze Hemd, das er in letzter Zeit nicht mehr ablegte. – Dieses Bild wollte sie bewahren.

Sie wälzte sich im Bett herum und vergrub ihr Gesicht im Kopfkissen. Immer wieder erschienen Bilder vom ungerechten Tod des Abts und der Prostituierten vor ihrem geistigen Auge. Die zuständigen Soldaten hoben ihre Gewehre, in den Augen ihrer Opfer stand Panik. Dunkles

Blut floß wie aus Bächen den Hügel hinunter. Die beiden Leichen wurden in Strohmatten gewickelt, in eine Grube geworfen, und dann wurde Erde darauf geschaufelt. So wurden die beerdigt, die dem Kampf gegen die Konterrevolution zum Opfer fielen.

Tante Chen sagte, die Menschen hier hätten diesen Ort immer gemieden – aus Angst, Unglück heraufzubeschwören. Später wurde die Stelle mit Zement aufgegossen, und es entstand der Basketballplatz einer Schule. Die Alten vergaßen, was es mit dem Ort auf sich hatte, den Jungen war es einmal erzählt worden, aber es war zum einen Ohr hinein- und zum anderen wieder herausgegangen.

Tante Chen hatte sie gestern zum Hotel gebracht, war jedoch nicht mit hineingekommen, weil sie das in ihrem schlichten Aufzug für unpassend hielt. Als sie Abschied nahmen, hörten sie von weither eine Schiffssirene, und Liu fühlte sich merkwürdig unwohl, als sie zum Fluß hinübersah. Tante Chen nahm ihre Hand: »Schlaf eine Nacht darüber. Du machst mich unruhig, so wie Yueming, der einfach zu weich ist. Obwohl er kaum auf sich selbst aufpassen kann, macht er sich Gedanken um andere. Ich verstehe mich wunderbar mit ihm, er ist das Beste, was mir jemals passiert ist!«

»Kein Wunder …« Fast hätte Liu ausgesprochen, was ihr durch den Kopf schoß.

Tante Chen fuhr fort, Lius Hand zu schütteln. »Roter Lotus kam zurück, um alles wiedergutzumachen. Ich war es, die ihr damals zur Flucht verholfen hatte, ohne allerdings zu ahnen, daß das zu ihrem Tod führen würde. Ich habe nicht erfahren, ob sie mich gehaßt hat oder mir dankbar war. Heute weiß ich, daß sie mir danken wollte.«

Ihre Worte erstaunten Liu: Offenbar war Tante Chen im tiefsten Innern davon überzeugt, daß Yueming die Reinkarnation von Roter Lotus war. Sie mußte an sich selbst denken ... Immerhin hatten Yueming und sie vom ersten Augenblick an so etwas wie eine Seelenverwandtschaft gespürt, hatten endlos geredet und das Gefühl gehabt, den anderen in- und auswendig zu kennen.

Sie wollte gerade weiterfragen, als sie feststellte, daß Tante Chen bereits verschwunden war.

Die Vorhänge in ihrem Hotel ließen zwar keinen Schimmer durch, dennoch hatte sie das Gefühl, daß es draußen bereits hell wurde. Aber ihre Augen waren wie zugeklebt, sie wollten einfach nicht aufgehen. Es müßte jemand an die Tür klopfen oder ein Weckanruf kommen oder das Reinigungspersonal erscheinen – das würde ihrem quälenden Schlaf ein Ende setzen.

Aber nichts passierte. Sie blieb im Bett und sah sich plötzlich im Wasser, um sie herum fauliges Treibgut, darunter dunkles, verfilztes Haar, das vielleicht Toten, vielleicht Lebenden gehörte. Sie wollte das Gewirr teilen, um an die Oberfläche zu gelangen, schaffte es aber nicht und sank weiter hinein. Das übelriechende Chaos kam wieder auf sie zu, als solle sie es aus nächster Nähe betrachten.

Es mußte doch jemand existieren, der ihren Kummer verstand. Aber wen? In ihrem Leben gab es nur ihren Beschützer Li Lusheng, der lange ihr großer Bruder gewesen und am Ende ihr Mann geworden war. Sie versuchte es und rief seinen Namen, so laut sie konnte: »Lusheng!!«

Sie vernahm eine Antwort.

Endlich bekam sie die Augen auf und fühlte ihr tränennasses Kopfkissen. Li Lusheng saß tatsächlich am anderen Ende des Raums unter einer Schreibtischlampe und schien Papiere durchzuarbeiten.

Sie bemerkte erstmals, daß er eine Brille trug – wahrscheinlich eine Lesebrille. Funktionierten die Augen ihres ewig jugendlichen Ehemannes nicht mehr so recht? Dieser Gedanke holte sie sofort in die Realität zurück.

Sie setzte sich auf: »Lusheng, bist du hier?«

Sofort nahm Li Lusheng die Brille ab. »Ich bin gestern gekommen, als du schon geschlafen hast«, sagte er. »Ich wollte dich nicht aufwecken.« Er trug einen Morgenmantel über der Unterwäsche.

»Wie spät ist es?«

»Neun Uhr.« Li Lusheng sah auf die Uhr. »Das muß dich gestern vollkommen erschöpft haben.«

Gestern? dachte Liu, was war gestern? Er glaubte offenbar, daß sie im Bett lag, seit sie aus der Polizeistation gekommen war.

Li Lusheng setzte sich zu ihr: »Es tut mir wirklich leid, ich habe dich immer noch nicht gefragt, was gestern eigentlich passiert ist.«

»Ach, unwichtig.« Liu sprang vom Bett. »Schon vergessen!« Sie ging ins Bad, duschte kurz und wusch sich die Haare wieder und wieder. Sie hatte das Gefühl zu stinken, und das nicht der alten Polizeistation wegen. Nein, das Wasser sollte all das Blut abwaschen, von dem sie gerade geträumt hatte. Sie leerte alle Shampoofläschchen, deren sie habhaft werden konnte, bis sie knöcheltief im Schaum stand.

Dann wickelte sie sich ein großes Handtuch um die Brust, knotete es fest und fönte sich die Haare.

Erfreut über den Großmut seiner Frau, stand Li Lusheng in der Badezimmertür und sagte: »Recht so. Es führt zu nichts, sich mit Subalternen zu streiten.«

»Wie kommt es, daß ich das schon alles vergessen habe, während du noch danach fragst?« Liu Cui schaltete den Fön aus und bürstete sich die Haare aus dem Gesicht. Um ihre Stirn höher wirken zu lassen, ließ sie auch nicht ein einziges Strähnchen vorn.

»Du bist diejenige, die gut im Vergeben ist.« Li Lusheng ging zum Schreibtisch zurück und schlug eine Akte auf. Liu fragte sich, wie lange er gestern wohl geschlafen hatte. Sie war deutlich nach Mitternacht zurückgekehrt, weil es so spät am Abend weder Busse noch Taxen gab, und ein Motorradtaxi wagte sie nicht zu nehmen. So wollte sie sich zu Fuß auf den Rückweg machen, fürchtete aber, die Abkürzung nicht zu finden. Ein Betrunkener sang und fluchte und warf Steine auf die Häuser am Fuß der Treppe. Als Tante Chen sie so unsicher sah, ging sie ihr nach und brachte sie bis zum Hotel.

Li Lusheng schien immer weniger zu schlafen. Liu wußte, wie es sich mit den Kadern heutzutage verhielt. Tagsüber schafften sie nichts, brachen nachts in heftige Aktivität aus und schliefen morgens lange. Li war der einzige, der auch vormittags an seinen Akten saß.

Ihr Mann zog die Vorhänge auf, um die Sonne hereinzulassen. Jetzt erst sah Liu, wie alt er geworden war, wie verbraucht sein Gesicht wirkte. Ihm erging es mit ihr wahrscheinlich nicht anders, nur daß alte Frauen häßlicher waren als alte Männer.

»Zieh den Vorhang ein wenig zu«, bat Liu.

»Vor wem willst du dich verbergen?« lachte ihr Mann und wies aus dem Fenster. Es war nichts als der wilde Fluß und die grünen Berge dahinter zu sehen. »Wieso hast du beschlossen, diesen ungehobelten Kadern zu vergeben?«

Ich habe wichtigere Dinge erfahren, wollte sie sagen. Andererseits mochte sie nicht, daß die alten Geschichten Auswirkungen auf ihr jetziges Leben hatten, und deshalb hielt sie es für besser, wenn Li nicht erfuhr, daß sie Tante Chen getroffen hatte. Sie wollte ganz einfach nicht darüber reden. Darum wechselte sie das Thema: »Wie kommt es, daß sie dich in Ruhe gelassen haben? Daß keiner vorbeikam oder anrief?«

»Ich habe den Telefonstecker herausgezogen, das Mobiltelefon ausgestellt und ein ›Bitte nicht stören‹ an die Tür gehängt«, erklärte er und drehte sich zu Liu Cui um.

»In Ordnung, der Herrscher gibt keine Morgenaudienz mehr«, lachte Liu.

»Denn er muß den Anblick der kaiserlichen Konkubine genießen, wenn sie aus dem Bad kommt«, erwiderte er und kam auf sie zu.

Mit den Fingern berührte Liu seine Nase und sagte: »Erzähl keinen Unsinn.«

Als sie den Arm hob, glitt das Handtuch zu Boden, und da sie Nacktheit noch nie gemocht hatte, sprang sie ins Bett und deckte sich zu.

Doppelbetten im Hotel waren groß, und dieses war extrabreit, es war größer als die in den anderen Zimmern. Li umarmte und küßte sie. In ihr frisch gewaschenes, duftendes Haar sagte er: »Du hast mich so lange allein gelassen, das war hart, ich habe dich in der ganzen Zeit nur einmal gesehen.«

Da fiel ihr plötzlich wieder ein, warum sie von der Staudammbaustelle so hastig hierhergekommen war: einer geheimnisvollen Frau wegen. Sie hatte zwar keine Beweise und im Augenblick auch kein Interesse nachzufragen, aber so leicht sollte Li Lusheng nicht davonkommen – er brauchte gar nicht das Unschuldslamm zu spielen. Sie piesackte ihn: »Warte einen Moment, und sag mir ehrlich, ob du wirklich so unwissend bist, wie du gerade tust!«

Er hielt sie noch fester umarmt und sagte: »Absolut, absolut unschuldig, hundertprozentig. Gerade habe ich einen internen Bericht über Korruption im großen Stil gelesen. Es hat nicht eben wenige erwischt, und da mußte ich denken, daß mir in meiner Position auch etliche

Millionensümmchen durch die Hände wandern. Wenn meine Frau auch nur das kleinste bißchen scharf darauf wäre, man würde an meinen Fersen kleben, um mich zu beschatten.« Er küßte sie leidenschaftlich. »Ich bin so stolz auf meine Frau!«

Er beantwortete ihre Frage nicht, und sie fragte sich, ob er das mit Absicht tat oder sie tatsächlich nicht verstanden hatte. Er zog die Bettdecke heran und legte sie über sich.

»Siehst du, vollkommen sauber und unschuldig, makellos sozusagen.« Plötzlich bemerkte er den blauen Fleck an ihren Knien. »Was ist passiert?«

Aber er hatte es schon erraten. Seine Stimme klang anteilnehmend. »Die Leute hier haben keine Ahnung von Rechtsprechung. Aber es zeigt nur einmal mehr, wie großzügig du bist.«

Liu war in einem Dilemma. Sollte sie weiterfragen? Nein, das wäre sicher sehr schmerzlich. Ihr Mann hatte sich bereits ausgezogen und nahm sie wieder fest in die Arme. Im Umgang mit öffentlichen Geldern war er also sauber, das war auch wichtig.

Natürlich wollte sie nach wie vor Antwort auf ihre Fragen, sie gehörte nicht zu den Frauen, die sich von ihren Männern alles gefallen ließen. Nur wußte sie in diesem Moment nicht, was sie tun sollte.

Li Lusheng war bereits in sie eingedrungen, und sie erschauerte unwillkürlich. Dabei hatte sie gar nicht mit ihm ins Bett gehen wollen – sie wollte Klarheit, nichts weiter. Sie würde ihn hinterher zur Rede stellen, sie würden noch genug Zeit haben.

Also entspannte sie sich. Beide erreichten fast gleichzeitig den Höhepunkt, und als ihre Körper sich voneinander lösten, waren sie schweißnaß.

Li Lusheng holte ein warmes Handtuch aus dem Badezimmer, um es Liu zu geben, und ging selbst unter die Dusche. Anschließend schlug Liu vor: »Ruh du dich aus, ich achte auf die Tür.«

Li Lusheng legte sich brav hin, sah zu, wie Liu die Vorhänge zuzog, und gähnte zweimal herzhaft. »Es wird sich niemand hereintrauen«, sagte er schmunzelnd. »Nicht, nachdem du gestern gezeigt hast, wozu du in der Lage bist. Wir können diesen verfluchten Ort morgen getrost verlassen.«

»Und wohin?« fragte Liu. Sie holte eine Packung Orangensaft aus dem Kühlschrank und füllte zwei Gläser, von denen sie eins Li Lusheng gab. Nur ungern entnahm sie etwas aus der teuren Minibar eines Hotelzimmers, aber das hier war eine Sondersituation.

»Zurück zu unserem Zuhause beim Staudamm. Du hast doch mehr als drei Tage Urlaub, nicht wahr?«

»Das ist doch auch nur ein Hotelzimmer, oder?« Sie nahm ihr Glas in die Hand und überlegte, wieso es sie gar nicht fortzog. Sie wußte es nicht.

»Sie haben ein möbliertes Apartment für mich angemietet.« Li Lusheng sah seine Frau an. »Angestellte werden umworben, Häuser zu bauen und sich dort niederzulassen, aber ich weiß ja, daß du das nicht willst.«

Liu Cui nippte an ihrem Saft und antwortete nicht. Li Lusheng war auch nicht ganz bei der Sache. Die Wohnung an der Academia Sinica war ihrer beider Zuhause, auch wenn es dort nicht sehr gemütlich war. In Wohn- und Schlafzimmer standen so viele Bücher, daß das Ganze mehr wie eine Bibliothek denn wie eine Wohnung wirkte. Ein Zimmer war voller Koffer, in einem anderen stand ihr altes Fahrrad. In der Tiefkühltruhe stapelten sich Fertiggerichte aus dem Supermarkt, die man vor dem Verzehr nur in den Mikrowellenherd stellen mußte.

Sie liebte ihren Beruf, und diese Lebensweise bedeutete kein Opfer für sie.

Li Lusheng stellte sein Glas auf dem Nachttisch ab und schloß die Augen. »Ich denke vor allem an das riesige Bankett heute abend. Irgendwie wissen diese Geschäftsleute aus Hongkong und Taiwan alle, daß meine Frau hier ist, und wollen sie sehen. Sie bringen ihre Ehefrauen mit. Bist du dabei? Bis jetzt habe ich so hart gearbeitet, würdest du mir bei dieser letzten Hürde helfen?«

Liu Cui setzte sich aufs Sofa, bevor sie antwortete: »Du weißt genau, daß ich Bankette nicht mag. Stundenlang gezwungen lächeln, ist es das wert? Was ist so wichtig, daß du mich dabei brauchst?«

Li Lusheng begann sich anzukleiden. »Wir müssen dabei wieder mal übers Geschäft reden, ich mag das nicht. Das Problem ist, daß wir uns bei der Gesamtfinanzierung des Projekts nicht auf die staatliche Planungskommission verlassen können. Und wir sind nicht darauf angewiesen. Ich habe Schuldscheine des Entwicklungsunternehmens ›Großer See‹ verkauft, um das Ganze zu finanzieren. Das ist so wie Hühner ausleihen, um Eier zu bekommen. Handelskonsortien aus Hongkong und Taiwan wollen investieren, und das wäre von großer politischer Bedeutung. Heute vormittag wird ihnen alles gezeigt, am Nachmittag soll eine Absichtserklärung unterzeichnet werden, und ob das Geschäft zustande kommt, hängt nicht zuletzt von dem Bankett ab.«

»Ich soll also eine bestimmte Rolle spielen? Habe ich dafür meine Forschungsarbeit unterbrochen?« sagte sie und spielte ihren Ärger absichtlich hoch.

»Es soll ja nicht lange sein und auch nur dieses eine Mal. Du wirst aus der Menge herausstechen! Ich habe ihre Frauen gesehen, und ich denke, der Geschmack der Geschäftsleute läßt zu wünschen übrig.« Er zog Socken an und starrte dabei auf Lius nackte Füße. »Du bist aus freien Stücken hier. Sonst würde ich nicht wagen, meine schöne Frau zu zeigen.«

»Der Manager dieses Hotels hat unser Telefongespräch abgehört, er ist ein Spion! Er hat Abteilungsleiter Wang gesagt, daß ich hier bin. Ich gabe nichts verlauten lassen.«

Er legte den Finger an die Lippen: »Schhhh!«

Sie hörten eilige Schritte. Li Lusheng und Liu Cui sahen einander an und lachten.

»Öffnen oder nicht öffnen, das ist die Frage«, sagte er.

Wie als Antwort darauf ertönte ein zartes, vorsichtiges Klopfen an der Tür, und Li Lusheng trug seine Frau ins Bett und deckte sie zu. »Ich muß weg. Bleib du hier, und schlaf noch ein bißchen.« Er küßte sie auf den Mund. »Am Abend um sechs im Bankettsaal unten, ich hole dich eine Viertelstunde vorher ab. Danke! Heute nacht werde ich dir ordentlich danken.«

Er sah auf die Uhr und runzelte die Stirn. Dann ging er zur Tür und drehte sich plötzlich noch einmal zu Liu um. »Schau, ich bettle nicht um kostenloses Essen, im Gegenteil, ich gebe kostenlos Essen aus, und diese Leute wollen mich auffressen!« Er lachte höhnisch. »Aber ich fürchte, ein kostenloses Bankett gibt es doch nicht.«

Er redete immer so geheimnisvoll, klare Worte waren nicht sein Stil. Wieder klopfte es, er öffnete die Tür einen Spaltbreit und verschwand.

24

Von einer Ehefrau wurde also erwartet, den ganzen Tag auf das abendliche Bankett zu warten. Was sollte das für ein Leben sein?

Liu konnte nicht verstehen, daß es Frauen gab, die

diese Art von Leben liebten. Aber genau diese Frauen waren es auch, die Männer glücklich machten. Die Mutter Li Lushengs beispielsweise hatte bei Liu immer gute Voraussetzungen für die Rolle der Ehefrau gesehen: »Oben im Bankettsaal so gut wie unten in der Küche«, pflegte sie zu sagen.

Am Ende war sie aber weder in dem einen noch in dem anderen gut. Wenn sie zwischen Kochen und Fertignahrung wählen mußte, entschied sie sich stets für das letztere. In all den Jahren hatte sie nicht ein einziges anständiges Essen für ihren Mann gekocht. Bei ihren Eltern wie auch später bei ihrem Adoptivvater hatte es immer Hausangestellte gegeben. Sie mußte nichts tun, ja, tatsächlich hatte sie, seit sie denken konnte, in Kantinen und Mensen gegessen. Ein bißchen wie der Mönch mit seiner Bettelschale – immer von anderen abhängig, um etwas zu essen zu bekommen.

Bei dem Gedanken an Essen wurde sie hungrig. Die letzte Mahlzeit hatte sie gestern bei Tante Chen zu sich genommen. Sie sprang aus dem Bett und durchsuchte gerade mit fliegenden Händen ihren Koffer nach anständiger Kleidung, da klopfte es erneut an die Tür.

»Er ist längst fort!« rief sie ungeduldig, und das Klopfen hörte auf.

Dreißig Sekunden später klopfte es abermals.

Die arme Tür wurde dauernd traktiert. Liu riß sie schwungvoll auf. Ein Mann stand draußen, und erst auf den zweiten Blick erkannte sie Hotelmanager Zheng, den Mann, der Abteilungsleiter Wang vorgestellt hatte. Doch er war nicht wiederzuerkennen: Er trug einen grauen Anzug ohne Krawatte und zeigte keine Spur mehr von seinem selbstsicheren Auftreten tags zuvor.

»Er ist längst fort«, wiederholte sie knapp und wollte die Tür schließen.

»Professor Liu«, flüsterte er, inzwischen die korrekte Anrede verwendend. »Habe ich ein paar Sätze?« Er hatte vor einzutreten.

Liu Cui wollte die Tür immer noch schließen. »Entschuldigung, aber ich glaube, mich gestern klar ausgedrückt zu haben: Ich habe nichts mit den Angelegenheiten meines Mannes zu tun und er nichts mit meinen.«

Als der Manager den Kopf hob, sah sie sein müdes Gesicht und die blutunterlaufenen Augen – er schien die ganze Nacht nicht geschlafen zu haben.

»Bitte hören Sie mich an, Professor Liu«, flehte er.

»Verschonen Sie mich. Gestern haben Ihre Pläne mich in große Schwierigkeiten gebracht, und ich ziehe Sie nicht einmal zur Verantwortung, reicht das nicht?!« Liu Cui wurde laut, und der Manager sah sich nervös nach allen Seiten um.

»Ich möchte Ihnen nur sagen, was genau gestern eigentlich geschehen ist.« Er machte einen mitleiderregenden Eindruck, wie ein herrenloser Hund.

Liu ließ ihre abwehrende Hand sinken und ging ins Zimmer vor. »Beeilen Sie sich, ich habe zu tun.«

Der Manager setzte sich vorsichtig auf einen Stuhl – nicht aufs Sofa. Liu Cui erschrak bei dem, was er sagte: »Abteilungsleiter Wang ist verhaftet worden.«

Sie hob erstaunt die Augenbrauen und zuckte gleichgültig mit den Achseln. »Der Fänger wird gefangen, wie komisch.«

»Das städtische Komitee für Disziplin hat ihn festgenommen – sie wollen ihn zum Geständnis zwingen.«

Irgendwie geschah es ihm recht, fand Liu, aber unter den gegebenen Umständen stellte sie sich lieber dumm. Was der Abteilungsleiter denn schon für Probleme haben könne, fragte sie. »Wenn es da etwas gäbe, könnte er es sicher erklären, und damit wäre das Problem gelöst, oder? Und selbst wenn es um Veruntreuung öffentlicher Gelder ginge, zahlte er sie eben zurück, und fertig.« Natürlich wußte Liu, daß es so einfach nicht war, sie wollte ihr Gegenüber etwas ärgern.

»Aber was hat das alles mit Ihnen zu tun? Warum haben Sie Herrn Wang gestern hergeholt, und wieso legen Sie heute für einen korrupten Kader ein gutes Wort ein?« Es war klar, daß Herr Wang und der Manager unter einer Decke steckten, und nun wollte einer dem anderen aus der Patsche helfen. In diesem einzigen großen Hotel der Stadt begrüßte und verabschiedete der Manager viele Leute, alles lief durch seine Hände. So war das helle und saubere Hotel in Wirklichkeit ein schmutziger Ort. Wer wußte schon, wie viele dreckige Geschäfte in den eleganten Zimmern gemacht worden waren.

Sie hatte offenbar ins Schwarze getroffen. Manager Zheng wurde knallrot, sein Ton gelassen, als er Liu Cui zu überzeugen versuchte: »Nein, nein, so kann man das nicht sagen. Wir sind alle Opfer eines Politikwechsels.«

»Ich bin nicht das Parteikomitee, ich verstehe nichts von Politik.« Sie stand auf, um ihm zu zeigen, daß er gehen könne.

Doch der Manager blieb reglos sitzen. Als sein Blick über die gelben Rosen auf dem Tisch glitt, fiel ihr ein, daß sie sie am Abend einfach auf den Tisch gelegt hatte. Wahrscheinlich wußte er gestern schon, daß es nicht rosig stand, und wollte gut Wetter machen.

»Chef Li war es, der die Politik geändert hat. Hat er etwa Rücksicht auf das Volk genommen? Er wollte Karriere machen, während wir der aktuellen Politik folgten und zu Kriminellen wurden. Ich weiß, daß er bei dem Bankett gestern das Komitee für Disziplin angewiesen hat, Abteilungsleiter Wang erst festzunehmen, wenn er,

Li, in Sicherheit war, so daß niemand eine Verbindung zu ihm herstellen konnte. Aber das Komitee für Disziplin wollte sofort handeln, damit es jeder klar sehen konnte.«

Liu Cui nahm wieder Platz. Der Manager hatte wie ein Maschinengewehr gesprochen, und wenn sie jetzt ging, sähe es aus, als fürchte sie die Wahrheit.

»Ich habe nicht die Macht, festzunehmen, wen immer ich will.« Er nahm Zigaretten und Feuerzeug aus seiner Tasche, steckte sie jedoch sofort wieder zurück, als er Lius Blicke sah, und entschuldigte sich. »Ich verstehe immer noch nicht, warum Sie mich da hineingezogen haben«, sagte Liu Cui.

Der Manager seufzte erleichtert, sie wirkte jetzt nicht mehr so abweisend wie zu Anfang. Dann erklärte er: Im Kreis Liang müßten achtzigtausend Menschen weiter in die Berge hinauf und vierzigtausend in andere Provinzen umziehen. Es sei eine große Summe Geldes, die unmöglich auf einmal an die Menschen ausbezahlt werden könne. Die Regierung des Liang-Kreises habe das Geld auf einen Schlag bekommen und angegeben, es in lokale Unternehmen investieren zu wollen – vorausgesetzt, die Gelder seien wieder flüssig, wenn sie gebraucht würden.

»Das klingt gut, und ich denke, daß niemand etwas dagegen hat, solange die Gelder da sind, wenn es soweit ist«, meinte Liu Cui.

»Die Frage ist nur, was heißt, ›wenn es soweit ist‹?« Der Manager seufzte und biß sich auf die Lippen. »Investitionen brauchen ihre Zeit, bevor sie etwas abwerfen. Li Lusheng – Direktor Li – hat im letzten Jahr eine Note an die Zentrale geschickt, in der er formulierte, ›unfreiwillige Umsiedlung‹ führe zu nichts Gutem, und für viel Geld Häuser in entlegenen Provinzen zu bauen sei Geldverschwendung, denn am Ende würden die Bauern in ihre Heimat zurück oder ganz woandershin ziehen. Es sei besser, ihnen das Geld in die Hand zu geben, dann könnten sie damit ein kleines Geschäft auf die Beine stellen und freiwillig umziehen.«

Liu dachte an das Scheitern der Politik in der Kulturrevolution, junge Intellektuelle aus den Städten zwangsweise auf dem Land anzusiedeln, und fand die Idee ihres Mannes gut. »Das würde die Sache für alle leichter machen, oder?« sagte sie.

»Richtig.« Der Manager sah sie an. »Aber was ist mit dem Geld? Wenn es investiert ist, kann man es nicht jederzeit zurückholen.«

Liu Cui fühlte sich dem Gespräch nicht gewachsen und wollte es lieber beenden. »Sie lassen euch sicher genug Zeit, das Geld zurückzugeben, oder?« sagte sie unsicher.

»Selbst mit Zeit ist das nicht zu machen! Sobald die Unternehmen merken, daß wir das Geld zurückhaben wollen, tun sie alles, um die Sache zu verzögern. Die Leute machen heute alles für Geld, sie würden auch ihre Mutter verkaufen.«

»Sie brechen das Gesetz, wenn sie das Geld nicht zurückzahlen.«

»Nein. Wir sind diejenigen, die sich nicht an die Regeln halten: Wir wollen die Gelder vor der Zeit zurück.«

Was für ein Durcheinander! »Die Leitung des Staudammprojekts kann doch nicht jeden einzelnen lokalen Kader aufs Korn nehmen.«

»Das weiß ich auch.« Der Manager knirschte mit den Zähnen. »Deswegen auch der Vorschlag mit den Schuldscheinen. Die Stadt fordert von denen, die Investitionen erhalten haben und sie nicht zurückzahlen wollen, Schuldscheine des Entwicklungsunternehmens ›Großer See‹ zu kaufen. So bekommen wir die Investitionen sogar mit

Zinsen zurück. Die beteiligten Firmen werden begeistert sein, nun muß uns nur noch die Leitung helfen.«

Liu Cui hörte zum zweitenmal an diesem Tag von Schuldscheinen des Entwicklungsunternehmens »Großer See«. Sie verstand allerdings nicht, wieso Schuldscheine so viel mehr wert sein sollten als Aktien.

Der Manager schien ihre Gedanken zu lesen und sagte: »Dem Namen nach sind es Schuldscheine des Unternehmens, in Wirklichkeit aber übernimmt der Staat die Garantie. Die Leitung des Staudammprojekts soll Anleihen ausgeben, die natürlich sehr wertvoll wären. Aber Li Lusheng verkauft nicht, er wartet ab, bis das mit dem Umsiedlungsetat geregelt ist.«

»Klingt logisch. Was macht es für einen Sinn, Schuldscheine anzuhäufen?« sagte Liu, auch wenn sie etwas verwirrt war – er hatte bestimmt nur einen Teil der Geschäfte offengelegt.

»Nur mit Hilfe dieser Schuldscheine ist der Umsiedlungsfonds zu retten.« Der Manager seufzte tief. »Li Lusheng hat an Geschäftsleute aus Taiwan, Hongkong und dem Ausland gedacht. Ihm liegt nur an seinem eigenen Erfolg.«

Liu Cui ärgerte sich über ihre Hilflosigkeit. Li Lusheng hätte den Manager mit zwei Sätzen vertrieben. Sie beschloß, nicht weiter zuzuhören, und sagte scharf: »Sie meinen also, daß mein Mann Ihnen geschadet hat?«

»Ja.«

Liu überlegte und sagte dann ruhig: »Sie sprechen mich mit ›Professor Liu‹ an, also als eine von Li Lusheng unabhängige Person. Da ich Professorin bin, bitte ich Sie, meinen Verstand nicht zu unterschätzen.«

Sie stand auf. Er erhob sich ebenfalls, und keiner von beiden sah besonders glücklich aus. »Sie sind Manager dieses Hotels«, sagte sie. »Eigentlich haben Sie mit der

Umsiedlung nichts zu tun, sprechen aber immerzu von ›wir‹. Das bedeutet, daß Gelder nicht den korrekten Weg fließen. Offenbar treiben Sie und einige andere Leute Geschäfte mit den öffentlichen Geldern. Dieser Herr Wang wird Sie wahrscheinlich denunzieren, und Sie versuchen mir hier einen Schrecken einzujagen.«

»Stimmt, ich wollte Ihnen beiden angst machen!« Der Manager gab es mit dem Mut der Verzweiflung zu. »Wir werden uns weiter oben beschweren, daß Li Lusheng die Politik nach seinem Gutdünken geändert, den Bau des Staudamms gefährdet und Umzusiedelnde zum Aufruhr angestiftet hat.«

Beim Wort »Aufruhr« verstand Liu, was der Manager und Herr Wang in diesen Tagen gemacht hatten. »Sie wollten öffentliche Geschäfte in private umwandeln. Und mein Mann sollte Sie decken?!« Sie wandte sich ab. »Ich werde Li Lusheng nichts von unserem Gespräch sagen, und Sie reißen sich am besten etwas zusammen.«

Da wurde der Manager laut: »Sie waren es doch, die Li geholfen hat, diesen Aufruhr anzuzetteln, und wenn Sie es ihm nicht sagen, werden wir es tun. Denn wir haben Beweise. Unter den Aufrührern war ein Chen Yueming, den Sie gut kennen. Sie sind zwei Tage früher gekommen, um alles vorzubereiten – wie wollen Sie da herauskommen?«

Liu griff plötzlich nach der Blumenvase und schleuderte dem anderen das Wasser mit Schwung ins Gesicht. Sie hatte ihm erst die Vase selbst entgegenwerfen wollen, doch hielt sie sich in letzter Sekunde zurück, denn solche Wutausbrüche paßten nicht zu ihr. Dennoch war sie so zornig, daß sie fürchtete, in Flammen aufzugehen.

Das kalte Wasser brachte den Manager zur Besinnung, er hörte auf zu brüllen, wischte sich das Gesicht mit der Hand ab und schüttelte würdevoll den Kopf. »Professor

Liu«, sagte er, »Sie sind eine kluge Frau. Sagen Sie Ihrem Mann nur soviel: Wenn er Karriere machen will, sollte er seinen Untergebenen auch etwas abgeben. Denn wenn er über Leichen geht, wird er selbst nie zu etwas kommen, so gut seine Verbindungen auch sein mögen.«

Liu zeigte zur Tür und sagte leise: »Sie können gehen.«

Als sich die Tür hinter ihm geschlossen hatte, fiel sie erschöpft aufs Bett, vergrub ihr Gesicht im Kissen und versuchte das Zittern ihres Körpers zu unterdrücken.

25

Langsam wurde sie ruhiger. Selbst bei fest geschlossenen Fenstern war der Straßenlärm von unten zu hören. Sie stand auf und ordnete ihr Haar. Es gab viel, über das sie nachdenken mußte.

Immerhin brauchte sie sich keine Gedanken um Li Lusheng zu machen. Er hatte den politischen Riecher und sah auf den ersten Blick, wer für und wer gegen ihn war. Wenn diese korrupten Kader ihm gefährlich werden könnten, hätte er längst Gegenmaßnahmen ergriffen.

Auch um Tante Chen brauchte sie sich nicht zu sorgen. Sie hatte schon sehr viel durchgemacht und konnte tiefer kaum fallen – ihr konnte man das Leben nicht noch mehr vermiesen.

Doch Yueming bereitete ihr Kopfzerbrechen. Mit Schuldscheinen hatte er nicht das geringste zu tun und war doch zum Werkzeug in den Händen dieser Leute geworden. Sie verstand ihn immer noch nicht recht. Er sah ganz durchschnittlich aus, handelte jedoch mit Hingabe und Mitgefühl. Und er war verletzbar. Sowie sie ihnen den Rücken kehrte, würden diese Leute wieder über die Sache mit der Bittschrift herfallen und Yueming drangsalieren. Sie waren zu allem fähig, sie könnten ihn der Anstiftung zum Aufruhr bezichtigen, was ihm ein Leben im Arbeitslager bescheren könnte.

Sie war ratlos. Da fiel ihr das Geld in der Aktenmappe ein. Aber Yueming war kein Mensch, dem Geld zum Weiterleben wichtig war – und Geld rettete ihn jetzt auch nicht.

Gestern abend hatte sie das Geld in den Safe im Hotelzimmer gelegt. Nun hockte sie sich davor, gab die Geheimnummer ein und nahm das Geld heraus. Sie überlegte kurz und legte es wieder in die Aktenmappe. Es mußte so schnell wie möglich übergeben werden, sonst wäre es möglicherweise zu spät.

Das Taxi brauchte nur etwa zwanzig Minuten zu dem einzigen allgemeinen Krankenhaus im Kreis Liang. Das Hospital lag am Rand der Neuen Stadt und machte einen freundlichen Eindruck. Neu gepflanzte Bäumchen reihten sich vor dem Hintergrund der grünen Berghänge, und in der Glasfront des Neubaus spiegelte sich die Mittagssonne. Hier hatte man ausnahmsweise die Öffentlichkeit vor den Privatleuten bevorzugt.

Dem Krankenhaus gegenüber standen zwei- und dreistöckige Neubauten mit Restaurants, Friseuren, Massage- und Schönheitssalons sowie Geschenkboutiquen, in denen Ginseng, getrocknete Seepferdchen, Hirschgeweihsprossen, Gelée Royale und andere Kostbarkeiten feilgeboten wurden. Was Lius Blicke auf sich zog, war ein Geschäft mit Blumengebinden für den Trauerfall, mit Urnen und den zugehörigen Feuerwerkskörpern. Liu fand es etwas geschmacklos, daß sich dieses Geschäft so nah am Krankenhaus befand.

Sie betrat die Klinik. Die Anmeldung sah aus, wie die Anmeldungen seit Jahrzehnten im ganzen Land aussahen:

Sie bestand aus einem kleinen Fensterchen, zu dem man sich hinunterbeugen mußte, um mit der Angestellten zu sprechen. In diesem Fall handelte es sich um eine junge Frau, die Liu fragte, was sie wünsche. Liu überlegte, ob Tante Chen den Namen ihres Mannes je erwähnt hatte.

Während sie noch nachdachte, kamen fünf, sechs Leute aus der Ambulanz. Sie trugen einen Verletzten, der von einem Auto erfaßt worden war, und wollten einen Arzt sehen. Ein Mann im weißen Kittel kam, warf einen Blick auf den blutenden Menschen auf der Trage und sagte ruhig: »Kein großes Problem. Wenn Sie bezahlt haben, können Sie zu mir kommen.«

Die Leute wurden wütend, der Arzt solle sich den Patienten sofort ansehen! Aufgebracht erläuterten sie, daß sie nur Passanten seien, die ihre Bürgerpflicht erfüllten. Sie nahmen die Trage auf und steuerten dem Sekretariat entgegen.

Liu Cui drehte sich um, klopfte leicht an das Fensterchen des Aufnahmebüros und fragte nach der Abteilung für Magenkrankheiten.

Das Fräulein erklärte schnippisch, das dürfe sie nicht jedem sagen, beugte sich wieder über ihre Schublade und zählte weiter Geld. Die Leute in der Schlange wurden allmählich ungeduldig.

Liu Cui sagte, sie sei von der Academia Sinica, und zeigte ihren Arbeitsausweis.

»Dann sind Sie beruflich hier?«

Liu nickte.

»Wir brauchen ein Empfehlungsschreiben. Ausweise erkennen wir nicht an«, sagte die Kleine.

»Warum nicht?« fragte Liu Cui ungehalten.

»Sie nerven!« zeterte die Frau. »Jetzt muß ich von vorne anfangen zu zählen.« Damit schob sie das Fensterchen mit einem Knall zu.

Liu zuckte zusammen. Dabei müßte sie an dergleichen gewöhnt sein, jeder in China war mit diesem Verhalten von Kindesbeinen an vertraut. Sie hatte angenommen, daß die Menschen an einem so entlegenen Ort höflicher wären, aber offenbar verhielt es sich genau umgekehrt. Wäre sie in Begleitung einer lokalen Persönlichkeit mit Einfluß erschienen, mit diesem erbärmlichen Hotelmanager Zheng zum Beispiel, hätte es nicht das geringste Problem gegeben.

Sie hielt eine Krankenschwester auf dem Flur an, die ihr freundlich erklärte, die gastroenterologische Abteilung befinde sich im fünften Stock.

Dort sah sie in Zimmer auf Zimmer. Ein jedes war voller Besucher, weil in China die Krankenschwestern nur für Spritzen und Medikamente zuständig waren, während sich Angehörige und Freunde um die Pflege kümmerten. Schon bald entdeckte sie Diegu. Mit dem Rükken zu ihr saß sie am Krankenbett. Der Patient war ein abgemagerter Mann, dem fast alle Haare ausgefallen waren und der eine Infusion verabreicht bekam. Liu erkannte Diegu an den beiden Zöpfen, die mit einem Tuch zusammengebunden waren, und an ihren schmalen Hüften. Gerade wusch sie ihrem Adoptivvater das Gesicht.

Es war ein Achtbettzimmer, das zwar nur zur Hälfte belegt, aber unglaublich schmutzig war. Auch unter den unbenutzten Betten standen ungeleerte Bettpfannen, der Papierkorb quoll über von Müll. Dieses Krankenhaus gab sich außen sauber und prächtig, drinnen aber wußte man vor Dreck kaum, wohin man sehen und treten sollte.

Diegu beugte sich vor, um ein kleines Handtuch auszuwaschen und dann trockenzuwringen. Sie sagte etwas zum Adoptivvater, der daraufhin lachte, anschließend schlug sie vorsichtig die Bettdecke zurück, um seinen Leib zu waschen.

Liu Cui merkte sich Zimmer- und Bettennummer und ging zum Sekretariat am Ende des Gangs.

Vier Leute waren dort beschäftigt. Liu räusperte sich und sagte, daß sie den Arzt suche, der für Magenkrebsoperationen zuständig sei. Einer der Anwesenden hob den Kopf und sagte, daß der Gesuchte gleich Visite habe, sie könne ihn jetzt nicht sprechen. Sie sei eine Verwandte, die das Geld für die Operation bringe, sagte sie

Bei dem Wort »Geld« hoben alle im Büro den Kopf und maßen sie und ihre Aktenmappe mit Blicken.

Sie nannte Zimmer- und Bettennummer und fragte noch einmal nach dem zuständigen Chirurgen.

Der Arzt, der ihr eben geantwortet hatte, öffnete die Tür zum Zimmer nebenan und bat sie einzutreten.

Sie setzte sich. Dann erklärte sie, sie sei vom Institut für Genetik der Academia Sinica, kenne viele Leute im Medizinsektor und habe vom guten Ruf dieses Krankenhauses in bezug auf Operationen gehört. Sie fand ihre Anbiederei selber peinlich, aber hier ging es um Menschenleben. In dieser Situation war jedes Mittel recht.

Der Arzt nickte; sie profitierten vom Glanz des Staudammprojekts und hätten die bestmögliche Ausstattung bekommen. Die Ärzte seien die erste Wahl von den besten Universitäten des Landes.

»Ich weiß, daß Operationen keine Lappalie sind«, sagte Liu Cui. »Deswegen bin ich eigens von Peking hergekommen, um die Angelegenheit zu regeln.« Innerhalb eines vernünftigen Rahmens sei alles verhandelbar, ließ sie ihr Gegenüber wissen.

Zweifellos machte sie einen guten Eindruck auf den Arzt, dennoch teilte er ihr mit, daß Chirurgen nicht einfach Geld von Angehörigen nehmen könnten. Die

Magenkrebsoperation sei eine große Sache, man brauche mehrere Ärzte, Schwestern und Anästhesisten, und das für mindestens zwei Stunden, und es dürfe nicht der kleinste Fehler passieren.

»Ich verstehe«, sagte Liu Cui.

»Der größte Teil der Kosten entsteht durch die medizinische Versorgung, Ärzte und Schwestern bekommen nur einen kleinen Teil. Sie können sicher sein, daß ich das Geld nicht für mich behalte – schließlich haben alle im Büro Sie hereinkommen sehen. Die Summe, die ich Ihrer Verwandten genannt habe, ist ein fairer Preis, fünftausend Kuai. In größeren Städten wie Chongqing oder Wuhan wäre es mindestens doppelt so teuer. Ich knöpfe Ihnen also kein Bestechungsgeld ab oder sonst etwas Illegales.«

Liu Cui nickte. Da sie aus Peking kam, schien er sich verpflichtet zu fühlen, die Situation besonders ausschweifend zu erklären. Sie öffnete die Aktenmappe und reichte ihm ein Bündel Banknoten: »Schon gut. Bitte zählen Sie nach.«

»Ich glaube nicht, daß das nötig ist«, sagte er. »Bei uns geht alles über die Bücher, das können Sie mir glauben.« Tatsächlich würde niemand wagen, Ärzte um ihr Honorar zu betrügen.

Liu stand auf: »Da ist noch eine Kleinigkeit. Das Geld ist von mir, und meine Verwandte würde es nicht annehmen. Bitte sagen Sie ihr nicht, woher es kommt, geht das?«

»Kein Problem, das ist das Normalste von der Welt.«

»Wann wird operiert?« wollte Liu noch wissen. Da sie keine Quittung bekommen würde, wollte sie so genau wie möglich im Bilde sein.

Der Arzt dachte kurz nach: »Morgen früh.«

Liu erschrak: So schnell? Was, wenn sie heute nicht

gezahlt hätte? Aber dann lachte sie im stillen: Natürlich – operiert wurde, wenn die Rechnung bezahlt war.

Sie ging ins Erdgeschoß hinunter. Auch die Mediziner lassen sich also bestechen, dachte sie. Sie wahren aber eine gewisse Würde dabei. Nicht wie die Kader, die mit den Geldern für die Umsiedlung zu tun hatten und sich auf das Geld stürzten wie sterbende Ratten auf etwas zu fressen. Dennoch versuchte sie sich vorzustellen, was passiert wäre, wenn sie nicht bezahlt hätte. Langsames Siechtum? Allein der Krankenhausaufenthalt mit Infusionen kostete die Familie mehr, als sie sich leisten konnte. Wer weiß, wie viele dieser Landschaftsbilder Yueming schon gemalt hatte, um die Kosten zu decken; und wie krumm Diegu sich mit ihrer Kuli-Arbeit noch schuften würde.

Und wer sich selbst diese minimalen Kosten nicht leisten konnte … Zum Glück hatte Tante Chen loyale Kinder, die alles taten, um sie zu unterstützen.

Als Liu das Krankenhaus verließ, atmete sie unhörbar auf. Wenn ihre Mutter wüßte, was sie getan hatte, vielleicht würde dann ihre Gewissenslast weniger schwer wiegen.

26

Unversehens war Liu vor das Tor zum Park am Nanhua-Berg gelangt, und plötzlich wurde ihr klar, daß es eine weitere Sache gab, die sie klären mußte, bevor sie den Liang-Kreis beruhigt verlassen konnte: Sie mußte Yueming, der im »Wasser-Mond-Tempel« Bilder malte, sagen, daß jemand ihm schaden wollte. Vielleicht war es dafür noch nicht zu spät. Ich mag Yueming, dachte sie – und wurde rot. Wie konnte das sein? Sie beschloß, sich diesen Fragen nicht mehr zu stellen.

Sie kaufte eine Eintrittskarte für den Park: mit Seilbahnfahrt fünfzig Kuai. Unmittelbar hinter dem Eingang befanden sich unzählige Souvenirgeschäfte, die den üblichen Kitsch anboten. Ganz offensichtlich stammten viele der Gemälde von Yueming, und sie fand sie genauso fad und austauschbar wie neulich – mit Ausnahme der ungewöhnlich kunstvollen Schriftzeichen in einer Ecke jedes Bildes. Es war kein Mensch weit und breit zu sehen, nur ein junger, zeitunglesender Mann hinter einem der Verkaufstische.

Obwohl ein herrlich sonniger Nachmittag, war fast kein Tourist unterwegs. Möglicherweise kamen mit dem nächsten Ausflugsdampfer mehr, dachte sie, für Einheimische jedenfalls war es zu teuer – zehn Tage Kartoffelschneiden für eine Eintrittskarte!

Über dem Eingang hing ein Slogan: »Den Tag der Drei Vergehen feiern!« Liu verstand den Spruch nicht und wußte erst recht nicht, was er mit dem Park zu tun haben sollte.

Zwischen zwei hohen Felsen hing ein weiteres Banner mit der weithin lesbaren Aufschrift: »Der Nanhua-Park – ein Beitrag zum Staudamm-Projekt!« Das verstand sie, auch wenn ihr der Sinnzusammenhang verborgen blieb.

Eben hier mußte die Stelle sein, an der ihr Vater seinerzeit mitten in der Nacht die Miliz bergauf geführt hatte! Nur hatte es damals keine Stufen gegeben.

In der Seilbahn war sie die einzige. Alle Zweiersitze fuhren leer hinauf und herunter. Sie schwebten so niedrig über dem dicht bewachsenen Tal, daß sie fast die Spitzen der Bambusstauden und Kiefernbäume berühren konnte. Die Station oben war nach einem kleinen Tempel benannt, den sie beim letzten Mal gar nicht gesehen hatte. Es war eine Halle, an der sie nicht vorbeigekommen waren, als sie mit dem Motorrad die Straße hochfuhren. Sie trug die Aufschrift »Halle des Schnarchens und Hauchens«, und an den Säulen hing ein roter Zwillingsschriftzug: »Der Schnarcher schnarcht auf menschliche Art / Der Haucher haucht mit Herz«.

Fast wäre sie in schallendes Gelächter ausgebrochen – dachten die Kader in der Abteilung für Bildung und Kultur sich so etwas aus?

An die Halle des Schnarchens und Hauchens schloß sich die des Jadekaisers an, wie das in Klöstern so üblich war. Dahinter die neu erbaute »Seufzerbrücke«, die zum »Tempel des Königs der Hölle« führte. Auch hier wieder zwei Zeilen, bei denen man nicht wußte, ob man weinen oder lachen sollte: »Wer nichts tut, das das Gewissen belastet, wacht nachts nicht mit Angst und Schrecken auf / Wer tiefste Ruhe spielt, kann seinem Geist bei Tage alle Freiheit lassen«.

Es muß hart für sie sein, dachte Liu. Sie müssen politisch auf Linie bleiben und wollen zugleich Geld verdienen. Dem Sozialismus und Kapitalismus zugleich gerecht werden …

Ihr fiel ein, wie der Manager des Hotels sie diesem Herrn Wang vorgestellt hatte. »Was, wenn die wunderschöne Drei-Schluchten-Landschaft im Staudamm versinkt?« hatte sie gefragt, und der Manager hatte erwidert: »Landschaft? Es wird eine ganz neue entstehen, wenn wir so weitermachen.« Er hatte offensichtlich eine andere Vorstellung von schöner Landschaft als sie.

Sie gelangte an eine enge Wegstrecke, wo die Steinstufen links und rechts mit Statuen von ochsenköpfigen und pferdegesichtigen Höllendämonen gesäumt sein sollten. Hier jedoch waren es moderne Betonskulpturen. Zwei kleine Lausebengel hatten das Gesicht zu einem herzhaften Lachen verzerrt, eine Mutter sah ihnen glücklich zu – fast vollkommen nackt, mit nur einem Stück Stoff um die Lenden.

Liu wollte fortlaufen, und das nicht der erbärmlichen Qualität der Arbeiten wegen. Nein, die Kader wollten hier unter Beweis stellen, daß sie mit aller Offenheit der Revolution dienten. Die nackte Frau bewies, daß sie keine Angst vor Verwestlichung und Modernisierung hatten, und der Austausch der Dämonen gegen eine glückliche Familie stand für den Sozialismus. Sie hatte genug gesehen und steuerte direkt auf den »Wasser-Mond-Tempel« zu, der mehr so war, wie ein Tempel sein sollte: Die äußeren Säulen zierten kunstvolle Boddhisatva-Statuen, im Tempel selbst fanden sich eine große vergoldete Buddha-Figur und Räucherstäbchen. Sie ging zur Hintertür, weil sie sich erinnerte, daß sich dort das Arbeitszimmer Yuemings befand.

Die Tür war geschlossen, und auf ihr Klopfen reagierte niemand. Sie spähte durch das Fenster, sah aber keine Menschenseele. Sie wollte einen der Mönche fragen, wo Yueming steckte.

Da fiel ihr ein, daß sie hier noch nie einen Mönch gesehen hatte und auch gar nicht wußte, wo sie die Sutras lasen und meditierten. Sie hatte nie das rhythmische Klappern der Holzfische gehört. Nur den Duft von Räucherstäbchen gab es – als beschäftigten die Mönche sich um der Geschäfte willen nur damit und mit ihren Geschenkartikeln. So schön die Gegend war, sie war auch eine einzige Baustelle, allenthalben wurde etwas angebaut oder erneuert. Ob auch der Buddhismus selbst von den Kadern »entwickelt« wurde?

Versehentlich stieß sie gegen die Tür, die sich daraufhin öffnete. Auch heute lag der Tisch voller Malutensilien, Material zum Aufziehen von Bildern und halbfertiger Bilder. Vielleicht brachte Yueming gerade seine Bilder in einen der Souvenirläden. Doch von ihrem Sessellift aus hatte sie niemanden in Gegenrichtung fahren sehen.

In einer Ecke des Raumes lag benutztes Xuan-Papier. Aufgeregt breitete sie es aus, um es sich anzusehen, doch diesmal waren tatsächlich nur Tintenkleckse darauf. Man konnte sie beim besten Willen nicht als Kunstwerke bezeichnen – selbst wenn man die Maßstäbe der abstrakten Kunst des Westens anlegte. Die beiden Bilder, die sie beim letzten Mal gesehen hatte, waren nicht mehr da. Er hatte sie wahrscheinlich weggeworfen.

Enttäuscht ließ sich Liu auf den einzigen Hocker im Zimmer fallen. Vielleicht hatte sie um jeden Preis an das unerkannte Genie in Yueming glauben wollen.

In Wahrheit war er nichts als ein einfacher Dorfschullehrer, der zufällig auch ein paar drittklassige Bilder malen konnte. Die Kader vor Ort würdigten eine so unbedeutende Person keines Blickes.

Ohne Absicht stieß sie einen Becher mit Bleistiften vom Tisch. Als sie sich bückte, um sie aufzuheben und den Becher auf den Tisch zurückzustellen, fiel ein Stück Papier heraus, auf das mit dem Pinsel ein merkwürdiges Ding gemalt war. Es sah ein bißchen aus wie ein Bonsai, an dessen Zweigen so etwas wie Lampen hingen.

Darunter stand in Yuemings Schrift geschrieben:

Vergoldeter Pfauenbaum, Artefakt aus der Gegend der drei Schluchten, etwa zwanzig Zentimeter hoch, feinste Handarbeit. Grabbeigabe aus der Zeit der westlichen Han-Dynastie, die Zweige wurden mit Zikaden verziert, dem Symbol für die Wiedergeburt. An jedem Zweig hängt eine Lampe, die zusammen die zehn Sonnen des Altertums symbolisieren. So steht der Baum für einen Pfau, der sein Rad schlägt. Heute nachmittag konnte ich einen Blick darauf erhaschen – es war wie ein Vorgeschmack auf die Welt der Unsterblichen. Niemand hat dies je gesehen. Heute wurde es zum ersten Mal in zweitausend Jahren für uns sichtbar gemacht. Der es fand, verlangt 300 000 Kuai dafür. Natürlich kann ich mir das nicht leisten, aber es widerstrebt mir auch, den Finder anzuzeigen, weil er zum Tode verurteilt werden könnte. Wer weiß, ob das Stück ins Ausland gelangen und für wieviel es verkauft werden wird. Was für eine Tragödie das Staudammprojekt für eine solche Antiquität ist.

Aus Sorge um sein Federkleid fliegt der Pfau selbst bei Annäherung eines Feindes nicht. Dieser Bericht ist ein Beleg meiner Trauer.

Liu verschlug es die Sprache. Wußte er um die Gefahr, die ihm drohte?

Wie gebannt fixierte sie die Lichter rund um den Pfau und hatte plötzlich das merkwürdige Gefühl, das alles schon einmal erlebt zu haben. Richtig, vor fast einem halben Jahrhundert war sie schon einmal hier gewesen, an ebendiesem Ort, und hatte etwas sehr Schönes gesehen, etwas, das vom Schicksal hergebracht worden und dazu verurteilt war, zerdrückt und zerstört zu werden. Und sie konnte nichts dagegen tun. Dann war da ein überwältigendes Gefühl von Trauer, wie jetzt. Selbst das Rezitieren von Sutras half nicht, aber wenn man das tat, wußte man immerhin, daß Buddha über einen wachte. Alles wurde leer, und dann wurde die Leere voll.

Sie nahm ein Blatt Papier, um Yueming die Nachricht dazulassen, daß sie hier gewesen sei und sie sich leider verfehlt hätten. Aber dann strich sie ihre Worte doch wieder aus und malte nur ein Fragezeichen auf das Blatt. Sie überlegte und strich auch dieses durch. Es war unmöglich, daß sie ihn nicht wiedersah. Einfach ausgeschlossen. Nur wann?

27

Um Viertel vor sechs kehrte Liu Cui ins Hotel zurück. Li Lusheng wartete schon auf sie. Er saß im Anzug auf dem Sofa, die Arme verschränkt, und sah dem Jangtse zu, der Richtung Horizont floß, um dort mit dem orangeroten Himmel zu verschmelzen.

Ihr Mann hatte sich noch nie in Naturerlebnisse versenkt, er war ein Mensch der Vernunft, für ihn gab es nur rational erfaßbare Dinge, und was unbeweisbar war, mußte entweder bedeutungslos oder unwahr sein.

Sie entschuldigte sich für die Verspätung. Er fragte nicht, wo sie gewesen war, sondern sagte nur, daß das Bankett auf halb sieben verschoben worden sei. Die Verhandlungen am Nachmittag seien durchaus erfolgreich gewesen, hätten aber lange gedauert. Sie solle sich rasch umziehen, im Kleiderschrank sei etwas für sie. Seinerseits ging er ins Bad, um sich zurechtzumachen, doch als er Liu geistesabwesend auf der Bettkante sitzen und vor sich hinstarren sah, ging er zu ihr und fragte besorgt: »Cui, meine Liebe, ich habe auf dich gewartet. Du solltest dich jetzt schminken und umziehen.« Er zeigte auf den Kleiderschrank.

Sie stand auf, öffnete den Kleiderschrank und sah einen leuchtend roten Qipao darin hängen. Li lachte, als sie sich erstaunt zu ihm umdrehte.

Er hatte das Stück eigens für das Bankett gekauft, als es ihm am Nachmittag in der hoteleigenen Boutique ins Auge fiel. Denn ihm war plötzlich bewußt geworden, daß Liu nichts Passendes anzuziehen hatte. Nachdem er den Qipao aus der Nähe betrachtet hatte, bat er Herrn Han, ihn zu kaufen, bügeln und ins Zimmer bringen zu lassen.

Eine Weile sah sie den Qipao an und sagte nichts. Er war durchaus modisch – an beiden Seiten hoch geschlitzt, ärmellos und mit etwas zu weiten Öffnungen für die Arme. Nur selten trug sie so feminine Kleidung. Nun holte sie ihre braunen Pumps aus dem Kleiderschrank und zog sie statt ihrer Turnschuhe an. Dann hielt sie sich das Kleid vor den Körper, um sich im Spiegel zu betrachten.

»Ich wollte dich überraschen«, sagte er. »Du hast in den USA einmal einen Qipao getragen und sahst darin unglaublich attraktiv aus.«

Daß er sich daran noch erinnerte! Sie hätte sich bedanken sollen, sagte aber nur: »Das war, bevor Qipaos in Mode kamen.«

»Ich weiß, ich weiß. Jetzt sind sie Schnee von gestern.« Er lachte. Das Geschäft würde ihn ändern, wenn er nicht paßte, aber sie müsse sich beeilen, weil die Boutique bald schließe.

Sie hatte sich nie viele Gedanken um ihr Äußeres gemacht, aber nun zog sie ihre Bluse aus und reckte die Arme wie eine Schwimmerin auf dem Sprungbrett empor, um den Qipao überzustreifen. Etwas eng kam er ihr vor, sie glaubte keine Luft zu bekommen. Li Lusheng half ihr mit dem Reißverschluß, und siehe, der Qipao paßte wie angegossen und bedeckte sogar den blauen Fleck am Knie.

Li Lusheng war stolz, die Maße seiner Frau so genau eingeschätzt zu haben.

»Entschuldige bitte«, sagte Liu und hob die Arme – die Achselhaare mußten weg. Sie bat ihn um eine Rasierklinge.

»Ich helfe dir«, sagte er nervös. »Nicht, daß du dich schneidest.«

Sie gingen ins Badezimmer und erledigten gemeinsam, was Frauen normalerweise allein tun. Dann kämmte sie sich und bändigte das Haar zusätzlich mit Haarspray. Anschließend schminkte sie sich in Windeseile – wie kompliziert das Leben einer Frau doch war, mußte sie schmunzelnd denken: Im früheren Leben war ich bestimmt keine Frau, und vermutlich bin ich auch jetzt keine richtige Frau.

Aber als sie sich im Spiegel sah, blickte ihr eine attraktive Dame im wunderschönen Kleid entgegen. Sie hatte sich schon viele Jahre nicht mehr so herausgeputzt, und sie war stolz, noch so frisch auszusehen. Was das Äußere anbelangte, kam sie nach ihrer Mutter.

Draußen tigerte ihr Mann auf und ab, sein Mobiltelefon klingelte pausenlos, und er fertigte alle Anrufer mit ein, zwei Worten ab. Sie wertete es als Zeichen der Liebe, daß er ohne Murren auf sie wartete. »Ich bin fertig, laß uns gehen!« erlöste sie ihn.

Als sie Arm in Arm mit ihrem Mann den Bankettsaal betrat, richteten sich alle Blicke auf sie. Sicher, er hatte gesagt, daß alle neugierig auf sie waren, aber dieses Maß an Aufmerksamkeit machte sie dann doch so nervös, daß sie Li fast ihren Arm entzogen hätte. Nun, sie würde das Ganze irgendwie durchstehen.

Sie nahm Platz und wunderte sich, daß das »Goldene Glück« über einen solchen Bankettsaal verfügte. Auf jedem Tisch ein frischer Blumenstrauß, und in den Sektgläsern steckte jeweils eine zum Vogel gefaltete rosa Serviette. Die jungen, gutaussehenden Kellner trugen weiße Anzüge mit schwarzen Krawatten, sie wirkten wie eigens angelernt und trainiert. Im Hintergrund lief Mozarts

»Kleine Nachtmusik«. Ein dermaßen aufwendiges Bankett konnte vermutlich selbst die Academia Sinica nicht bieten.

Eine lokale Größe stand auf der Bühne und hatte wahrscheinlich nur auf die Ankunft Li Lushengs gewartet. Es war ihr peinlich, daß alle glaubten, sie kämen zu spät, um Aufmerksamkeit auf sich zu ziehen.

Liu sah sich um. Anwesend waren Mitglieder der Hongkonger und der Taiwaner Handelskonsortien, außerdem hohe Tiere der Leitung des Staudammprojekts; sie alle hatten ihre Ehefrauen mitgebracht. Es mochten gut ein Dutzend Tische sein, alle voll belegt. Die Hongkonger trugen Frack, die aus Taiwan Anzüge, farbenfroher als die Männer des Liang-Kreises, die Frauen waren alle gleichermaßen im Seiden-Qipao gekommen. Erstaunlich, daß die Frauen – einschließlich Liu – gleichförmiger gekleidet waren als ihre Männer.

Alle am Tisch lächelten sie an, und sie lächelte zurück. Einige reichten ihr Visitenkarten, also gab sie ihnen die ihre. Li Lusheng war bestens bekannt und bekam keine Kart. An ihrem Tisch mußten die wirklich wichtigen Leute sitzen. Sie verstand nicht recht, was sie redeten. Einer der Hongkonger sagte etwas über die Nordberge mit ihrem guten Fengshui, ob die Frau des Direktors dort eine Villa besitze?

Doch in diesem Augenblick wurde es ruhig im Saal, und der Vorsitzende bat den Zweiten Direktor der Wasser- und Energiebehörde des Jangtse und Direktor des Entwicklungsunternehmens »Großer See«, Herrn Li Lusheng, um eine Ansprache.

Unter Applaus trat Li ans Mikrofon. Liu Cui hatte ihn nie in offiziellem Kontext sprechen hören und war neugierig. Sie hatte immer das Gefühl, chinesische Kader könnten eher ablesen als sprechen, aber ihr Mann stand jetzt mit leeren Händen vorn.

Er begann, indem er der Regierung des Liang-Kreises dankte, außerdem einigen Verantwortlichen der Handelskonsortien und allen, die sich in diesen Tagen um des Erreichens eines gemeinsamen Ziels willen so ins Zeug gelegt hatten. Anschließend fragte er: »Ist das Drei-Schluchten-Projekt einfach nur ein Staudamm? Einfach nur etwas größer als der Coulee- und der Assuan-Staudamm? Oder ist es doch die größte Baustelle, die die Menschheit je gesehen hat?«

Er löste die Hände vom Mikrofon und schien etwas an den Fingern abzählen zu wollen. »In Wirklichkeit geht es gar nicht darum. Entscheidend ist die geoökonomische Bedeutung des Projekts, und die ist größer als bei allen vergleichbaren Dämmen. Der Drei-Schluchten-Damm ist das Zugpferd der Modernisierung im Binnenland Chinas, er wird das Sprungbrett zur Blüte in Westchina.«

Er sprach in reinem Pekinger Hochchinesisch, ohne Kunstpausen, wie sie Kader sonst gern einlegten, in Sätzen, die nicht zu lang und nicht zu kurz waren. Als der Applaus sich legte, fuhr er leise fort: »Sie glauben, ich mache Werbung für das Projekt? Oder lobe mich selber?«

Verhaltenes Gelächter im Saal. Seine Antwort auf die eigenen Fragen versetzte die Anwesenden erst recht in Erstaunen: »Natürlich nicht. Der Staudamm verlegt gewissermaßen die Pazifik-Küste zweitausend Kilometer landeinwärts, wir werden hier einen riesigen Binnensee haben, der mit dem offenen Meer verbunden ist.«

Gewaltiger Applaus. Auch Liu sah sich genötigt zu applaudieren, obwohl der Inhalt dessen, was er gesagt hatte, recht banal gewesen war. Doch die Art seiner Rede war einfach mitreißend, er war offenbar ein Naturtalent, denn sie konnte sich nicht erinnern, daß er rhetorisch geschult war.

Einer der Hongkonger setzte sich neben Liu Cui und sagte in den Applaus hinein: »Was für ein Genie! Eine wahre Stütze des Staates! Direktor Li wird bestimmt bald Minister, stellvertretender Premierminister oder mehr – ihm scheinen keine Grenzen gesetzt zu sein.«

Liu erstarrte. Sie hatte nie einen ernsthaften Gedanken an die mögliche Karriere ihres Mannes verschwendet, die viele ihm voraussagten. Jetzt überlegte sie fieberhaft, was das für sie bedeuten würde. Ob der Etat ihres Labors erhöht würde? Oder würde jeder ihrer akademischen Erfolge sofort verdächtig sein? Sie tat, als habe sie nichts gehört.

»Manche sagen, es sei nicht gut, den Abschied von den drei Schluchten zu propagieren, ich dagegen sehe, wie die Tourismusbranche davon profitiert.« Liu Cui wußte, worauf Li Lusheng hinauswollte.

»Wir werden bald eine Fahrt durch die Schluchten am See anbieten können. Die Seen in England können da nicht mithalten, der Genfer See ist kleiner, der National Highway 318 ist weniger spektakulär als die Strecken Chongqing–Yichang und Chongqing–Changsha, die wir um den See herum führen werden. Da finden Sie dann Städte, aufgereiht wie Perlen auf einer Kette, und Liang ist eine der kostbarsten. Erlauben Sie mir eine Analogie: Wenn wir unseren See mit den Niagara-Fällen vergleichen, dann entspricht das Dreieck Yichang–Liang– Chongqing demjenigen zwischen Toronto, Detroit und Chicago.«

An dieser Stelle sprangen alle auf und applaudierten frenetisch. »Toll! Wunderbar! Dann können wir wirklich stolz auf uns sein!« riefen einige Geschäftsleute.

In den Applaus hinein sagte Li Lusheng: »Sie sind von der Natur begünstigt, wir haben die Natur besiegt!« Er applaudierte ebenfalls, um zu verdeutlichen, daß die Begeisterung nicht ihm, sondern dem Projekt galt.

Liu wollte sich setzen. Li Lusheng redete das Blaue vom Himmel herunter, aber seine Ausführungen und Analogien waren so aalglatt, daß man sie nicht zu fassen bekam. Der Liang-Kreis ein chinesisches Detroit? Wenn man daran glaubte, war wahrscheinlich alles möglich.

Auf sein Zeichen hin bekam Li Lusheng ein Glas Rotwein gereicht. »Ich erhebe das Glas auf diese Firma und die fruchtbare Zusammenarbeit mit den Handelskonsortien und auf das Aufstreben Chinas und ganz Asiens.«

Alle standen auf und setzten zum Trinken an, als er jedoch fortfuhr: »Die Regierung des Kreises Liang hat mich ermächtigt, dies bekanntzugeben.« Die Anwesenden hielten inne. »Die beiden neuen Straßen, die zu den zwei Docks führen, werden in ›Hongkong-Straße‹ und ›Taiwan-Straße‹ umbenannt.«

Der Saal tobte. Nun leerten alle mit Li Lusheng ihre Gläser und applaudierten dann wieder.

Liu starrte auf ihr Glas. Alles, was ihr Mann gesagt hatte, klang so wundervoll, sollte er die Leute hinters Licht geführt haben? Die Handelskonsortien und der Kreis konnten sich freuen, denn die Schuldscheine würden ihnen aus den Händen gerissen werden, und den Konsortien wurde mit ihren Namen geschmeichelt.

Politisch gesehen, war es perfekt. Es mußte ewig gedauert haben, alles so zu arrangieren, und mit Sicherheit hatte Li den Ton angegeben. Anscheinend war Politik mehr sein Gebiet als Technik, Management oder Wirtschaft. Er verstand es, das Vertrauen der anderen zu gewinnen und sie mit seinem Engagement und Enthusiasmus anzustecken, so daß sie gerne investierten. Aber das reichte ihm nicht. Er wollte nicht nur Erfolg, er wollte herausragenden, bahnbrechenden Erfolg.

Li Lusheng ging mit einigen Regierungskadern von Tisch zu Tisch, während auch Liu Cui belagert wurde.

Alle suchten das Gespräch mit ihr, als redeten sie auf diese Weise mit Li Lusheng. Liu Cui nickte höflich und hörte nicht zu.

Schwalbennester, Haifischflossensuppe, Salzfisch und große Bergpilze sowie Delikatessen von weither wurden jedem Gast einzeln serviert. Liu drehte sich um und sah ihren Mann am anderen Ende des Raumes, wo es lebhaft zuging. Der Hongkonger Geschäftsmann neben ihr beugte sich leicht zu ihr herüber und schien, anders als die anderen, ihr etwas Besonderes sagen zu wollen. Er ließ sie wissen, daß er sehr erfreut sei, Doktor Liu kennenzulernen. Seine unbedeutende Firma betreibe hauptsächlich biotechnologische Forschung.

Wenn sie bisher noch mit ihren eigenen Gedanken befaßt gewesen war, so hatte er nun ihre Aufmerksamkeit erregt. Er war nicht mehr der jüngste, hatte graues Haar, trug eine rahmenlose Brille und gab sich sehr kultiviert. Er schien ein sogenannter »konfuzianischer Geschäftsmann« zu sein, auf seiner Karte hatte etwas vom Vorstandsvorsitzenden einer Hongkonger Unternehmensgruppe gestanden. »Ich nehme an, Sie haben in den letzten zwei Tagen Zeitung gelesen, Doktor Liu?«

»Warum?« fragte Liu. Tatsächlich hatte sie weder zum Zeitunglesen noch zum Nachrichtenhören Zeit gehabt.

»Das Rowslin-Labor in Schottland hat erfolgreich ein Schaf geklont, indem sie kein Sperma, sondern eine gewöhnliche Zelle verwendet haben. Das Tier ist jetzt mehr als ein Jahr alt, völlig normal, und es heißt, es könne sehr alt werden. Das kam in den Nachrichten.«

Lius Herz setzte aus. »Wow, so schnell!« Natürlich kannte sie die Klontechnologie, auch das Rowslin-Labor, und der Konkurrenzkampf westlicher Labore war ihr nicht neu. Ihr eigenes Labor hatte in derselben Richtung gearbeitet, nur fehlte es an Kapital.

Die Frau neben dem Geschäftsmann, vermutlich seine Ehefrau, mischte sich ein: »Das Schaf heißt *Duo Li*, *duo* wie in *yiduohua* – eine Blume – und *li* wie in *meili* – schön.«

»*Dolly*«, korrigierte der Vorstandsvorsitzende ungeduldig und nahm seinen Faden wieder auf: »Forscht das Institut für Biotechnologie im Bereich der Klontechnik?«

»In diesem Punkt sind wir nicht weit vom Westen entfernt«, sagte Liu Cui.

»Das ist ja wunderbar«, sagte er. »Unsere Firma will schon lange in Gentechnologie investieren. Gerade heute hatte ich einen dringenden Anruf, ich solle nach Peking fliegen und das Institut für Biotochnologie der Academia Sinica besuchen. Und dann erfahre ich, daß Doktor Liu an dem Bankett teilnimmt – wenn das keine Vorsehung ist!«

Sie sei nur Forscherin im Labor, sagte Liu Cui.

Genau darum gehe es, sagte der Vorstandsvorsitzende, Forschung sei die Voraussetzung für alles andere, und Kapital sei dann kein Problem.

»Was wollen Sie denn klonen?« fragte sie zweifelnd. Es passierte selten, daß ihnen Gelder geradezu aufgeschwatzt wurden.

»Sie sind nicht dumm«, sagte er mit gedämpfter Stimme und rückte etwas näher, der anderen Frau bewußt den Rücken zukehrend. »Nashörner«, sagte er geheimnisvoll.

Liu Cui erschrak: »Dann ist Ihre Firma –«

»Eine pharmazeutische Firma, unsere Produkte werden in die ganze Welt verkauft. Wir sind das größte Unternehmen dieser Art.«

Liu Cui nickte. Sie hatte mehr oder weniger verstanden. Das Nashorn hatte nur in bestimmten Ländern südlich der Sahara überlebt, die Ausweitung des menschlichen Lebensraums und ökologische Veränderungen hatten die Zahl der Herden empfindlich vermindert. In Gefangenschaft pflanzten sich die Tiere nicht fort, und alle Versuche künstlicher Befruchtung waren ebenfalls gescheitert. Die Jagd auf Nashörner war in Afrika längst verboten, und die chinesische Medizin bezog ihr Nashornpulver über Wilderer und Schmuggel.

In einer Doppelblindstudie sei nachgewiesen worden, sagte der Vorstandsvorsitzende, daß Nashornpulver in der richtigen Dosierung besser wirke als Viagra. Der Markt sei mit Viagra außerdem noch nicht hinreichend bedient. »Unsere Firma panscht nicht und verwendet keine Ersatzprodukte.«

Liu zuckte mit den Schultern. Biotechnik und Medizin waren ihr Fachgebiet, warum wollte dieser Geschäftsmann mit ihr über etwas sprechen, von dem er selbst keine Ahnung hatte? »Die Firma würde zweihundert Millionen investieren, wenn Sie das Projekt übernähmen«, sagte er.

»Zweihundert Millionen?« fragte Liu erstaunt zurück. Sie starrte den Mann an, der äußerlich ohne weiteres als Professor durchgegangen wäre, in Wahrheit jedoch wahrscheinlich hinter dem Wildern und Schmuggeln bedrohter afrikanischer Tiere steckte. Hörner vom Nashorn und Tigerknochen waren es, die Chinatowns weltweit einen so schlechten Ruf bescherten. Nashörner klonen, um ihre Hörner zu einem potenzsteigernden Mittel zu verarbeiten? Sie wagte sich das kaum vorzustellen.

Bevor sie etwas sagen konnte, fuhr der Geschäftsmann fort: »Wenn wir in die Massenproduktion von Nashornpulver einsteigen können, werden wir natürlich noch mehr investieren.«

»Massenproduktion?!« wiederholte Liu entsetzt. Was,

wenn die Welt tatsächlich davon überzeugt werden könnte, daß Nashornpulver besser als Viagra sei? Sie erinnerte sich an einen Bericht, in dem kürzlich beschrieben wurde, daß man auf einer Zuchtstation im Norden Bären eine Kanüle eingesetzt hatte, um ihnen täglich Gallenflüssigkeit zu entnehmen. Wie würde man Nashornpulver gewinnen?

Eine Herde verstümmelter Nashörner, Schwärme von Fliegen, die um ihre Kadaver herumschwirrten – es war eine entsetzliche Vorstellung.

Der Mann hob sein Glas und prostete Liu zu: »Auf gute Zusammenarbeit!«

Sie sagte leise: »Es tut mir leid, mir ist nicht gut, bitte entschuldigen Sie mich!« Damit schob sie das Glas von sich fort, stand auf und verließ den Tisch. Aus den Augenwinkeln sah sie, daß ihr Mann seine Runde beendet hatte und auf ihren Tisch zusteuerte. Als er sie sah, war ihm sein Mißfallen anzusehen.

Da sagte die Frau des Hongkongers plötzlich: »Ich weiß, daß das Horn vom Nashorn besser wirkt als Viagra. Denn wir Chinesen sehen Körper und Seele als Einheit, wir sehen, daß Hornpulver als Spender von Lebenskraft durchschlagender ist als diese Chemie aus dem Ausland.«

Liu beschleunigte ihren Schritt, um der alkohol- und nikotingeschwängerten Luft zu entkommen. Ihr war nach einer beruhigenden Tasse Tee.

28

Zurück in ihrem Zimmer, klingelte das Telefon. Ihre Mutter hatte die Nachricht abgehört und sagte, sie versuche seit zwei Tagen vergeblich, Liu zu erreichen. Was sie vom Liang-Kreis halte, wollte sie wissen.

»Interessant, ich habe mir alles angesehen«, sagte Liu vage. Sie hatte keine Lust zu plaudern. Der Kreis Liang hatte für sie inzwischen eine weit größere Bedeutung, als er es für ihre Mutter je gehabt hatte. Seit Liu hier weilte, sagte ihre Mutter, träume sie häufig von der Gegend, insbesondere der Straße, in der sie gewohnt hätten.

»Ob es unseren Hof noch gibt?« fragte sie.

»Er ist fast vollständig abgerissen und wird bald unter Wasser liegen.« Liu spürte, wieviel sie vor ihrer Mutter verheimlichte. »Sie haben in den Räumen das Büro für Rattenvernichtung eingerichtet«, fügte sie hinzu. »Es stinkt nach toten Ratten.«

»Wie bitte?!« Ihre Mutter war schockiert.

»Ja. Es wimmelt dort von Ratten.«

»Du bist ja ganz durcheinander, ich werde dich in Ruhe lassen.« Ihre Mutter klang so unbeschwert wie immer. »Ruf an, wenn du Zeit hast.«

Liu Cui hatte die optimistische Haltung ihrer Mutter immer bewundert, mit der sie ihr Leben möglichst leicht und fröhlich organisierte. Heute hatte Liu allerdings den Eindruck, es stimme etwas nicht und ihre Mutter weiche Problemen aus. Es hätte sie nicht gewundert, wenn ihre Mutter weinen würde. Sie glaubte sie förmlich zu sehen, wie sie in ihrer luxuriösen Pekinger Wohnung auf dem Sofa zusammengerollt lag und herzzerreißend schluchzte. Nur wußte sie nicht, ob die Mutter sich ihr jemals öffnen würde. Für Liu war ihre Mutter immer wie eine Fremde gewesen, sie wußte nie, was sie dachte.

Der Jangtse sah bei Nacht noch geheimnisvoller aus als am Tag. Die Neue Stadt erstrahlte in der hellen Neonbeleuchtung von Restaurants und Geschäften, während die desolate Alte Stadt sich mit nur wenigen Laternen schier unendlich weit am Ufer entlangzog. Die Berge waren pechschwarz, das Licht der spärlichen Lampen spiegelte sich unruhig im dahinströmenden Wasser.

Es klopfte.

Als sie nicht reagierte, fragte jemand draußen leise: »Direktor Li läßt fragen, wie es seiner Frau geht.«

An der Stimme erkannte sie Herrn Han. »Danke, ich lebe noch«, sagte sie schroff.

»Gut!« erwiderte Herr Han zufrieden und ging, um Li Lusheng Bericht zu erstatten.

Sie hatte das Licht im Zimmer noch nicht eingeschaltet und bereitete sich eine Tasse Tee im schwachen Schein einer kleinen Flurlampe. Da fühlte sie sich an die Innere Mongolei erinnert, wohin sie seinerzeit verschickt worden war. Sie hatte gerade reiten gelernt, als einer aus ihrer Gruppe hohes Fieber bekam. Als »Barfußärztin« griff sie nach Mütze und Schal und galoppierte durch Schneesturm und eiskalten Wind davon, um Medikamente zu holen.

Es war so dunkel in der Steppe, daß sie den Weg kaum fand. Der Wind peinigte sie wie mit tausend Nadeln, sie faßte die Zügel so fest wie möglich – und sah in der Ferne auf einmal Licht. Wenn das doch nur zu Hause wäre, dachte sie. Eine Öllampe und vier Lehmwände ringsum, wärmend und sicher, ein Schutz vor der einsamen, kalten Welt hier draußen.

Sie ritt zwischen den düsteren Bergen hindurch und sah tief in einem Tal diese Lichter. Ob dort Familien wohnten? Die in der Kälte jetzt näher zusammenrückten?

Angesichts dieser Erinnerung wurde sie traurig, ja fast körperlich schwach. Sie brauchte einfach eine Familie, ein liebevolles, wärmendes Zuhause – und wenn es ärmlich und eng wäre wie bei Tante Chen. Sie war keine abgehobene Intellektuelle, sondern ein ganz normaler

Mensch, und sie wollte verstanden werden. Niemand hatte sie bisher wirklich verstanden, weder Mutter noch Vater noch der Adoptivvater. Sie alle schienen in unglaublich weiter Ferne zu sein, so unerreichbar wie damals die einsamen Lichter am Ende des Tals.

Liu hatte etwas zu essen aufs Zimmer bestellt und gerade ihre Mahlzeit beendet, als Li Lusheng die Tür mit der elektronischen Karte öffnete. Sie hatte die 24-Stunden-Weltnachrichten angestellt und sah unter anderem das berühmte Schaf – ohne jede professionelle Begeisterung allerdings. Den Qipao hatte sie sorgfältig zusammengelegt und wieder in der Schachtel verstaut, die hochhackigen Pumps unters Bett gestellt. Der Raum war von weichem Licht erfüllt.

»Sind deine Kopfschmerzen besser?« Li strich ihr über die Stirn, lockerte zugleich seine Krawatte und seufzte tief.

Als Liu den Fernseher ausstellte, war es ruhig im Zimmer. »Ich hatte keine Kopfschmerzen«, sagte sie ruhig. »Verzeih, wenn ich die Rolle der Ehefrau nur unvollkommen gespielt und dir damit geschadet habe.«

»Ist schon in Ordnung, ich kann mir denken, woran das lag.«

»Wie bitte?« Kannte die Arroganz dieses Mannes gar keine Grenzen?

»Der Vorstandsvorsitzende Wu sagte, er sei dir zu nahe getreten, und bittet durch mich um Entschuldigung. Du machst ihm doch keinen Strich durch die Rechnung?«

»Ich weiß nicht, warum ich seine Geschäfte durchkreuzen sollte.« Sie stand auf und half ihrem Mann aus dem Anzug. »Aber ich werde keine Nashörner klonen, um ein potenzsteigerndes Mittel herzustellen.«

»Horn vom Nashorn zur Potenzsteigerung?« Er

schnitt eine Grimasse. »Es war ein historischer Fehler, Hongkong zum Motor der Modernisierung Chinas zu machen. Sie sind primitiv, und heute muß ich mit dem Hongkonger Modesatz ›Ich wünsche Ihnen Reichtum‹ grüßen.«

Liu lachte. »Deine Rede war brillant, du bist für sie ein Held.«

»Vergiß es. Letztlich geht es ihnen nur ums Geld.« Er goß sich Tee ein. »Sie haben nicht erwartet, daß ich die drei Schluchten in eine Goldgrube verwandle.« Er schüttelte seine blitzblank geputzten Schuhe ab. »Anfangs dachten die meisten, daß die Regierung an dem Projekt pleite gehen würde. Es gibt bei uns kaum Leute, die etwas von Finanzen verstehen.« Er öffnete die obersten Hemdknöpfe und fügte hinzu: »Inzwischen bin nicht ich auf der Suche nach Geld, sondern das Geld sucht mich. Investoren sind mir dankbar, daß ich ihr Geld für sie ausgebe.«

Normalerweise hätte Li Lusheng immer von »wir« und »Firma« anstatt von »ich« gesprochen oder die Verdienste sogar »der Führung« zuerkannt. Liu Cui setzte sich wieder auf das Sofa, während er es sich auf dem Bett bequem machte. »Nashornpulver besser als Viagra? Egal – ich brauche es sowieso nicht.« Er trank einen Schluck Tee. »Morgen können wir abreisen, hier ist alles erledigt.«

Liu erinnerte sich an die Worte ihrer Mutter: »Macht ist das beste Aphrodisiakum.« Und richtig, Li Lusheng brauchte nur eine gehörige Portion Selbstdarstellung.

Er kam zu ihr, umarmte und küßte sie und zog sie in Richtung Bett. Doch sie befreite sich aus seinem Griff.

»Was ist los?« fragte er unwirsch.

Liu merkte, daß sie ihren Körper nicht unter Kontrolle hatte: In dem Augenblick, als ihr Mann die korrupten

Kader aufs Korn nahm, wollte sie mit ihm verschmelzen, sobald er aber zu seiner Selbstgefälligkeit zurückkehrte, spürte sie deutlichen Widerwillen gegen ihn. Da fiel ihr ein, daß jetzt vielleicht der günstigste Zeitpunkt sei, ihm die Frage zu stellen, die sie seit dem ersten Tag bewegte.

»Wer war die Frau, die da angerufen hat?«

»Wann? Wo?« Er legte sich wieder hin. »Geh doch jetzt duschen und komm ins Bett.«

Sie neigte den Kopf und erinnerte ihn: »Die Frau, die kurz nach meiner Ankunft anrief und etwas Wichtiges mit mir besprechen wollte.«

Li Lusheng stand auf und sagte, daß er nun duschen wolle. »Laß uns das vergessen. Wir sollten im Jetzt leben und in die Zukunft sehen. Wir schreiben Geschichte! Weißt du noch, wie sehr der Westen anfangs gegen den Staudamm war? Jetzt wollen ihre Banken uns Geld geben, aber ich brauche es nicht. Unsere Wirtschaft ist besser als ihre, unsere Städte beeindruckender. Es bereitet mir große Freude, Leute aus dem Westen sprachlos zu sehen. Gefällt dir das nicht auch?«

Liu sah ihn an: »Willst du damit sagen, daß es diese Frau nie gegeben hat?« Normalerweise war sie immer diejenige, die das umstrittene Thema fallenließ, doch das hier war etwas anderes. Je mehr er von der glorreichen Zukunft sprach, um so weniger wollte sie ihn damit davonkommen lassen.

»Du willst es unbedingt wissen?« fragte er ungnädig.

»Nein, nicht unbedingt. Ich kann nur Unehrlichkeit nicht ausstehen.«

Sie hatte offenbar ins Schwarze getroffen, seine Miene verfinsterte sich. »Dann frag nicht weiter«, sagte er in einem Ton, als teile er Befehle an Untergebene aus.

Sie schwiegen. Auf dem Fluß zog ein Boot vorüber und tutete gelangweilt; Li Lusheng zog die Vorhänge zu.

Dann ging er ins Bad, das Wasser lief kurz, und er kam im Pyjama wieder heraus, Hemd und Hose über den Arm gelegt. Die Kleidung legte er fein säuberlich auf einen Stuhl, stellte den Wecker und legte sich ins Bett. Er schaltete das Nachttischlämpchen auf seiner Seite des Bettes aus und sagte: »Laß uns schlafen, morgen müssen wir früh raus.«

Liu saß im Halbdunkel auf dem Sofa und sah zur Decke: »Wenn du meinst, wir brauchen nicht weiter darüber zu reden, dann lassen wir es. Du redest mit mir, als sei ich deine Angestellte, ich schäme mich für dich.«

Er setzte sich auf und schlug donnernd auf den Schalter, um die Lampe wieder einzuschalten. Seine Frau hatte ihn nie zuvor dermaßen in die Enge getrieben. »Wir sind seit vielen Jahren glücklich verheiratet, ich bin sicher, das wird auch so bleiben.«

»Der Mensch ändert sich«, erwiderte sie. »Du zum Beispiel. Du bist noch ... geschäftstüchtiger als früher.«

Er glaubte Spott in ihrer Stimme zu hören, lief rot an und stand auf. Liu vermutete, daß er sonst nicht so leicht die Fassung verlor, sondern sich das nur ihr gegenüber herausnahm.

»Ich weiß, worauf du hinauswillst«, sagte er. »Du glaubst, daß ich die Größe Chinas ausnutze. Weil die Bevölkerungszahl hoch ist und man leicht an Kredite kommt. Und das ist nicht einmal ganz falsch. Aber es muß immer noch jemanden geben, der das alles tut.«

»So wie es immer Leute geben wird, die an dem Staudamm bauen.«

»Genau«, stimmte er zu. »Um Klartext zu reden: Anfangs war das Staudammprojekt sehr umstritten. Seine Gegner haben nicht verstanden, daß es schon in einem sehr frühen Stadium Hunderttausende Arbeitsstellen geschaffen hat. In den achtziger Jahren bereits zog es in

Kommissionen und Ministerien Arbeit für Zehntausende technische Mitarbeiter nach sich – was hätten wir alle tun sollen, wenn das Projekt nicht realisiert worden wäre? Es muß also weitergehen.«

»Ich weiß«, sagte Liu Cui, »daß ganz China auf Arbeitssuche ist – deswegen die rege Bautätigkeit überall. Und die Leute brauchen jemanden, der sie führt.«

»Ist das nicht überall auf der Welt so?« Li Lusheng tat, als habe er den Spott in ihrer Stimme nicht gehört. »Wie sonst gäbe es Fortschritt? Nur so schafft China es, mit dem Westen Schritt zu halten und die neue Führungsrolle zu übernehmen.«

Sie fand, daß er den Nagel auf den Kopf getroffen hatte. Westlicher als der Westen zu sein und den Liang-Kreis zu einem Detroit zu machen, das war die Zukunft, auf die sie zusteuerten. Sie sah die riesige Baustelle an den drei Schluchten vor sich, sah, wie alles in den Fluten versank, sah eine neue Art von Sehenswürdigkeit entstehen. Ja, die alten Gräber und Wandbilder würden in einem Unterwassermuseum zu besichtigen sein.

Sie mußte an die Bakterien denken, die sie unter dem Mikroskop beobachtete. Sie nahmen Nahrung auf und vermehrten sich, bis kein Nährstoff mehr übrig war. Dann starben sie und ließen nichts als ein paar Sporen zurück, die weder lebendig noch tot waren und auf die nächste Gelegenheit warteten, um erneut aufzukeimen. Warum waren sich die am höchsten entwickelte und die niedrigste Lebensform so ähnlich?

Der Gedanke machte sie traurig. »Entschuldige«, sagte sie. »Ich habe mich seltsam verändert, seit ich hier bin. Ich bin für die Rolle der Ehefrau des Direktors ungeeignet, du solltest dir eine andere Person suchen.«

Li trat an das Sofa und strich ihr übers Haar, ohne sich jedoch zu setzen.

»Du bist Professorin, Wissenschaftlerin, das verstehe ich. Aber ich möchte nicht, daß unsere Ehe Schaden nimmt, auf keinen Fall.«

Als Liu nicht antwortete, richtete er sich zu voller Größe auf und sagte ungehalten: »Du solltest nicht alles glauben, was deine Mutter sagt.«

Sie setzte sich aufrecht, weiß vor Wut. Li Lusheng erwähnte ihre Mutter nie und hielt aus irgendwelchen Gründen immer einen gewissen Abstand zu ihr. Ihre Mutter sagte ebenfalls nur äußerst selten etwas über ihren Schwiegersohn, außer sie sprach über Politik und seine aussichtsreiche Zukunft.

Liu hatte nie versucht, den Gründen für diese Haltung ihrer Mutter auf die Spur zu kommen, weil sie selbst auch kein besonders enges Verhältnis zu ihr hatte. Aber die offene Feindschaft Li Lushengs der Mutter gegenüber überraschte sie doch. Ihm war vermutlich klar, daß sie ihre Ehe ohne die warnenden Worte der Mutter nicht derartig in Gefahr sähe.

»Ich denke«, Liu sprach langsam, Silbe für Silbe, »das solltest du mir erklären.«

Diese Bitte schien ihren Mann nicht im mindesten zu erschüttern, er war wohl darauf vorbereitet, hatte die Antwort womöglich schon einstudiert. Für ihn war die Ehe zu behandeln wie die Politik – wieso wurde ihr das erst heute klar? Aber wie dem auch sei, er brauchte ihre Mutter nicht als seine Feindin zu betrachten. Er schien sich sehr zu beherrschen, als er sagte: »Ich schätze unsere Ehe sehr und möchte nicht, daß wir so enden wie deine Eltern.«

Liu wollte aufspringen, doch er drückte sie an den Schultern fest ins Sofa. Sie schüttelte seine Hände ab. Jetzt zog dieser sogenannte Ehemann seine Trumpfkarte. Gut, nach all den Jahren wollte sie gern wissen, mit wem sie eigentlich verheiratet war: »Dann sprich!«

Li Lusheng setzte sich auf den Sessel gegenüber und begann in aller Ruhe: »Das mit deinen Eltern habe ich auch sehr spät erst begriffen. Mein Vater hat mir kurz vor seinem Tod davon erzählt. Er hatte vorher nichts sagen wollen, um unsere Ehe nicht zu gefährden. Allerdings kann ich die Erlebnisse zweier Generationen sehr gut voneinander trennen.« Er stockte etwas, gab sich dann aber einen Ruck und sprach weiter: »Dein Vater hat meinem einmal sein Herz ausgeschüttet, deine Mutter sei voller Vorurteile gegen ihn und möge ihn nicht, sie lebten schon lange nicht mehr wie Mann und Frau zusammen, die Ehe bestünde nur mehr auf dem Papier.«

Liu war schockiert: Das war doch nicht möglich! Ihre Eltern hatten sich geliebt! Wie oft waren der trauernden Witwe Männer vorgestellt worden, und sie hatte zu Liu gesagt: »In diesem Leben gibt es für mich nur einen Mann: deinen Vater.«

Aber vielleicht, vielleicht hatte sie die Sache mit ihren Eltern auch vollkommen falsch verstanden.

Li Lusheng erzählte, sein Vater habe ihn damals in die Provinzhauptstadt Sichuans geschickt, um seinen alten Kampfgefährten zu treffen, der in der Personalabteilung der Partei arbeitete. Er sollte ein paar Akten von Lius Vater aussortieren, damit sie nicht etwa später gegen ihn verwendet würden, wie es in Ostdeutschland nach dem Fall der Mauer geschehen sei. Da Li Lusheng nicht zur Personalabteilung gehörte, durfte er eigentlich keine Einsicht in die Akten nehmen, aber er wagte auch nicht, der Bitte seines Vaters nicht nachzukommen. Es war Sommer und einer der heißesten Tage im Süden, als er mit dem Zug in Chengdu ankam. Er traf den Freund seines Vaters, der ihm zustimmte, es sei höchste Zeit, die Akten zu sichten. Die zuständige Abteilung allerdings sah das anders und wollte die Akten, zumal von Toten, so lange wie möglich aufheben.

Sie verabredeten sich für den nächsten Tag – einen Sonntag – im Büro. Offiziell mußten bei Akteneinsicht immer zwei Leute anwesend sein und unterschreiben – aber für jede Regel gibt es eine Ausnahme.

Am nächsten Morgen wartete der andere schon im Büro. Die beiden wühlten sich durch mehrere staubige Aktenschränke und fanden schließlich alles, was mit Lius Vater zu tun hatte, insgesamt fünf große Packen. »Wollen Sie hineinsehen?« fragte der andere.

Er überlegt kurz. »Ich sehe mir nur die Überschriften an«, sagte er dann. »Mehr nicht.«

Es handelte sich zumeist um Material aus der Zeit der Kulturrevolution, zum Teil Berichte, die Lius Vater selbst geschrieben hatte, eine oder mehrere Seiten lang, zum Teil solche, die andere über ihn geschrieben hatten, um ihn aller möglicher »Verbrechen« zu bezichtigen. Eine Akte habe er sich genauer angesehen, sagte Li, weil die Informantin Lius Mutter war.

»Ich weiß, worauf das hinausläuft«, Liu Cui sprang erregt auf. »Du willst sagen, daß mein Vater Selbstmord beging, weil meine Mutter ihn verraten hat.«

»Das habe ich nicht gesagt!« verteidigte sich Li Lusheng. »Wie sollte ich darauf kommen? Ich habe doch keine Ahnung, inwieweit deine Mutter das freiwillig geschrieben hat oder dazu gezwungen wurde. Was ich sage, ist, daß es für einen Kader das schlimmste ist, wenn es hinter seinem Rücken anfängt zu brennen. Hat dieser berühmte Pekinger Schriftsteller sich nicht umgebracht, weil seine Familie ihn verraten hat?«

Liu dachte an die häßliche Narbe auf dem Bauch ihrer Mutter und ihren merkwürdigen Gesichtsausdruck, als sie über die damaligen Ereignisse sprach. Ob sie Lius Vater dafür haßte, daß ihm das Leben des Kindes wichtiger war als ihres?

Sie glaubte ein Boot auf dem Fluß zu sehen, ihre Mutter in der Kabine liegend, den Blick verzweifelt auf ihren Mann gerichtet. Nein! sagte sie zu sich. Schweig, ich halte es nicht aus. Dann sah sie Li Lusheng an und sprach ruhig: »Du willst, daß ich dich meiner Loyalität versichere, daß ich nicht hinter deinem Rücken Feuer lege? Und deine Loyalität?« Tief verletzt wiederholte sie: »Was ist mit deiner Loyalität?«

»Ich habe dir das schon vor langer Zeit gesagt«, erwiderte Li Lusheng. »Nur dank meiner unbestechlichen Frau bin ich ein unkorrupter Kader.«

Abermals wich er ihr aus, und diesmal hatte sie keine Lust, eine Antwort zu erzwingen. Ihr Interesse galt mehr ihrer eigenen Familie. »Wenn es da noch etwas gibt, dann sag es. Später wirst du keine Gelegenheit mehr haben, ›Geheimnisse‹ meiner Familie zu enthüllen.«

»Da ist nichts mehr, gar nichts.«

»Du weißt also, wie mein Vater sich umgebracht hat?« Liu hatte gelernt, die Aussagen ihres Mannes richtig zu deuten.

»Ich hoffe, es nimmt dich nicht zu sehr mit, wenn ich es dir sage.« Li Lusheng zögerte kurz. »Sie haben deinen Vater halbtot geschlagen, und da sie glaubten, er könne sich nicht mehr bewegen, blieb keiner bei ihm. Er rappelte sich auf und sprang aus dem Fenster des elften Stockwerks. Ich habe in der Akte den Totenschein des Krankenhauses gesehen, außerdem ein Foto. Als Anlage zum Beweismaterial.«

Tränen begannen Lius Wangen hinunterzulaufen. Auch ohne das Foto sah sie den zerschmetterten Schädel und die verdrehten Augen vor sich, einen See von Blut und weißer Gehirnmasse. Ihre Glieder wurden taub, sie zitterte am ganzen Körper.

In all den Jahren hatte ihr niemand Genaues von ihres

Vaters Tod erzählt, und sie hatte nicht zu fragen gewagt. Li Lusheng hatte die Karten nicht für sie, sondern für sich selbst aufgedeckt. Er wollte die Ehe aufrechterhalten: An dem Punkt seiner politischen Karriere, an dem er jetzt stand, konnte er keinen wie immer gearteten Skandal brauchen. Das sollte seine Frau im Blick behalten.

Sie hätte verzeihen, vergessen und vergeben sollen. Aber das schaffte sie nicht. Ihr Leben war ein einziges Chaos.

Es begann zu regnen, große Tropfen schlugen gegen das Fenster. An den drei Schluchten war das Wetter unberechenbar, es konnte jederzeit ein Gewittersturm losbrechen.

Ihre Gedanken wanderten zurück ... Der Zug pfiff laut, im Wagen lauter Rotgardisten in ihrem Alter, die nach Peking pilgerten. Sie gehörte nicht mehr dazu. Der Zug war so voll, daß sie erst aufsprang, als er schon fuhr. Dann rollte sie sich auf einem Gang zusammen – drei Nächte und zwei Tage dauerte die Fahrt.

Sie war zum erstenmal in Peking und fand Onkel Li erst nach längerer Suche. Er wohnte in einem alleinstehenden Haus mit Garten, aber die Wachen ließen sie nicht ein. Den Brief ihres Vaters, den sie ihnen zeigte, würdigten sie keines Blickes und sagten im Haus auch nicht Bescheid.

Müde und hungrig setzte sie sich auf die Stufen, ihr wurde heiß, und sie bekam Kopfschmerzen. Ihr war so flau, daß sie sich hinlegte und glaubte, sie könne jederzeit einfach verschwinden, um an einem fernen Ort zu sterben, wo sich niemand darum kümmerte. Die Wachen wollten sie wegschicken.

Das war sie im Alter von sechzehn! Familie Li hatte sie unter ihre Fittiche genommen, und obwohl sie sich das nie eingestanden hatte, wurde jetzt klar, daß ihr Mann sie als seinen Schützling ansah und glaubte, sie müsse ihm ewig dankbar dafür sein. Von allen Menschen, die ihr im Lauf ihres Lebens begegnet waren, hatte keiner je versucht, mit ihrer Seele Kontakt aufzunehmen. Seit ihrem sechzehnten Lebensjahr hatte sie all ihren Schmerz und diese ewige, unausweichliche Einsamkeit für sich behalten.

Liu ging ins Badezimmer, sie wollte allein sein. Ihre Hände und Füße waren so kalt, als hätte man sie in Eiswasser getaucht, ihre Brust so eng, daß sie kaum Luft bekam.

Li Lusheng schwieg und folgte ihr auch nicht, vielleicht war er eingeschlafen. Sie haßte ihn nicht, war sich aber auch nicht sicher, ob sie ihn liebte. Ihre Gefühle für ihn waren sehr kompliziert, das ließ sich sicher nicht an einem Abend klären. Sie konnte sich vorstellen, daß auch ihre Mutter den Ehemann nicht gehaßt hatte – nur war nie Zeit gewesen zu reden, um Dinge aus dem Weg zu räumen. Bis sie am Ende zum denkbar unpassendsten Zeitpunkt und gegenüber den denkbar ungeeignetsten Personen alles herausließ.

Wie sollte sie der Vergangenheit entrinnen, die ihre Eltern an den Ufern dieses Flusses durchgemacht hatten? Sie spürte dieselbe Hilflosigkeit, die ihre Mutter seinerzeit gequält haben mußte.

Was Tante Chen beim Abschied über vergangene Leben gesagt hatte, konnte sie immer noch nicht recht glauben. Sollte es so etwas geben, dann war sie bestimmt die Reinkarnation von Abt Yutong – damit dieser das Leid ihres Vaters und all die leibliche Qual ansehen konnte.

Plötzlich bekam sie Angst, die Eiseskälte der Welt machte sie schaudern, sie zitterte. Mit wem konnte sie reden? Sie wußte es nicht, sie wußte nur, daß sie reden mußte. Sie öffnete die Badezimmertür, der Regen trommelte immer noch gegen das Fenster. Li Lusheng war tatsächlich eingeschlafen, das Licht am Bett war noch eingeschaltet. Sie trat ans Bett und suchte ihre bequemen Schuhe. Es war Zeit für sie zu gehen.

Da klingelte plötzlich Li Lushengs Handy. Er griff vom Bett aus danach und stellte es ab, ohne nachzusehen, wer anrief. Doch er sah Liu an, die ihre Schuhe zuband. »Wie spät ist es? Wo willst du hin?«

»Das geht dich nichts an«, sagte sie leise.

»Ich bin dein Mann! Ich habe ein Recht, es zu wissen!« Er verlor jede Beherrschung.

Nun läutete das Zimmertelefon. Li Lusheng nahm ab, hörte schweigend zu und legte den Hörer dann auf den Tisch. Sie hörten die Person am anderen Ende der Leitung weiterschimpfen. »Ich weiß, wohin du gehen willst«, Li unterdrückte seine Wut und sprach wie ein erfahrener Polizist.

Liu wandte sich überrascht um: Wie konnte er etwas wissen, das nicht einmal ihr selbst klar war?

»Zu jemandem namens Chen Yueming!« Er spielte seinen letzten Trumpf aus. »Das ist mir ziemlich egal. Nur sollst du wissen, daß du kein Engel bist und ich nicht die Bestie; du bist nicht das arme Opfer, ich nicht der Verbrecher. Nein, so einfach ist es nicht!«

In Liu explodierte eine Wut, als hätte ihr jemand Benzin über den Kopf gegossen und angezündet. Doch trotz dieser Unverschämtheit schwieg sie. Ihren Zorn zu zeigen hätte ihm zuviel Macht eingeräumt. Sie hatte ihn nie so fremd erlebt wie jetzt.

»Ich mag ihn«, sie sah ihm in die Augen.

»Nicht schlecht, du gibst es also zu.« Er blickte sie ebenfalls an.

»Aber nicht so, wie du meinst.«

»Da brauche ich mir nichts vorzustellen, es ist das Nächstliegende der Welt«, sagte er.

Er mochte seine Lakaien und Informanten um sich scharen, aber wenn sein Urteilsvermögen anhand der gesammelten Informationen dermaßen schwach war, würde er es in der Politik nicht besonders weit bringen. Sie wandte sich um und zog ihre Jacke an.

In diesem Moment klingelte ein anderes Telefon – im Kleiderschrank. Li Lusheng fischte ein Handy aus seinem Anzug, dessen Nummer, vermutete Liu Cui, nur ein ausgewählter Kreis von Personen hatte. Er nahm das Gespräch entgegen und zog dabei den Vorhang auf, um in den heftigen Regen hinauszusehen.

»Erdrutsch?« fragte Li.

Am anderen Ende wurde aufgeregt gesprochen. Li Lusheng hörte genau zu und sagte schließlich: »Die lokalen Behörden sollen sich darum kümmern.«

Die Antwort am anderen Ende unterbrach er: »Wenn der ganze Berg wegrutscht, können auch die Götter und Unsterblichen ihn nicht aufhalten. Soll er doch rutschen, dann tut er es wenigstens später nicht, wenn das Fluten des Staudamms dafür verantwortlich gemacht würde.« Er klappte das Mobiltelefon energisch zu.

»Wo gehst du hin?« brüllte er ohne Pause und drehte sich zu Liu um. »Ich sage dir, der Hintergrund dieses Chen Yueming ist kompliziert, seine Familie ist in einen lokalen Kult verwickelt, und er selbst war in reaktionäre Machenschaften verwickelt. Die hiesige Regierung hat für ihre Ermittlungen die Zustimmung von oben.«

So viele Muster und Farben auf der Trumpfkarte! Aber Liu Cui war nicht einmal mehr überrascht. Ihr war klar, daß es zwischen ihnen keine gemeinsame Sprache mehr gab. Jedes Wort war überflüssig, die Zeit diffuser Eifersucht war vorbei, das hier war schon richtig niederträchtig und gemein.

»Ich sage das um deinetwillen.« Li Lusheng verstellte

ihr den Weg. »Ich möchte nicht, daß du in politische Machenschaften hineingezogen wirst, die du nicht verstehst.«

Sein Handy mit der Geheimnummer klingelte wieder. Er zögerte kurz, worauf Liu zur Tür hinausging, ohne sich noch einmal umzusehen.

29

Sie hatte das Gefühl, die Szene vor sich zu sehen, die Tante Chen beschrieben hatte: Sie stolpert durch wolkenbruchartigen Regen, jemand drückt die gejagte Frau zu Boden und verlangt, daß sie sich hinkniet; sie weigert sich, und da wird der hinter ihr stehende Mann auf sie geschubst. Das Gesicht des Mannes wird trotz des Regens langsam klarer. Doch sie möchte noch nicht sehen, wer er ist.

Sie hatte kein Gepäck dabei, hatte weder entschieden, wo sie hinwollte, noch, ob sie zurückkehren würde. So eilte sie die Straßen entlang, peitschenden Regen im Gesicht. Wie ein Tier in der Wildnis wollte sie die über viele Jahre angestaute Wut und den Druck hinausschreien.

Inzwischen wußte sie, daß alles, was geschah, ihr Schicksal war. Das hatte sie gespürt, seit der unangenehme Geruch jenes Parfums ihr in die Nase gestiegen war.

Die Straßen waren wie ausgestorben. Als sie von der Neuen in die Alte Stadt ging, taten ein paar schwache Lampen ihr Bestes, die kaputten Mauern zu beleuchten. Selbst die nimmermüden Mah-Jongg-Spieler waren nach Hause gegangen.

Liu folgte ziellos der Straße, der Regen war viel zu stark, als daß sie sich hätte orientieren können. Als der Niederschlag ein wenig nachließ, sah sie, daß sie am

Beginn der Bergstraße stand. Die Suchscheinwerfer der Boote auf dem Fluß glitten über beide Ufer. Plötzlich huschte ein Lichtstrahl über sie hinweg und ließ den Regen wie tausend Nadeln schimmern, die in sie eindringen wollten.

Sie stand am unteren Eingang zum Park-Nanhua-Berg. Da waren die mit Drachen und Phoenix verzierten Säulen und der Triumphbogen aus weißer Jade. Nur die gewichtigen Slogans und die Karte des Parks verschwanden hinter dem Regenvorhang.

Die Seilbahn war außer Betrieb, der Fußweg nach oben nur durch einen kleinen Zaun blockiert. Mit einem großen Schritt überwand sie ihn und begann den Aufstieg.

Liu Cui ging langsam. Sie wußte, daß man auf einem solchen Weg Vorsicht walten lassen mußte – besonders bei Nässe.

Die Tempel am Weg nach oben wirkten seltsam außerirdisch und nicht so, als verkehrten hier Menschen. Die Dunkelheit wurde nur durch gelegentliche Blitze zerrissen. Halle und Säulen, deren frische Bemalung bei Tage übertrieben und lächerlich wirkten, schienen jetzt im Dunkeln gleichsam zum Leben zu erwachen, finster und majestätisch, als wären sie eigentlich Bewohner der Nacht. Der rotgesichtige Gott Jama mit den Generälen Schnarcher und Haucher zu beiden Seiten starrte sie an, die wilden weißen Plastikaugen schienen verstohlen zu lachen. Ihre Schuhe waren völlig durchweicht, die Füße eiskalt.

Im Weitergehen spürte sie die Blicke der Statuen im Rücken. Liu war die einzige Reisende in der Nacht und fühlte sich wie eine entflohene Kriminelle.

Sie wischte sich den Regen vom Gesicht und blickte auf die Stufen, die vor ihr lagen. Da schien ein Licht zu sein, dort hinter der Haupthalle. Sie beschleunigte ihren

Schritt, es war die Halle des Şakyamuni. Die steinernen Löwen begrüßten sie in der Dunkelheit wie eine alte Freundin.

Sie entspannte sich ein bißchen, alles schien ihr vertraut. Hier hatte sie schon einmal Trost gefunden, vielleicht konnte sie sich auch jetzt von ihren Sünden reinwaschen. Die schwarzen Wolken verschwanden hinter den Bäumen, der Regen ließ allmählich nach. Von den Baumwipfeln war ein leises Rauschen zu hören, und wenn man genau lauschte, so vernahm man, daß sich die Blätter Nachrichten zuwisperten, ja, es war wie das Echo ihres Atems, das sie in der Nähe des Tempels auch früher schon hören konnte.

Als der Regen endgültig aufhörte, kam der Mond zum Vorschein.

Die Quelle des Lichts, das sie gesehen hatte, befand sich hinter dem Tempel. Sie traute ihren Augen kaum, hatte sie doch nicht erwartet, tief in den Bergen und mitten in der Nacht eine Spur von ihm zu entdecken.

Dann wieder schalt sie sich. War sie nicht einzig deshalb auf den Berg gestiegen, weil sie keine andere Adresse von ihm hatte? Wo sonst sollte er auf sie warten? Dort war Yuemings Atelier. Er müßte längst Feierabend haben – wenn er noch da war, dann nur, weil er wußte, daß sie kam. Und er hatte das Licht besonders hell gestellt, um ihr den Weg zu weisen.

Auf Zehenspitzen schlich sie näher. Durchs Fenster sah sie Yueming malen. Auf Tisch und Boden lagen Dutzende fertiger Bilder. Warum er wohl gerade in dieser Nacht so viele Bilder fertigstellen wollte? Sie ging zur Tür, die einen Spaltweit offenstand.

Sie sah ihre Schuhe an, die naß und voll Gras waren, wenn auch nicht gar so schlammig. Dennoch zog sie sie aus. Dann erst öffnete sie die Tür, die in den Angeln quietschte. Yueming hob den Kopf und sah, daß sie es war. Er lächelte. Als sei es das Normalste von der Welt, sie mitten in der Nacht hier zu sehen, sagte er: »Da bist du ja.« Sie nickte.

»Du bist ja klitschnaß«, sagte er besorgt. »Warte hier.« Er ging ins Nebenzimmer und kam mit einer Mönchsrobe, Strohsandalen und einem trockenen Handtuch zurück. »Ich weiß nicht, wem das gehört, aber es ist sauber. Es tut mir leid, aber das muß für den Augenblick reichen.« Sie nahm die Sachen entgegen, und er ging hinaus. Sie zog sich um und rief dann nach ihm.

Er lächelte, als er sie so sah. Seit der Polizeistation hatten sie sich nicht mehr gesehen. Das war zwar erst gestern gewesen, doch war seitdem so viel geschehen, daß es eine halbe Ewigkeit zurückzuliegen schien.

Sie lachte ebenfalls und trocknete mit dem Handtuch ihre Haare: »Witzig, nicht?«

»Sieht gut aus«, sagte er und trat wieder an seine Staffelei.

Die Bilder auf Tisch und Fußboden faszinierten Liu Cui sofort. Sie zeigten wie immer Felsen und Wasserfälle, es waren die seit jeher gleichen Landschaftsbilder, doch auf dem Reispapier wirkten sie anders, irgendwie aus der Form geraten, mit dicken, ausladenden schwarzen Pinselstrichen – anders als die beiden Ausschußbilder, die beim letzten Mal ihre Aufmerksamkeit erregt hatten. Diesmal konnte Yueming sie kaum als mißlungen abtun, dafür waren es zu viele. Großzügige, weite Pinselstriche, die keinen althergebrachten Regeln folgten. Die Felsen und Riffe waren wie geradewegs aus dem Universum geboren und aufs Papier gegossen. Was grüne Blätter und rote Früchte sein sollten, sah mehr wie glühende Lava aus, die aus einer Felsspalte hervorquoll, schillernden

Glanz ausstrahlte und immer abgründigere Tiefen erahnen ließ, die den Betrachter schier ins Taumeln brachten. Nur an den atemberaubendsten Felsen der drei Schluchten war dieses Spiel von jagenden Wolken zu beobachten.

Die Bilder nahmen ihr den Atem, sie konnte ihre Augen nicht davon lösen und nur mit Mühe freudige Ausrufe unterdrücken. Wenn die drei Schluchten in dem riesigen See versunken sind, dachte sie, werden nur noch Bilder wie diese Zeugnis von ihrer Größe ablegen und vielleicht ein wenig Trost spenden.

Yueming schwang, den Kopf schweißnaß, weiter den Pinsel, mit einem Ausdruck von Furcht im Gesicht. Sein erregtes Malen machte sie durstig, und sie goß sich Wasser aus der Thermoskanne ein. Sie wollte ein weiteres Glas füllen, aber es gab kein leeres Gefäß mehr auf dem Tisch, alle waren zu Farbtöpfen umfunktioniert. Also reichte sie Yueming ihr eigenes Glas und sagte: »Eine Pause täte dir gut, meinst du nicht?«

Yueming wandte den Kopf und sagte etwas verlegen: »Entschuldige, ich war in Gedanken. Setz dich!« Er zog den einzigen Stuhl im Raum heran.

»Was beschäftigt dich?« fragte sie neugierig.

Seine Mutter habe ihn am Abend nochmals aufgesucht und sei sehr erregt gewesen: Er verschwende seine Zeit mit seinem Kampf für Schulkinder, die mit ihm doch gar nichts zu tun hätten, während das Krankenhaus ihr mitgeteilt habe, sie würden seinen Stiefvater morgen operieren. Damit habe sie nicht gerechnet, und nun glaubte sie, über Nacht dreitausend Kuai auftreiben zu müssen. Sie wollte noch von Tür zu Tür eilen, um Geld zu borgen.

Liu atmete erleichtert auf. Die Ärzte hatten also Wort gehalten und nichts von dem Geld gesagt – dadurch allerdings die Familie in helle Aufregung versetzt. Während sie dem Bankett im Hotel beiwohnte, waren Tante Chen und ihre Leute auf den Beinen, um das fehlende Geld zu besorgen. Allein Haifischflossensuppe, Schwalbennester und dieser unverschämt teure Kognak namens »Napoleon III« überstiegen an einem einzigen Tisch den Betrag, den Tante Chen so verzweifelt benötigte, bei weitem.

Aber sie konnte ihm nichts sagen und fragte nur: »Was werdet ihr tun?«

»Der Chef vom Souvenirladen hat gesagt, seine Bilder seien alle verkauft, er könne mir tausend Kuai dafür geben. Und wenn ich morgen die vereinbarten fünfzig weiteren Bilder hätte, könne er mir weitere tausend im voraus bezahlen. Und schließlich werde er mir auch gern zusätzlich Geld leihen, wenn er mit den bisherigen Arbeiten zufrieden sei. Das Problem ist nur, daß ich es nicht schaffen werde.« Er zeigte verlegen auf die herumliegenden Bilder: »Ich arbeite sonst nie in einem solchen Chaos, aber hier geht es um Leben und Tod.«

Liu Cui stand auf und ging zwischen den Blättern umher, vorsichtig, um keines zu beschädigen. Sie liebte die Bilder, ihre Lebendigkeit und Einzigartigkeit, doch Yueming schien nicht zu sehen, wie brillant und außergewöhnlich sie waren. Diese Werke schienen tatsächlich nur unter dem finanziellen Druck der Familie zustande gekommen zu sein. Grenzenlose Unbeherrschtheit war so überhaupt nicht Teil seines Wesens – zumindest soweit es ihm bewußt war. Vielleicht war es doch jene mutige Prostituierte gewesen, die seinen Pinsel unsichtbar geführt hatte? »Keine Sorge«, sagte Liu. »Wenn sie entschieden haben zu operieren, werden sie es tun, auch wenn das Geld morgen früh nicht da ist.«

Das habe er seiner Mutter auch gesagt, meinte Yueming. Ärzte hätten eine professionelle Verpflichtung, sie würden niemanden unverrichteterdinge wieder zumachen, dem sie gerade den Bauch aufgeschnitten hatten – nur weil das Geld fehlte. Aber seine Mutter schimpfte ihn einen Dummkopf, der keine Ahnung von der harten Realität in der heutigen Gesellschaft habe.

Liu Cui überlegte fieberhaft, wie sie ihm klarmachen könnte, daß er sich keine Sorgen mehr zu machen brauchte, sie konnte seine Nervosität kaum mit ansehen. »Ich denke, du brauchst dich nicht mehr zu beeilen, bis die Bilder aufgezogen und getrocknet sind, vergehen ohnehin noch ein paar Tage.«

Das sei kein Problem, der Ladenbesitzer müsse nur sehen, daß sie fertig seien, aufziehen müsse er sie nicht, um sein Geld zu bekommen. Yueming betrachtete die Bilder und verzog seine Augenbrauen. Er sei sehr in Sorge, ein Bild sei ungestalter als das vorherige, wenn er so weitermache, werde der Mann sie am Morgen kaum akzeptieren, von Geld ganz zu schweigen. Es sei nicht leicht, dieses Geschäft zu betreiben, erklärte Yueming, die Kunden seien Insider und konnten ein gutes Landschaftsgemälde von Schmierereien unterscheiden.

»Wo ist das Problem?« Liu Cui sah auf ihre Uhr. »Du bist soweit, hier liegen mindestens fünfzig Bilder.«

»Sie genügen nicht alle den Standards«, er wischte sich die Hände ab und trank einen Schluck Wasser. Dann sah er sich um, senkte verlegen den Kopf und wurde wieder der, als den sie ihn zum erstenmal gesehen hatte: der brave Dorflehrer.

30

Dabei wollte Liu es nicht belassen. Sie wußte, daß er gutherzig war, wollte aber unbedingt eine Frage klären, die sie sich stellte, seit sie ihn kannte: War er eher ein normaler, gewöhnlicher oder ein mutiger, weitsichtiger und vielleicht sogar weiser Mann? Das wollte sie herausfinden.

Sie überlegte, ob sie ihn nach den Umständen seiner Geburt fragen sollte. Ob er es wußte? Tante Chen hatte ihm nie davon erzählt, weil sie fürchtete, sagte sie, daß er es nicht verkraften würde. Dabei schien er Liu Cui nicht zu schwach für diese Art Geschichten zu sein.

Aber gleichzeitig hatte sie das Gefühl, man müsse Yueming die Dinge nicht erklären. Am besten sagte sie nichts, das er vielleicht schon wußte.

»Bereust du, demonstriert zu haben?« fragte sie geradezu.

»Ich hatte von Anfang an das Gefühl«, sagte Yueming, »daß unsere Petition ein Vorwand zum Austragen regierungsinterner Kämpfe war. Ich habe trotzdem teilgenommen, weil ich es für meine Pflicht hielt, und ich bereue es nicht.«

Liu ließ nicht locker: »Ich meine das gesamte Staudammprojekt – sollte es realisiert werden?«

»Die Vorteile eines Projekts sehen vor der Realisierung sicher anders aus als hinterher, und nach hundert oder tausend Jahren noch einmal ganz anders.«

Die Augen Lius leuchteten auf. Endlich! Hier war die Antwort auf eine Frage, die sie sich schon sehr lange stellte und die auch Fragen ihrer Arbeit betraf. Zum erstenmal erhielt sie eine so einfache, klare Antwort: Yueming wich nicht aus, noch antwortete er von oben herab. Er sprach ohne Umschweife den Kern der Sache an.

»Was du sagen willst«, sie wählte ihre Worte sorgfältig, weil sie seinem klaren Gedankengang folgen wollte, »was du sagen willst, ist, wenn etwas in großer Dringlichkeit geschieht, dann ist eine eilige Lösung, die den größtmöglichen Nutzen bringt, zu rechtfertigen. Wenn keine Eile geboten ist, sollte das Projekt mit allen Vor- und Nachteilen weitsichtiger beurteilt werden.«

»Bei einem so gebildeten Gesprächsstil komme ich

nicht mit. Du kommst von der Academia Sinica in Peking, bist Wissenschaftlerin, hast mehr gelesen als ich. Du bist weiser!«

Sie mußte lächeln. Was in diesen zwei Tagen geschehen war, bewies, daß sie überhaupt nicht weise war, gerade fühlte sie sich völlig verwirrt.

»Was hältst du vom Umsiedlungsprogramm?« Sie wollte die wichtigsten Fragen von ihm beantwortet haben.

»Jeder einzelne muß mit Respekt behandelt werden«, sagte Yueming. Er erklärte, die Grundschule, an der er unterrichte, werde abgebaut, und er werde die Arbeit verlieren, mit der er seinen Lebensunterhalt verdiene. Er sei kein Künstler, auch wenn er jetzt irgendwie davon leben könne, indem er Blätter bepinsele. Aber so ginge das nicht weiter. Er werde zu einem Umsiedlungsprojekt nahe der Quelle des Jangtse in der Provinz Gansu gehen, dort brauche man vielleicht Grundschullehrer.

Liu erschrak, er hatte nie über seine Pläne gesprochen. Sie wohnte selbst in der Fremde und konnte sich vorstellen, was es hieß, von zu Hause fortzugehen. »Weiß deine Mutter von deinen Plänen?«

Das Gesicht Yuemings verdüsterte sich. »Meine Mutter ist nicht glücklich darüber, aber der Mensch muß nun mal arbeiten. So bin ich als Sohn nutzlos für sie. Meine Ausbildung ist nicht gut genug, um in der Neuen Stadt später Arbeit zu finden.«

Liu schüttelte den Kopf. Sie wollte ihn überreden zu bleiben, wollte ihm sagen, daß er ein künstlerisches Genie sei. Aber er glaubte, daß er unbegabt sei, und er glaubte, nicht auf anderer Leute Meinungen angewiesen zu sein.

»Meine Mutter sagt immer, ich sei nicht ihr richtiger Sohn.« Yueming lachte bitter. »Aber so gesehen, ist niemand irgend jemandes richtiges Kind.«

»Meine Mutter behauptet auch, ich sei nicht ihre richtige Tochter«, sagte Liu Cui. Es stimmte, sie hatte nie besonders viel für ihre Mutter getan, schon gar nicht eine ganze Nacht frenetisch Bilder gemalt. Als sie von zu Hause auszog, war sie nicht besonders traurig gewesen, und als sie zum Studium ins Ausland ging und ihre Mutter sie zum Flughafen bringen wollte, hatte sie dankend abgelehnt. Da war ihre Mutter in Tränen ausgebrochen und hatte gesagt: »Du bist nicht meine Tochter.«

»Diegu ist adoptiert, aber sie steht meinen Eltern sehr viel näher als ich. Und es gibt mehr im Leben, als sich über die Eltern Gedanken zu machen.«

Liu lief ein Schauer über den Rücken. In diesen Tagen hatten sie diffuse Empfindungen von Mitgefühl und Dankbarkeit gegenüber ihren Eltern beschäftigt – aber hielten die sie nicht in der Vergangenheit fest?

Yueming stellte sein Glas ab und sortierte die Bilder. Die relativ »normalen« faßte er zusammen und legte die »normalsten« oben auf den Stapel. Das, was Liu für die herausragendsten Werke hielt, wurde achtlos zur Seite geschoben, einige rollte er nach kurzer Überlegung auf und warf sie in eine Ecke.

Sie wollte ihn zurückhalten, ihm sagen, daß er die Bilder ins Geschäft geben solle, sie werde sie kaufen. Aber es war unmöglich, ihm klarzumachen, daß sein Kunsturteil falsch sei, daß die Bilder obenauf nichts als Durchschnitt waren. Er war nun einmal ein Mann, der sich nicht als Künstler sah.

Yueming war fertig und schlug vor hinunterzusteigen. Er löschte die Lichter, sie zog ihre Schuhe an, und sie gingen zur Tür hinaus. Draußen wurden sie sofort von der Nacht verschluckt.

Abwärts ging es immer schwerer als aufwärts, ganz zu schweigen von den rutschigen Steinen und der Finsternis! Der Mann, der fast zur selben Zeit in diese Welt getreten war wie sie, reichte ihr die Hand – so wie vor zwei Tagen, als sie aus dem Gefangenentransporter springen sollte. Er sah sie an und beugte sich leicht vor, als sie seine Hand nahm. Es geschah ganz natürlich und ohne jede Anstrengung, so daß sie Hand in Hand weitergingen. Liu hatte vollkommen die Orientierung verloren, doch sie folgte diesem Mann – immer noch in Mönchsrobe.

Als Liu einen Augenblick in ihrer Aufmerksamkeit nachließ und beinahe stürzte, hielt er sie fest. Sie hob den Kopf und blickte auf die finsteren Gestalten der Generäle Schnarcher und Haucher, deren Augen ohne Mondlicht und Blitze dunkel und leblos waren und so lächerlich wirkten wie bei Tage.

»Hier ist die 175-Meter-Linie«, sagte Yueming.

»Dann laß uns einen Augenblick verweilen und uns umsehen«, erwiderte sie. »Setzen wir uns.«

In diesem Augenblick hörte sie ein Dröhnen über sich, das immer näher kam. Da erkannte sie einen Polizeihubschrauber, der die Hänge mit Scheinwerfern absuchte, und dann sah sie auch eine Gruppe von Polizisten mit Maschinenpistolen, die im Licht der Scheinwerfer bergauf liefen.

Plötzlich fiel ihr ein, daß Li Lusheng gesagt hatte, er hielte Yueming für das Mitglied einer reaktionären Gruppe. Sie hatte dem zunächst nicht viel Gewicht beigemessen und die Äußerung eher dem eifersüchtigen Ehemann zugerechnet. Yueming gegenüber hatte sie die Bemerkung nicht einmal erwähnt, es wäre ihr peinlich gewesen.

Jetzt jedoch kam sie sich zu naiv vor. Diese Leute würden alles tun, um ihre politischen Probleme zu »lösen«. Li Lusheng wollte offenbar mit Unterstützung der örtlichen Regierung einen persönlichen Rachefeldzug durchführen.

»Sie sind hinter uns her«, sagte Liu Cui, doch Yueming schien nicht zuzuhören. Sie drehte sich zu ihm um. Da war keine Spur von Angst in seinem Gesicht, kein Gedanke an Flucht.

Liu Cui wußte, daß man sie früher oder später finden würde, doch Yueming sah immer noch in aller Ruhe vor sich hin. Plötzlich hatte sie das Bedürfnis, ihm zu sagen, wie sehr sie ihn beim Aufstieg vermißt hatte. Sie sah ihn an, er sah sie an, und am Ende schenkte sie ihm nur ein Lächeln.

Am Horizont erschien ein schwacher Lichtschein.

Die dichte und dunkle Wolkendecke verhinderte ein Feuerwerk der Farben, statt dessen breitete das fahle Morgenlicht sich langsam aus, von der düsteren Stadt aus kletterte es langsam nach oben, bis es ihre Füße umspülte.

Liu wußte, sobald sie nicht mehr »Frau Direktor« war, würde es keine gutwilligen Polizisten mehr geben wie gestern in der Polizeistation. Dennoch war sie ruhiger als je zuvor. Immerhin waren sie und Yueming schon einmal zusammen gestorben.

So war es im Leben: Man mußte erst auf etwas stoßen, das man nicht verstand, bevor man wußte, wofür man lebte.

Sie berührte Yueming leicht am Arm: »Dann sag mir doch mal, wie dieser Staudamm in zweitausend Jahren aussieht.« Es sollte ein Überraschungsangriff sein, um seine aufgesetzte Ruhe zu erschüttern – wenn sie denn aufgesetzt war.

»In zweitausend Jahren«, sagte Yueming erschrocken. »Ach so, du meinst, was ich da im Tempel gesagt habe. Das hatte nichts weiter zu bedeuten. Ich hatte lediglich das Glück, eine zweitausend Jahre alte goldene Lampe in Form eines Pfaus zu sehen. Eine so alte und so feine

Arbeit – und damals war es wahrscheinlich einfach ein Gebrauchsgegenstand.«

Trotz seiner Erklärung suchte Liu eine gewisse Tiefgründigkeit in seinen Worten: »Du meinst, in zweitausend Jahren sind wir die Pfauen?«

»Wenn wir Glück haben«, lächelte Yueming, als erhasche er schon einen Blick auf diese glorreiche Zukunft.

Jetzt konnte sie glauben, was sie für unmöglich gehalten hatte: Die Erinnerung anderer wurde zu ihrem Leben. Denn jetzt schien es außer Zweifel zu stehen: Es war nicht Schicksal, sondern zu Mitleid und Barmherzigkeit transzendiertes Leid, das sie zusammengeführt hatte. Alle Erniedrigung und alles Elend waren zum Sprungbrett ihrer Wiedergeburt geworden.

Sie sahen den Dunst zu ihren Füßen aufsteigen, der die Stadt, ja das gesamte Staudammgebiet überschwemmte. Die Schritte der Polizisten kamen näher. Der Hubschrauber stieg höher und schien mit dem Scheinwerfer das Atelier oben auf dem Berg abzusuchen, das sie gerade verlassen hatten. Aber sie wandte sich nicht um. Sie wußte, was dort geschah.

Verschwommene Erinnerungen vieler Jahrzehnte waren plötzlich glasklar. Sie legte ihren Kopf leicht an Yuemings Schulter und schloß die Augen, in völligem Frieden mit allem.

EPILOG

Die Puji-Straße geht im Osten in die Puji-Brücke über, und weiter östlich liegt der Liu-Cui-Brunnen, der früher Lager der Schwerter hieß. Man sagt, daß in der Shaoxing-Zeit ein gewisser Liu Xuanjiao Präfekt der Gegend wurde und Abt Yutong vom »Wasser-Mond-Tempel« der Einsetzungszeremonie nicht beiwohnte. Xuanjiao mißfiel das, und er schickte die Prostituierte Roter Lotus Wu, damit sie den Abt verführte. Sie ging zum Tempel und bat um Unterkunft für die Nacht. Yutong war dem Tempel schon zweiundfünfzig Jahre verhaftet und ein standhafter Mönch. Bis Mitternacht konnte er widerstehen, dann trieb er doch Unzucht mit ihr. Als er später herausfand, daß der Präfekt ihn hereingelegt hatte, ertrug er die Schande nicht und verfluchte den Präfekten: »Ich werde deine Familie zerstören!« Dann beging er Selbstmord. Kurz darauf starb auch der Präfekt. Seine Frau war schwanger und gebar ein Mädchen, Liu Cui. In derselben Nacht träumte sie, ein Mönch käme ins Haus und sagte: »Ich bin Yutong.« Daraufhin verließ das Glück die Familie. Sie siedelten am Lager der Schwerter, wo Liu Cui zur schönsten Frau und besten Sängerin der Stadt heranwuchs. Die Armut zwang sie zwar, sich als Kurtisane zu verdingen, aber sie wurde dennoch fromme Buddhistin und gab stets Almosen. Sie ließ sogar die Brücke unterhalb der zehntausend Pinien errichten sowie den Brunnen beim Lager graben, die beide nach ihr benannt wurden. Einige Jahre später sagte Mönch Qingliao vom Xuanxiao-Tempel auf dem Gaoting-Berg zu Mönch Ruhui vom Jingci-Tempel: »Kollege Yutong ist schon vor langer Zeit tief gefallen, du solltest ihn auf den rechten Weg zurückführen.« Daraufhin begab Ruhui sich unter dem Vorwand, Almosen erbitten zu wollen, zu Liu Cui und belehrte sie über das Wirken des Karma. Sogleich begehrte sie, Nonne zu werden, und Ruhui nahm sie zu Qingliao, der sie tiefer in die Lehren des Buddhismus einführte. Am Ende fragte er ernst: »Achtundzwanzig Jahre hast du in den Niederungen menschlichen Lebens verbracht. Bist du immer noch dort?« Liu Cui erlebte ein großes Erwachen, wusch die Schminke ab, schickte ihre Männer fort, badete und ging ins Nirvana ein.

Sie wurde auf dem Berg Gaoting bestattet und damit endgültig gereinigt.

Aus: Tian Rucheng, *Notizen von der Reise um den Westsee*

NACHWORT

Als ich sechs Jahre alt war, hielten es nicht einmal Hunde mit mir aus. Ich hatte durchscheinende Haut, eine gelbe Gesichtsfarbe, und meine Haare waren zu dünn, als daß es zum Pferdeschwanz gereicht hätte. Meine Bewegungen waren so langsam, daß selbst ein alter Bettler auf der Straße mich hochschrecken konnte. Meine Mutter war enttäuscht von mir. Meine Schwester nutzte das Chaos der Kulturrevolution und zog vom Land bei Wushan in unsere alte Heimat Chongqing. Dann geriet sie eines Tages in Streit mit unserer Mutter und brüllte in einem Wutanfall, sie wolle aufs Land zurück. Am nächsten Tag hatte sie ihre Sachen gepackt.

Es war ein Sonntag. Meine Mutter saß grimmig im Wohnzimmer und sagte plötzlich zu meiner Schwester, dann solle sie doch Klein-Sechs zur Familie im Kreis Zhong mitnehmen. Klein-Sechs, das war ich.

Mir wurde erst später klar, wie alles zusammenhing. Meine Mutter hatte mich schon lange loswerden wollen, aber es hatte nie geklappt. Nun ging meine Schwester aufs Land und konnte bei den Verwandten anfragen, wer bereit sei, mich aufzunehmen. Meine Mutter hatte mir nie gesagt, was sie vorhatte, doch spürte ich, daß sie mich nicht mochte. Darum hatte ich auch nichts dagegen, von zu Hause wegzugehen.

Es war spätes Frühjahr und schon recht warm. Wir mußten mit dem Schiff reisen. Meine Mutter brachte uns zur Anlegestelle, ihr Gesichtsausdruck vollkommen gleichgültig. Ich beachtete sie nicht weiter, und auch meine Schwester würdigte sie keines Blickes. Dann drehte meine Mutter sich um und ging schnell fort. Meine Schwester nahm mich an der Hand und lief mit mir zur Fähre, mit der wir den Fluß überquerten, um den Dampfer zu besteigen. Wir saßen dann auf dem unteren Deck – der Boden bestand aus Eisenplanken, die Maschinen dröhnten –, zusammengepfercht mit unzähligen anderen Passagieren nebst ihrem umfangreichen Gepäck. Es war tiefe Nacht, als wir in Zhong ankamen. Meine Schwester sagte, zu so später Stunde lohne sich selbst das billigste Hotelzimmer nicht, und so überredete sie die Bootsleute, auf Bänken am Kai übernachten zu dürfen. Wir drängten uns aneinander und deckten uns mit dem Mantel meiner Schwester zu. Früh am nächsten Morgen nahmen wir einen Überlandbus und legten die letzte Wegstrecke durch die Berge zu Fuß zurück. Ich sah den Jangtse so oft vor meinen Augen erscheinen und wieder verschwinden, daß ich am Ende das Gefühl hatte, nie wieder irgendeine Landschaft sehen zu wollen. Als ich schon dachte, wir würden nie ankommen, erreichten wir das Dorf und wurden mit lebhaftem Hundegebell begrüßt.

Meine Schwester lieferte mich dort ab und kehrte zwei Tage später nach Wushan zurück. Anfangs dachte ich, da beide Orte am Jangtse lägen, sei die Entfernung sicher nicht groß und meine Schwester könnte mich dann und wann besuchen. Auf der Landkarte sah ich später, wie weit Wushan entfernt lag, und mir wurde klar, daß sie mich hier ausgesetzt hatte und ihr mein weiteres Schicksal egal war.

Am Eingang zum Heimatdorf meiner Mutter, genauer gesagt bei den Steinstufen, die den Berg hinaufführten, befand sich eine Befestigung. Sie war aus Steinsplittern errichtet und ging, glaubte man den alten Leuten, auf die Ming-Dynastie zurück. Sie sagten, der Verbrecher Zhang Xianzhong habe sich hier mit der Barbarin Qin Liangyu eine so blutige Schlacht geliefert, daß der Jangtse rot von Blut gewesen sei. Die Befestigung solle der Barbarin als Fort für ihre Bergarmee gedient haben. Im Lauf der Jahre war der Kalkstein durch Wind und Wetter marode geworden. Das Dach war eingestürzt, und in den Ritzen zwischen den Steinen wuchs Gras. Das einstige Fort wurde inzwischen als Versammlungsort und zum Trocknen von Getreide verwendet. In jeder Ecke stand eine Vogelscheuche, jeweils mit einem Palmwedel in der Hand, der bei der kleinsten Luftbewegung raschelte und so Spatzen in die Flucht jagte. Die Befestigung lag gleich beim Teich am Eingang des Dorfes und war nur durch die Bäume an dessen Rand zu sehen – und doch war sie das historische Wahrzeichen des Ortes.

Ich wuchs anfangs bei meinem Onkel auf, dem ältesten Bruder meiner Mutter. Meine ältere Schwester heiratete seinen ältesten Sohn. Die Frau meines Onkels war in der großen Hungersnot gestorben und hatte drei Söhne und eine Tochter hinterlassen. Er heiratete nicht wieder. Ich schlief mit der »kleinen Schwester« in einem Bett. Das Haus des zweitältesten Bruders war an das des ältesten angebaut, beides geziegelte Häuser mit Flachdach, daneben jeweils ein Schweinegehege. Die Toiletten befanden sich ganz in der Nähe, mehrere zusammengenagelte Baumstämme mit Strohmatten in den Zwischenräumen.

Meine Ankunft verursachte einen kleinen Aufruhr. Das ganze Dorf kam angelaufen, um das »Fräulein« aus der Stadt in Augenschein zu nehmen. Es kehrte kaum jemand aus der Stadt zurück, viele dagegen gingen fort – so wie meine Mutter seinerzeit vor der arrangierten Ehe geflohen war. Die Menschen hier gingen nur in die Stadt, wenn ihnen eine Katastrophe drohte. Die einzigen beiden Personen, die einmal in der Stadt gewesen und dann zurückgekehrt waren, das waren meine beiden Onkel. Vor meiner Geburt hatten sie meine schwerkranke Großmutter in die Stadt zu meiner Mutter gebracht – und waren schnurstracks zurückgekehrt.

Die Schaulustigen wurden enttäuscht: Sie sahen ein mageres kleines Mädchen mit dünnem gelblichem Haar, Angst in den Augen und sprachloser Schüchternheit, ein Mädchen, das genauso abgerissen gekleidet war wie die Dörfler selbst. Auch hatte ich keine Geschenke dabei – selbst Leute vom Land bringen etwas aus der eigenen Produktion mit, wenn sie Verwandte besuchen. Ich aber kam mit leeren Händen, meine Mutter hatte mich einfach nur loswerden wollen und an derlei Details nicht gedacht. Die Menge löste sich schnell wieder auf.

Eines Tages kam mich die Schwester meiner Mutter besuchen. Sie lebte relativ nah, ein paar Hügel und drei Bäche weiter. Sie war kleiner als meine Mutter und hatte schmalere Augen. Ihr Mann arbeitete beim Kohleabbau, Kinder hatten sie nicht, so daß es ihr wirtschaftlich besser ging als den Onkels. Dafür sorgte sie sich täglich neu um ihren Mann, der unter Tage durch eine Explosion verletzt oder aber verschüttet werden könnte. Es gab regelmäßig gefährliche Zwischenfälle in der kleinen Kohlenmine – der Tod war im Budget der Mine einkalkuliert.

Als meine Tante zu weinen anfing, kamen mir kurze Zeit später auch die Tränen. Ich weinte, weil meine Mutter mich verstoßen hatte, weil ich die Stadt Chongqing, die mein Zuhause gewesen war, hatte verlassen müssen und ohne Aussicht auf Rückkehr in diesem Dorf festsaß. Aber sobald ich zu weinen anfing, hörte meine Tante damit auf und nahm mich mit zum Fluß, um Krabben zu suchen.

Als ich über eine riesige Schlange stolperte, erschrak ich zu Tode. Meine Tante sah ihr tief in die Augen, hob einen Stein auf, um ihn in hohem Bogen wegzuwerfen, und murmelte etwas vor sich hin. Die Schlange reckte sich hoch auf, konnte sich aber nicht genug verdrehen, um den Stein zu sehen. Am Ende fiel sie zu Boden und schlängelte sich davon. Ich erwachte aus meiner Angststarre und fragte meine Tante, was geschehen sei. Wann immer ich einer solchen Schlange begegne, solle ich abschätzen, wie lang sie sei und einen Stein so weit fort werfen, daß sie ihn auch mit vollkommen verdrehtem Kopf nicht wiederfinden könne. Dann werde das Tier mich verschonen.

Ich besuchte meine Tante für einige Tage. Als eine Kusine mich abholen kam, entschuldigte sie sich für die Verspätung – sie sei aufgehalten worden. Sie war nicht wettergebräunt, wie Menschen vom Land das oft sind, sondern blaß und farblos, das Haar am Hinterkopf sorgfältig hochgesteckt, ihre Kleidung sauber – ihre Erscheinung faszinierte mich sofort. Die Schwester meiner Mutter wollte mich nicht gehen lassen, aber meine Kusine war sehr resolut. Als meine Mutter noch auf dem Land gelebt habe, seien sie beste Freundinnen gewesen, also kümmere sie sich jetzt natürlich um ihre Tochter. Die beiden verhandelten einen Tag lang und trafen schließlich die Vereinbarung, ich solle erst mit meiner Kusine gehen und dann zur Tante zurückkehren.

Es war weit zur Kusine, sie lebte in der Nähe der Provinzstadt Fengdu am Jangtse. Wir wanderten einen ganzen Tag über Bergwege. Sie ging sehr langsam. Ihre Familie habe große Hoffnung in sie gesetzt und sie gut verheiraten wollen, sagte sie. Darum hätten sie ihr die Füße eingebunden, es sei unerträglich gewesen, sie habe die Binden nach und nach gelockert, sei erwischt und verprügelt worden, die Eltern banden die Füße wieder ein, sie lockerte die Binden – das ging so oft hin und her, daß ihre Füße am Ende zum Fürchten aussahen. Wir redeten die ganze Zeit und kamen im Dunkeln an. Sie war die erste, die mich zum Reden brachte. Sie fragte viel – besonders nach dem Leben in Chongqing –, und ich gab bereitwillig Auskunft.

Sie bereue, damals nicht mit meiner Mutter gegangen zu sein, selbst als einfache Textilarbeiterin in Chongqing wäre sie besser dran gewesen als auf dem Land.

»Warum bist du nicht mitgegangen?« fragte ich.

»Weil es ein paar Dinge gab, die ich nicht verlieren wollte.«

»Was denn?« wollte ich wissen. Sie lachte und sagte, dazu sei ich zu klein, sie werde es mir sagen, wenn ich alt genug sei.

Ihr Mann wartete schon mit Reisbrei und süßer Maissuppe auf uns. Ihr Haus gehörte zu den besseren in der Familie. Es war aus Stein und hatte ein hohes Dach – ein altes Haus. Nach der Bodenneuverteilung 1949 waren viele Soldaten der Guomindang in diesem Haus erschossen worden, anschließend wollte niemand es mehr haben, weil sein Qi schlecht sei, und so sei es an ihre Familie gefallen. Später kam ihr zukünftiger Ehemann ins Dorf, ein Steinmetz, und zog bei ihnen ein. Sie selbst habe ein gutes Horoskop und könne dem schlechten Qi widerstehen, sagte sie.

Vor ihrem Haus stand ein Pflaumenbaum, und ich blieb dort, bis er blühte. Ich erinnere mich, daß ich jeden Tag auf den Baum kletterte, um den Ehemann meiner Kusine schon von weitem heimkehren zu sehen. Sie hatten einen elfjährigen Sohn, der wie alle anderen im Dorf auf den Feldern mitarbeitete.

Jeden Tag ging ich mit den anderen Kindern in die Berge, um Feuerholz und Schweinefutter zu sammeln. Bei allen wurde früh zu Abend gegessen, um Öl für die Lampen zu sparen. Wenn wir doch länger arbeiteten, begnügten wir uns mit dem Feuerschein des Ofens als Lichtquelle – das mußte zum Waschen und Vorbereiten des Gemüses reichen. Wir verbrannten dünne Äste und Stroh, die das Haus derartig verqualmten, daß alle ständig husteten. Die einzige Öllampe wurde früh gelöscht.

Am Grabfegefest im zweiten Jahr ging die Großfamilie den Berg hinauf und über den Paß, um das Grab meiner Großmutter mütterlicherseits zu besuchen. Der Weg lag voller Unkrautpflanzen zur Irreführung böser Geister, wie es hieß. Alle trugen weiße Kopfbinden zum Zeichen ihrer Pietät. Die Ahnen schützten uns: Wann immer ein Mißgeschick passierte, sprangen die Geister ein, um ihre Nachfahren zu schützen. Auf dem Grab wurden Menschen, Pferde und Kühe, ja sogar Betten und ganze Häuser aus Papier verbrannt, denn – so glaubte man – dann könnten die Nachfahren diese Dinge in der Welt genießen.

Auf dem Rückweg wollte mein zweiter Onkel mir eine Steinfestung zeigen. Da ich vermutete, er meinte die im Dorf, sagte ich, ich kennte sie. Der älteste Onkel sagte, am Fluß gebe es eine größere, in der ganzen Provinz bekannte, auf einer Klippe und zwölf Stockwerke hoch, ja, sie reiche bis in die Wolken. An diesem Tag besichtigten wir die Festung nicht, und dann wurde der zweite Onkel krank, und seine Frau ließ mich zurück zur Kusine bringen. Die sagte später, es sei besser, nicht hingegangen zu sein, weil die Roten Garden in der Festung »Revolution gemacht« und alle Boddhisatva-Statuen zerstört hätten.

Am Ende des Sommers sammelte die Kusine alles an Stoffen zusammen, was sie im Haus finden konnte, mischte eine Paste aus Mehl und strich sie auf die Stoffe, so daß eine harte Kruste entstand. Daraus schnitt sie Schuhsohlen zurecht und nähte jeden Abend im Licht der letzten Sonnenstrahlen ein paar Stiche.

Es war ein heißer Tag im August, als der älteste Onkel einen Brief meiner Mutter erhielt (den meine zweite Schwester geschrieben hatte), mit dem sie Geld für die Rückreise nach Chongqing schickte – ich sollte dort zur Schule gehen. Ich rannte im Dorf von Tür zu Tür, um mich zu verabschieden, und begann am Ende in den Armen meiner Kusine zu weinen. »Mädchen«, sagte die Kusine. »Ich habe sowieso nie geglaubt, daß deine Mutter dich nicht haben will.« Dann brach sie ebenfalls in Tränen aus und sagte, wie sehr sie mich vermissen werde. Aber sie freue sich auch für mich, daß ich in die Stadt zurückkehren könne.

Sie und ihr Mann brachten mich bis zum Bergpaß, und meine jüngste Tante stieß auch zu uns. Die Frauen hatten jede einen roten Stoffschuh für mich genäht. Auf dem rechten, den meine jüngere Tante genäht hatte, prangten zwei sorgfältig gestickte, winzige Pflaumenblüten. Die Schuhe waren etwas zu groß. »Damit du sie in der zweiten Klasse noch tragen kannst.« Meine Kusine sagte, ohne ihren Mann hätte sie sie nicht fertigbekommen, ihre Augen seien zu schlecht.

Wie sie daran hatten arbeiten können, ohne daß ich etwas merkte, fragte ich.

Sie hätten schon vor längerer Zeit damit angefangen, weil ein Vorgefühl ihnen meine bevorstehende Abreise angekündigt habe. Dann waren sie mit den Schuhen beim Schrein der Vorfahren gewesen, damit die Trägerin der Schuhe auf ihren Wegen behütet sei. Außerdem sei Rot die Farbe des Glücks, mein Schicksal werde am Ende besser sein als ihres.

In einem unbeobachteten Moment steckte mein Onkel mir zehn Kuai zu. Ich wußte, daß das viel Geld war, so viel, wie ich noch nie in Händen gehalten hatte. Darum wollte ich es nicht annehmen. Aber mein Onkel, sonst immer schwerfällig wie ein Klumpen Klebreis, sagte: »Wenn du es nicht nimmst, binde ich dich in deinem Zimmer fest und lasse dich nicht gehen.«

Ich zuckte zusammen, nahm das Geld an, und er schritt davon. In Chongqing gab ich das Geld meiner Mutter, die darüber zu weinen anfing.

Meine jüngste Tante war das Stadtleben nicht gewöhnt, und da sie sich außerdem um ihren Mann sorgte, kehrte sie nach wenigen Tagen heim. An meinem Ärmel steckte noch, wie das auf dem Land üblich war, eine Nadel mit Faden, und als ich sah, daß meinem Vater ein Knopf am Hemd fehlte, nähte ich ihm den wieder an. Meine Geschwister lachten mich aus, das sei typisch Landei, Nadel und Faden bei sich zu tragen, und nahmen mir beides weg. Über die roten Stoffschuhe, so perfekt sie auch gearbeitet waren, wollten die Kinder in der Schule sich ausschütten vor Lachen. Doch das kümmerte mich nicht. Ich wuchs schnell, und nach nicht einmal einem Jahr waren mir die Schuhe zu klein. Ich schnitt die Fersen heraus und benutzte sie als Hausschuhe weiter. Als ich einmal mit meiner Schwester am Fluß Kleider wusch, fielen die Schuhe ins Wasser, wurden fortgespült und von einem Wirbel verschluckt.

Das schmerzte mich sehr.

Erst viel später begriff ich, wie schwer es für die Verwandten gewesen sein muß, mich aufzunehmen. Jeder einzelne war zu arm, um einen Menschen mehr zu ernähren, und so vereinbarten sie, die Last zu teilen und mich abwechselnd zu bekochen.

Meine älteste Schwester hatte eine große Klappe und sagte den Verwandten als erstes, daß ich ein uneheliches Kind sei. Doch interessierte sie das überhaupt nicht. Sie behandelten mich besser als ihre eigenen Kinder, und wenn nur ein Weizenfladen übrig war, dann gaben sie ihn mir und gingen selbst hungrig ins Bett.

Wenn meine Mutter es sich nicht plötzlich anders überlegt und mich in die Stadt zurückgeholt hätte, damit ich lesen und schreiben lernte, wäre ich eine einfache Bäuerin geworden. Das wäre nicht weiter schlimm gewesen, denn dieser Welt mangelt es nun wirklich nicht an Dichtern und Schriftstellern. Aber für mich persönlich machte es etwas aus, ja, es änderte alles. Meine Verwandten bei den drei Schluchten sind Bürger dritter Klasse. Hätte meine Mutter mich nicht zu sich geholt, würde ich jetzt wie alle anderen höher in den Bergen siedeln, Felder bestellen und für meine Enkel Stoffschuhe nähen. Eine Vorstellung, die mir angst macht.

***

Seit der Nationale Volkskongreß 1992 grünes Licht für den Bau des Staudamms gegeben hat, bin ich in Unruhe. Ich bin eine Tochter des Jangtse und der drei Schluchten. Stets trug ich den Wunsch in mir, eines Tages ein Buch über die drei Schluchten zu schreiben. Der vorliegende Roman ist mit dem Herzen geschrieben, Stück für Stück. Im Sommer 2002 bin ich neuerlich hingefahren, in das Dorf meiner Mutter. Alles war fast unverändert, nur waren viele der Menschen, die ich damals kannte, inzwischen gestorben – das Leben auf dem Land ist hart und kurz. Sie sind auf dem Friedhof jenseits des Gebirgspasses beerdigt, auf dem auch mein Großvater mütterlicherseits liegt. Die noch lebenden jüngeren Verwandten kenne ich nicht. Einige sind verängstigt und schwermütig, andere voller Enthusiasmus, einen Neuanfang zu wagen.

Das Leben im Dorf schien so karg und hart zu sein wie ehedem. So dramatisch die Veränderungen in China auch sein mögen, es gibt Orte, die auch nach Jahrzehnten noch unverändert sind. Bevor der Staudamm endgültig fertiggestellt wird, müssen einige in die Berge hinauf ziehen, andere sogar die Provinz verlassen. Die Dorfbewohner sagten, daß mit der Flutung des Staudamms 2009 nicht nur ihre Heimat in den Fluten versinken, sondern über hundert weitere Städte und eine noch viel größere Zahl von Dörfern für immer vernichtet würden.

Offiziell heißt es, in Orten über der markierten Wasserlinie werde es »vor dem Haus eine Straße, hinter dem Haus ein Feld« geben, die Menschen könnten ein neues Leben beginnen. Die Dorfbewohner wissen jedoch, daß der Boden in den Bergen steinig ist und man keine Felder bestellen kann.

Als ich oben auf den Bergen stand, fiel mir eine Geschichte ein, die ich als Kind gehört hatte. Eine Familie erhielt in einer Zeit der Unruhen und Katastrophen Hilfe von den Ahnen und versteckte sich unter einer Decke am Grund eines Sees. Als ein Nachbar einen Pflug von ihnen leihen wollte, ging er zum See und rief dreimal die Namen der Familienmitglieder. Es dauerte nicht lang, da tauchte ein Pflug aus den Tiefen des Sees auf.

Immer wenn ich an die Heimat meiner Mutter denke, fallen mir die roten Stoffschuhe ein. Wenn es unsere Vorfahren wirklich gibt, dann werde ich eines Tages an den Ufern dieses größten Stausees der Welt stehen, dreimal die Namen meiner Verwandten rufen – und möglicherweise die sauber gearbeiteten roten Schuhe zur Oberfläche aufsteigen sehen. Die Welt, die ich mit sechs Jahren erlebte, die große und die kleine Befestigung, all das war wie ein Lichtstrahl in meiner düsteren Kindheit. Wird das alles zur Oberfläche aufsteigen?

Wenn ich eines Tages noch einmal an diesem Gebirgspaß vorbeikomme, diesmal sicher im Boot darüber hinweg schwimmend, werde ich Blüten ins Wasser streuen, Pflaumenblüten wie die, die auf den rechten Schuh gestickt waren, und sie werden hinuntersinken in die Hände meiner Verwandten.

Hong Ying

Goliarda Sapienza
In den Himmel stürzen
Roman
442 Seiten. Gebunden
ISBN 3-351-03022-3

»Radikal-feministischer Aufklärungsroman« Die Presse

Die respektlose Geschichte einer Frau, die zeit ihres Lebens nur einem Gott huldigt: der Freiheit. »Dieser Roman ist eine Anhäufung von Bosheit und Scheußlichkeiten. Solange ich lebe, werde ich niemals zulassen, daß ein solches Buch veröffentlicht wird«, befand 1976 ein bedeutender italienischer Kritiker. Erst 20 Jahre später wagten sich italienische Verlage an den skandalös freizügigen Text.
Sizilien um 1900. Die Waise Modesta wächst im Kloster auf. 16jährig fädelt sie den »tragischen Tod« der bigotten Oberin ein. Anschließend findet sie sich, deren Testament zufolge, auf dem Landgut einer Adelsfamilie wieder. Zwei Leidenschaften, eine Hochzeit und einen Todesfall später ist sie mit 18 Jahren Herrin des Landgutes und beginnt, ihren ganz eigenen Traum von Freiheit zu verwirklichen.

»Ein Buch, das man von der ersten bis zur letzten Zeile verschlingt.« Il Giorno

aufbau
VERLAG

Weitere Informationen erhalten Sie unter
www.aufbau-verlag.de oder in Ihrer Buchhandlung

Raymond A. Scofield
Der Jadepalast
Roman
Gebunden mit Schutzumschlag
544 Seiten
ISBN 3-352-00716-0

Schillerndes China-Epos

Eine faszinierende Saga um Liebe, Macht und den Glauben an eigene Visionen. China 1919: Die Waisen Ma Li und Lingling werden von einem zwielichtigen Mann nach Shanghai mitgenommen. Der Mädchenhändler will die schöne Ma Li an ein Bordell und die Zwergin Lingling an einen Zirkus verkaufen. In einsamen Stunden träumt Ma Li vom Jadepalast, dem Ort der ewigen Schönheit, von dem ihre Mutter einst erzählte. Eines Tages, schwört sie, wird sie mit ihrer Schwester in einem solchen Palast wohnen. Mit Mut und Geschick macht sie sich daran, ihren Aufstieg zu planen. Raymond A. Scofield erzählt vom Leben einer Frau, die ihrem großen Traum folgt und von der wechselvollen chinesischen Geschichte eines ganzen Jahrhunderts.

»Scofield ist ein Roman gelungen, der die Erwartungen an einen Liebes- und Schicksalsroman, an einen Thriller mit Horroreffekten, an ein politisches Sachbuch und an einen Kriminalroman erfüllt.« LAUSITZER RUNDSCHAU

Rütten & Loening

Mehr Informationen erhalten Sie unter
www.aufbau-verlag.de oder in Ihrer Buchhandlung